imaginist

想象另一种可能

理
想
国

imaginist

伪善的医疗

医疗的限度与更好的告别

Katy Butler

Knocking on Heaven's Door:

The Path to a Better Way of Death

[美] 凯蒂·巴特勒 著　　王以勤 译

海南出版社
·海口·

图字：30-2022-024

图书在版编目（CIP）数据

伪善的医疗：医疗的限度与更好的告别 /（美）凯蒂·巴特勒 (Katy Butler) 著；王以勤译 . -- 海口：海南出版社，2022.7

书名原文：Knocking on Heaven's Door: The Path to A Better Way of Death

ISBN 978-7-5730-0588-5

Ⅰ. ①伪… Ⅱ. ①凯… ②王… Ⅲ. ①回忆录—美国—现代 Ⅳ. ① I712.55

中国版本图书馆 CIP 数据核字 (2022) 第 117504 号

伪善的医疗：医疗的限度与更好的告别
WEISHAN DE YILIAO: YILIAO DE XIANDU YU GENGHAO DE GAOBIE

作　　者　[美] 凯蒂·巴特勒
译　　者　王以勤
责任编辑　余传炫
特约编辑　孔胜楠
装帧设计　陆智昌
内文制作　李丹华
海南出版社 出版发行
地　　址　海口市金盘开发区建设三横路2号
邮　　编　570216
电　　话　0898-66822134
印　　刷　山东韵杰文化科技有限公司
版　　次　2022 年 7 月第 1 版
印　　次　2022 年 7 月第 1 次印刷
开　　本　880 mm × 1230 mm　1/32
印　　张　12.125
字　　数　241千字
书　　号　ISBN 978-7-5730-0588-5
定　　价　68.00元

如发现印装质量问题，影响阅读，请与发行部门联系：010-64284815

谨以此纪念我的父母薇乐莉·乔伊·德拉·哈普（Valerie Joy de la Harpe）和杰弗里·欧内斯特·巴特勒（Jeffrey Ernest Butler）。

感谢托妮·培瑞兹–帕尔玛（Toni Perez-Palma）、艾丽斯·邓（Alice Teng），以及所有专业的照护者和义务给予帮助的照护者。

我坠落
因智慧，
但并未粉身碎骨：
随着她
我潜入
汪洋大海，
在大海深处
我获得
那颗赐予我财富的珍珠。

下沉中的我有如巨大铁锚
使船只赖以安稳在波涛汹涌的夜之海上，
我打起来自彼处的那盏灯
沿着绳索，
登上理解之船。

在漆黑的汪洋中，
我沉睡，但海水并未将我湮灭，

我梦见，一颗星在我的子宫里闪烁。

我惊艳于星光之美，将其牢牢握住，
傲然高举向阳。

紧抓着，再也不让它逃离。

——简·赫斯菲尔德（Jane Hirshfield），
译自希巴女王马克达（Makeda, Queen of Sheba）[1]

前言

2007年的某个秋日，我从加利福尼亚州远道返乡探望我的父母。母亲向我提出一个请求，一个我既畏惧又渴望为她实现的请求。她拿起日本茶壶为我沏了杯茶；那只茶壶看起来就像一个小南瓜。从厨房望出去，此刻庭院笼罩在康涅狄格州的微弱阳光下，两只红雀于鸟澡盆中嬉戏。母亲的白发髻挽在脑后，她把一只手搭在我臂膀上，低声说道："请帮我个忙，替我关掉你父亲的心脏起搏器。"我们的眼神交会，我能感觉到自己的心跳。

就在我们的正前方，那间父母曾同床共枕的卧室里，躺卧着的正是我85岁高龄的父亲杰弗里。父亲是卫斯理大学（Wesleyan University）的退休教授，然而，如今的他饱受中风摧残，即将失明，又被老年痴呆折磨。在他身体右侧、锁骨下方微微隆起的皮肉深处，就埋着那枚心脏起搏器，足以让他的心脏活得比大脑还久。小巧的心脏起搏器闪闪发光，有如一只怀表，这五年来，父亲的心脏因为它得以规律跳动，但它也阻断了他所有因心脏衰竭而自然死亡的可能性。

喝过茶后，我知道母亲接着会帮助父亲起身如厕。他狭窄的床上还包覆着塑料防水垫。父亲如厕后，母亲会帮他更换尿布，扶着他蹒跚进入起居室。在那儿，他会假装读起乔伊斯·卡罗尔·欧茨（Joyce Carol Oates）的短篇小说，待书本滑落至腿上，他便朝落地窗外怔怔望着。

我的父母深爱着彼此，我也爱着他们。我必须先说明这个大前提，才能接着细数这段迟暮之年对父亲所造成的无数冲击，以及对母亲的间接影响。我还要补充说明的是，母亲知道如何为露台上漆，懂得参考《时尚》（*Vogue*）的图片缝制丝质衬衫，她还会自制鸡高汤，烹调美味的法式红酒炖鸡。她在卫斯理大学为作家所拍摄的照片曾印在书的护封上，她所摹绘的南非鱼类也收录在鱼类学手册里。此外，母亲将父亲视为莫逆之交。

我更要强调的是：父亲从不轻言放弃。

父亲生于南非的大卡鲁沙漠（Great Karoo Desert）。当他21岁服役于南非陆军时，就在意大利小镇锡耶纳（Siena）近郊的山区，德军炮弹无情地夺走了他的左臂。之后他与母亲结婚，并取得牛津大学博士学位，担任橄榄球教练，为家中客厅定制了整面墙的书柜，又驾驶他的爱艇“罗德19号”（Rhodes 19）带着我的两个弟弟一同出航，徜徉在长岛海峡（Long Island Sound）。年少时的我常与父亲起争执。偶尔，他叫我起床时，会引述《鲁拜集》（*The Rubaiyat of Omar Khayyam*）中的诗句，兴高采烈地以假音高声朗诵道：“醒醒吧，我的孩子！莫让生命的佳酿在酒杯中干涸！”每逢周末午后，他会打开音响，播放唱片，并在客厅中四处阔步，指挥隐形的管弦乐团。晚安时刻，他会出现在我们的房门口，朗诵霍拉旭在哈姆雷特临死时所说的台词，向我和两个弟弟道晚安：“愿飞翔的天使歌唱，伴你安息！”

40 年后，就在父亲昔日兴高采烈、昂首阔步，又偶尔勃然大怒的同一个屋檐下，我必须在父亲试着穿上外出鞋时，提醒他要先脱下室内拖鞋。

母亲放下茶杯。当时的她已经 83 岁，思路却依然有如剑锋般清晰敏锐。同样一件黑色牛仔裤与山羊绒薄毛衣，我无论怎么搭配，也搭配不出她的高雅气质。她牢牢握住我的臂膀说：“他快把我害死了。他在毁灭我的人生。”而后，她的脚踝交叠，将头埋在膝盖间。她从报纸上得知，这种姿势能防止昏倒，这篇剪报此时正钉在她后方的留言板上。到目前为止，她每星期大概得花上 100 小时照顾父亲。

我看着她，想到同时身为医生与作家的安东·契诃夫（Anton Chekhov）。1904 年，契诃夫因结核病辞世，年仅 44 岁。他曾写道：“每当家中有人久病不起、康复无望，就会出现此般痛苦难耐的时刻：无人不打从心底窃自盼望患者的死期早日来临。”[1] 时隔一个世纪，母亲与我竟也期待着父亲心脏中的装置能停止运作。

事态演变成今天这种局面，背后其实是一段很长的故事，请容我在此先说明梗概。2001 年 11 月 13 日，父亲 79 岁，明明看起来还很硬朗，一场中风却将他击倒。中风一年后，行动极度不便的他神志依旧清晰，至少还能与人沟通，因此我们怀着一线希望，在仓促中为他植入了一枚心脏起搏器。可惜尽管心脏起搏器促使他的心脏继续跳动，却无法阻止他的健康状况在往后五年里不断恶化。父亲陷入老年痴呆、失禁、近乎全哑的状态。他变得悲惨无助，而照顾他的重担也压垮了母亲。2007 年 1 月，就在父亲连餐巾是什么都不清楚的时候，我得知他体内的心脏起搏器其实能在毫无痛苦、无须手术的情况下关闭，让他有机会以更安详的方式离开人世。这种死法令我又爱又怕。我坐在餐桌前凝视着母亲，看她抬起埋在膝间的脸。

母亲的话在我内心回荡不去："替我关掉你父亲的心脏起搏器。"我等她对我说这句话已经好几个月了，只是当她确实提出这个要求时,我的内心反而充满疑虑。我的童年是在英国度过的，接受过英国国教派的洗礼，日后虽又改信佛教，但两种宗教都无法告诉我该如何面对这样的道德抉择。光是想象有人在我面前关闭父亲的心脏起搏器，我便浑身颤抖，一思及如何对父亲解释这件事，我更是难以自抑地不停颤抖。

然而，假使我什么都不做，我又唯恐医生会让父亲继续苟延残喘，直到连母亲都跟着倒下为止。我的恐惧不是没来由的。20 世纪 80 年代，还是《旧金山纪事报》（*San Francisco Chronicle*）记者的我花了六个星期待在旧金山综合医院（San Francisco

General Hospital）的加护病房。对我而言，拯救生命与延长死亡之间原本有条泾渭分明的界限，但这次经历却将这条界限彻底抹去了。时隔多年，加护病房中的情景始终历历在目。

过去，肺炎又称“老年人的良伴”，因为罹患肺炎的人几乎不必承受太多痛苦便会离世。活在现代的父亲倘使罹患肺炎，医生可能会照例开一些抗生素；[2] 而若是他昏迷不醒，母亲就会拨打急救电话，医护人员则会在前往急诊室途中尽其所能地抢救他。

万一父亲运气再差一些，就会被推进加护病房。母亲和我——甚至是垂死的父亲本人——都只能成为这场混战的旁观者：传统现实中的死亡，正奋力对抗现代医学的科技使命，而战场就是父亲的身躯。我们不愿见父亲在这种状况下死去，但我们怎么想似乎也无关紧要了。四分之三的美国人和他们的祖先一样，无不希望在家里离开人世，[3] 但目前却仅有四分之一的老年人如愿以偿。如今，高达五分之二的人死于医院，[4] 讽刺的是，在 20 世纪初只有穷人和无家可归的人才会在医院结束生命。大部分人都不愿意全身插满管子等待死亡，可是现今却有五分之一的美国人死于加护病房。在加护病房徒劳无功地待 10 天，很可能耗费将近 32 万 3000 美元的医疗成本。[5] 若是母亲和我当初让父亲沿着原路走下去，他咽下最后一口气的地方就很可能是完全没有家的温暖，也感受不到信仰力量的病房；围绕在他身旁的，会是一群熟知他血液指数和氧气浓度，却连他的名字都几乎叫不出来的医护人员。

加护病房里的医护人员或许能再次救回父亲，让他再度出院，继续承受晚期病痛的折磨。与关闭心脏起搏器相比，这个念头简直让我恐惧。

我爱我的父亲，即便他十分痛苦，身体残破不堪，几乎失去沟通能力，我仍旧爱他。我也爱我的母亲，而且希望她至少能拥有一段尽兴的寡居时光。我觉得自己就像是父亲的刽子手，却看不到我还有其他选择。

我与母亲四目交会，答应了她的请求。

我并不了解接下来会发生什么事，只知道自己做出了承诺。在接下来的六个月里，我将了解这个承诺所牵涉的影响，学习到心脏起搏器与人类心脏的运作原理，学习到相关的法律医学知识与罪恶感，也学习到医学的经济与道德面。我即将扮演一个宝贝女儿想都没想过的各种角色，并目睹父亲艰难的离世，徒留仍在运作的心脏起搏器。而父亲死后，我仍不愿停下，我非得厘清这个矛盾：父亲年轻时，世界上最先进的医疗照护不止一次把他从鬼门关拉回来，同样的医疗科技为何到头来却只是在延长对他的折磨？

起初我将研究发现整理为文章向杂志投稿，后来则进一步整理成此书。在探究的过程中，我发现，医疗体系中吊诡的经济诱因，实为强调积极治疗的推手，而病患家属的无知、畏惧与希望又助长了这个趋势。另外，值得深思的是，当医疗科技惊心动魄地战胜自然死亡，并将人类祖先视为莫大福分的"善终"

驱逐出境，对我们又会产生什么无法预期的后果呢？这些苦涩的体悟，让日后的我得以支持母亲捍卫她的道德权利。母亲不愿采纳医生的建议，拒绝可能延长自己生命的手术，并选择以最传统的方式来面对死亡：勇往直前。

过去，母亲和我经常深感自己有如异类。然而，此刻我已经明白，我们并非孤立无援。近代医疗在抗生素、疫苗、洗肾技术上的进展，乃至于建立急救系统、在机场设置心脏除颤器（defibrillator）等措施，帮助老年人得以一再从原本要命的健康危机中幸存下来。这些“高龄老人”（oldest old）是美国各年龄层中人数增长最快的族群。只是死神诡计多端，即便死亡无法像武装分子[6]一般长驱直入，却依旧肆无忌惮地对人体掀起一场消耗战：视线模糊、关节僵硬、心跳减速、血管阻塞、肺与胃肠功能退化、肾脏衰弱、肌肉与大脑萎缩。在 85 岁以上的美国人中，有半数需要他人帮助处理至少一种如穿衣服或吃早餐这类维持生命的活动；此外，这些老人中有将近三分之一罹患老年痴呆，罹患比例随着年龄增长持续攀升。而帮助这些老人的重担大多落在他们的老年妻子与中年女儿身上，其次才是儿子、丈夫、看护、辅助生活之家（assisted living complexes）、疗养院。

美国各地的家庭照护者随时都在面临这些问题：对他们挚爱、日渐憔悴的家人而言，医疗措施是帮人活下去还是害人死不了？什么时候该对医生说“不”、说“够了”？这些问题在医学期刊、聊天室、候诊室或朋友的对话中总是不安地浮现。不可否认的是，不管这些问题再怎么委婉，不管答案是否说出口，我们的答案都将决定亲人离世的时机与方式。几代前的配偶、子女并不常背负类似的重担，而今我们被困在迷宫中，手上却没有地图。

在护送父母最后一程之前，我认为过度治疗主要是一项经济议题：美国联邦医疗保险（Medicare）的年度医疗支出高达5600亿美元左右，其中四分之一主要用在人生的最后一年。[7] 直到父亲过世，我才了解过度医疗背后的人力成本；而母亲走后，我才发现我们其实还有其他选择。

以我的家庭为例，第一个关键的转折点发生在父亲过世6年前，即2001年秋天。这个转折点的开端是一场家庭危机，远在他乡的女儿受邀返家，对父母敞开心扉；再来，则是一个看似无关紧要的医疗抉择：父亲重度中风后，医生因后遗症而建议植入心脏起搏器。

目 录

第四部　叛逆

第五部　接纳

第六部　恩典

第一部

中风

第1章

一只乌鸦飞过来

国王在金库里，
数着他的钱币。
皇后在起居室，
吃着面包配蜂蜜。
宫女正在花园中，
忙把衣服晒。
不巧遇上只乌鸦，
一口将鼻子啄下来。

——英国童谣

父母年近80岁时，我和两个弟弟早已定居加利福尼亚州。我们脑海中不常浮现父母晚年的情景，偶尔想起，不外乎是他们身体硬朗、充满活力，最后则因某种假想疾病而匆匆过世。

我想象的是某个愉快的下午，父亲在母亲的花园中，用租来的吹叶机整理落叶，不一会儿，就被突如其来的死神带走了。

他们每天规律运动，维持纤瘦的身材，总是精神饱满，饮食中亦含多种鱼类与蔬菜水果。父母身边不乏好医生，也养成了健康的生活习惯。他们仿佛幸运儿，尽管现代医疗体系中存在资源不均与浪费的问题，然而这套体制在他们身上似乎运作顺利。他们的联邦医疗保险和辅助医疗保险足以涵盖所有看诊费用，其中包括专科医生以及他们所信赖的内科医生——年近五十、体格精瘦、戴副眼镜的罗伯特·费尔斯（Robert Fales）医生。当然，我的父母并没有铁打的身体，也不像我在小区游泳池见到的那些老迈的铁人三项运动员，但他们一如我常在报纸专栏或美国退休人员协会（The American Association of Retired Persons，简称 AARP）杂志上所看到的“低龄老人”（young old age）一样，尽情享受着神采奕奕、毫无病痛的人生。

他们奉行清心寡欲的生活心态，抱持不可知论*的宗教观，并对不必要的医疗行为有所质疑。两人曾签署过“生前预嘱”（living wills）与“预立医疗委任代理人”（durable-power-of-attorney for health care）授权书。曾经罹患癌症并有朋友死于癌症的母亲，甚至在书架上放了一本毒芹会社†出版的《最后的

* 不可知论者认为，人无法证明或知道上帝或神是否存在。——译者注

† 毒芹会社（Hemlock Society）是提倡死亡权利的团体，由德雷克·汉弗莱（Derek Humphry）于 1980 年创立。德雷克·汉弗莱即《最后的出路》的作者。——译者注

出路》(*Final Exit*)，书中还有她亲笔画下的重点。整体而言，我的父母对生命可以说有十足的把握，没想到，他们的死亡却出乎意料地失控了。

紧接着，就在2001年11月13日下午，中风来袭。

那是一个深秋的星期二，破晓时天色澄明，感恩节即将在九天后到来，“9 · 11”事件也已经是两个月前的事了。当时母亲刚度过77岁生日，父亲已79岁。他们先一同在客厅静坐冥想半小时，而后便例行性地竞走3公里，前往卫斯理大学校园拿一份由某位富裕校友赞助的免费的《纽约时报》(*The New York Times*)。下星期日的破晓前预计将有一场狮子座流星雨，父母也计划起个大早前去观赏。

当时父亲帮助母亲取出洗碗机中的碗盘，母亲则在碗中加入麦片、麦麸粉、腌梅、腰果、杏，接着在蓝白相间的浅碟中放上一把公共利益科学中心(Center for Science in the Public Interest)建议服用的维生素，再加上一颗治疗母亲轻微高血压的利尿剂，以及另一颗父亲为治疗前列腺肥大所服用的药丸。吃完早餐后，母亲回到二楼的主卧房整理两人各自的床铺。由于父亲打呼的关系，他们早已不再同床共枕。父亲则进入位于二楼、我和两个弟弟小时候共享的浴室，最后一次为自己冲澡、剃须。

几个小时后，我在加利福尼亚州米尔谷(Mill Valley)的家中醒来。我最近才搬进这间红杉木屋，与一年前因学习萨尔萨舞而相识的男友布莱恩·唐纳修（Brian Donohue）开始了同居生活。我待在临时书房，这里过去是他哥哥的卧室，一张《搏击俱乐部》（*Fight Club*）的海报还贴在墙上。我专心修改着稍早为佛教季刊《三轮》（*Tricycle*）撰写的一篇文章。52岁的我，是家中的长女，也是父母唯一的女儿。

父亲在卫斯理大学的教职工餐厅用过午餐，接着前往旁听前同事讲授一堂关于古巴的课程，而后便开车回家午休。父亲当时正好暂时停下了改写著作的工作。这本著作耗费了他近20年的心血，主题与南非克拉多克（Cradock）种族不平等和种族隔离政策相关。他因弗吉尼亚大学出版社编辑的要求，计划大幅缩减内容，而母亲则笃定"这本该死的书"会毁掉父亲的退休生活，她希望父亲能就此打住，永远放弃改写。

父母居住在康涅狄格州的米德尔敦（Middletown），房子坐落在草坡上，室内宽敞明亮，带有20世纪中期的摩登复古风。下午3点45分，就在父亲煮开水准备泡茶时，他跌倒在地，发出微弱的呻吟声。在他心脏的某处，有条老化僵硬又局部阻塞的动脉，在这条动脉中，一个大小如婴儿阿司匹林、由脂肪组织和极微小白垩碎片所构成的乳黄色团块自血管壁剥离，并顺着血液往上流向颈部左侧，堵住了颈动脉第二分支，导致脑部大范围缺血缺氧。其中受损最严重的区块是位于左太阳穴内侧、隔着薄薄一层头盖骨的布罗卡区（Broca's area）。布罗卡区中有一群负责提取词汇、专司语言表达的细胞。另一个受损区块位于大脑左侧的运动皮质（motor cortex）。运动皮质为一束脑细胞，像一个发箍从左耳经过头顶再绕到右耳，主司肢体动作。中风导致父亲身体右侧瘫痪，当场倒地不起。

母亲下楼时惊见呻吟中的父亲，她惨叫一声后随即拨打了911。待救护车赶到当地最好的非营利性医院米德尔塞克斯纪念医院（Middlesex Memorial）的急诊室门口，我认识长达半个世纪的父亲已不复见了。先进的救命、维持生命设备立刻加入抢救行列：医生先让父亲接受扫描，再迅速将他移送至中重度加护病房，并紧急插上氧气管。由于父亲无法吞咽，医生便为他插上了临时鼻胃管。每年约有70万美国人中风，可以说是预料中的高龄危害了[1]：年龄高于75岁的老人，其中风概率比不到60岁时要高10倍。历史学家威廉·曼彻斯特（William Manchester）是父母的近邻，年纪与父亲相仿，父亲中风前他才刚经历二度中风，只不过，我们万万没料到，同样的病症会找上父亲。

倘使我们有心观察，父亲的中风征兆早在前一年就已出现。他经常抱怨头痛得厉害，但始终查不出病因，医生索性让他接受了计算机断层扫描。根据放射科医生的说法，扫描结果显示父亲罹患"轻度全面脑萎缩"（mild generalized brain atrophy），也就是大脑"随着病患年纪渐长"而萎缩的现象。某次我与父母一起前往杰斐逊总统故居蒙蒂塞洛（Monticello）度假，父亲从夏洛茨维尔（Charlottesville）和编辑结束会议后回来，他对脚注可能需要修改感到出奇的心烦意乱。最后，一名胃肠科医生在例行性大肠镜检查中警觉到父亲心跳过慢，安排他转诊至心脏科进行心脏起搏器的安装评估。然而，心脏检测还来不及完成，父亲就中风了。我们原以为父亲会长命百岁的幻想也随之破灭。

母亲并未在事发当下与我联络。直到几小时后她从医院返家，我才接到她的电话。我一听到她哽咽无助的哭泣声，甚至连听都还没听懂她在说什么前，心底就涌上一股热流，仿佛要把我的五脏六腑拖回米德尔敦似的。“凯蒂，杰夫中风了。”母亲潸然泪下，她深吸一口气后勉强开口：“别回来。”我好像从没听她说过“我需要你”，然而打从我还是个寂寞的 16 岁少女，被母亲送到寄宿学校并独自下车时，像这类脆弱无助的话我也几乎从未说出口。

“我该怎么办？”挂上电话后，我问布莱恩。当时他 51 岁，体格健硕、个性温和，无论是唱起歌或说起话来都很好听，他以销售手术台与手术灯为业，兴趣是弹吉他及朗诵诗歌。布莱恩搂着我，平静地说：“别听她的。”布莱恩生长在温暖的爱尔兰裔美国大家庭中，老家是一间位于纽约皇后区的双层公寓，他 97 岁高龄且患有关节炎的父亲仍鳏居于此，依赖每天过来的清洁工和亲戚邻居的帮忙勉强度日。

布莱恩说：“你先确认航班，再让你母亲知道你抵达的时间就行了。”

我打电话通知两个弟弟，但他们不愿立刻放下手边的事情回家。他们与父亲的关系自童年起就不是很亲密，仿佛我们不是在同一个家庭长大似的。较年长的弟弟迈克尔当时 48 岁，正在离我不远处的北加利福尼亚州某社区大学接受即兴剧表演训练。他体格结实，富有同理心，是个天生的模仿高手，聚餐时只要有他在，现场气氛便会显得很热络。此外，即便口袋里没几毛钱，他就是有办法让自己看起来很体面。一直以来，他与父母的关系就不太好。他有如远方的灯塔，在父母的生活中时隐时现，经常好几个月连一通电话也没有，几年下来更从不曾回家探望父母，以至他们十分难过。当确定父亲没有生命危险后，迈克尔便没有飞回东岸的意愿了。

随后我联络弟弟乔纳森。他与人合租一间屋子，住在南加利福尼亚州的埃尔西诺湖（Lake Elsinore）湖畔，接到电话时他正在车库里。乔纳森的个性热情奔放，是个跑遍全美国的十八轮大卡车司机。这一年 46 岁的他正在放长假，替自己那辆 1986 年款的福特二手小货车组装引擎，靠着退税金过活。他和母亲一样有阅读障碍，高中毕业后就没再上学。他向来务实，万一地震或飓风来袭，你肯定会希望身边有他这种人。他能在夹克背面绣上美国国旗，能驾驶半挂车穿越德哈查比山脉中的葡萄藤峡谷（Grapevine Canyon），能循着缅因州的岩岸行驶帆船。然而，他也是个“月光族”，而且打从孩提时期就觉得自己受到父亲的忽视，觉得自己因为学业成绩不尽理想而被父亲冷落；他认为父亲既不重视他的机械才能，也看不到他 17 年来努力维持的戒酒成效。无论如何，中风对乔纳森来说并不是什么天灾人祸。多年之后，我问他为什么当时没立刻回家，他告诉我：“这种事我见多了。每个人匆匆忙忙赶上飞机，奔往急诊室，一群人在外面站好几个小时，喝着贩卖机买来的烂咖啡。他们会这么做不过是出于罪恶感，他们只是沦为什么忙也帮不上的负担。”

因此到了最后，米德尔敦的米德尔塞克斯纪念医院里只有我和母亲。我们坐在同一间病房中的一张空病床上，面对着一副残躯，躯壳中住着我们深爱的人，可惜我们对他的未来却一无所知。眼前的他已卸下洁白无瑕的衬衫和精致的毛呢夹克，失去威风的牛津腔、挺拔的姿态与明显的自信。他只能坐在轮椅上，惨白病人服底下一丝不挂的身体插着导尿管，沦落为没有阶级之分的苦难众生。

一名职业治疗师弯起父亲的右臂——他唯一的一只手臂——并请他保持手臂抬高的姿势，她则仔细观察手臂落下。接着治疗师指了指她的手表，并请父亲告诉她那是什么，只见父亲结结巴巴地说不出话来。治疗师做完记录后，建议让父亲练习噘嘴吹气的动作，这样未来才有办法操作利用呼吸控制的轮椅。

父亲噘起了嘴。

我心想，谢天谢地，他至少还听得懂治疗师的话。

接着我才惊觉，天哪，利用呼吸控制的轮椅！

父亲的嘴唇噘成一个圈，鼓起两颊而后吹气。这是个远在50年前即烙印在我记忆中的动作。

在英格兰牛津郡的小阁楼里，三岁大的我坐在父亲大腿上，惊讶地看着他煞有其事地抽了一口烟斗，鼓起双颊，噘起嘴，动了动下巴，随后便吐出一个接一个的青白色烟圈：先是圆的，再来是椭圆的，再来又是个摆荡的方形烟圈，烟圈愈飘愈大，直到消散在空中。我眼里的父亲简直就是个魔法师。母亲在厨房忙着，金发挽成大大的发髻，当时我是他们唯一的孩子。

当时的父亲仍就读于牛津大学，我们依赖他在夜校教书的薪水与残障退役军人的津贴生活。所有生活费装在盖有南非政府标志戳印的信封中，按月送达。那个年代的粮食是配给的，衣服也是配给的，所有英国人都站在同一艘船上。

有一天，他和母亲开着借来的车，前往北牛津桑克里夫路（Thorncliffe Road）的一间小砖石屋，这也是我们的新家。厨房窗外的手动式洗衣机后方有一条石板路、一丛芍药以及一架靠在苹果树上的梯子，地下室则长着羽毛状的奇怪白霉。一匹叫作小花的黑马每周过来两天，拖着满载卷心菜与韭葱的板车，咯噔咯噔走到我们住的街上。清晨时分，送牛奶的人总把牛奶放在红色陶罐底下。瓶口覆盖着锡箔纸，瓶颈上还绕着一圈乳脂。

深冬时节，室内这一侧的窗上总会看到手指画出的冰纹。我目送父亲去上课，他呼出的空气飘起，仿佛街上的一团雾气。他以仅有的一只手握住脚踏车车把的中间位置，罩着他的黑色短大学服看似拍打的蝙蝠翅膀。他摇摇晃晃地跨上车，待平衡感恢复后便骑车而去。

有天傍晚，天花板上的灰泥掉下来时，父亲正站在厨房门口，片片白屑散落在他的发上。母亲目光闪闪地对他说道："要生了，要生了。"那天晚上，我被送去最好的朋友家住了一晚。隔天早上回到家时，灰泥已经扫到一边，天花板上的木板条也露了出来，英国国家医疗服务体系（National Health Service）派来的助产士正在将一些器具收进黑色手提袋中。父亲带我去主卧室探望刚出生的弟弟迈克尔，但我只记得发亮的电热器和躺在塑料床单上的母亲，以及垂落在枕头上汗涔涔的金发。迈克尔两岁、仍得包尿布时，助产士又来过一次，接着我就有了两个弟弟。我希望他们两个一起消失。

教会我洗澡的人是父亲，不是母亲。为了安全起见，他会先转开冷水再转开热水。他告诉我怎么在毛巾上抹肥皂，怎么清洁鼻子眼睛，怎么冲掉肥皂，怎么把右脚架在浴缸边缘搓洗脚趾，坐着时，要怎么在胳肢窝、肚脐和胯下抹肥皂。

父亲说了一个在沙漠中长大的故事给我听。那片沙漠非常干燥空旷，农夫光凭肉眼看见60公里外的一阵尘土，就知道邻居正骑马过来。他还告诉我，他曾在小丘陵的岩地上射杀一条蜷曲着发出嘶声、名为扁头腹蛇的毒蛇。他也曾经在克拉多克的铁轨上引爆一枚土制炸弹，虽然声音很大，所幸并未造成任何伤亡。父亲还说，过去在镇上惨淡经营报社的祖父吊了一个秋千在后院的梨树上。有一次，父亲从秋千上跌下来，两只胳膊都摔断了。

父亲买《雾都孤儿》（*Oliver Twist*）、亨利·莱特·哈葛德（Henry Rider Haggard）所写的非洲冒险小说以及《约克丛林历险记》（*Jock of the Bushveld*）给我。《约克丛林历险记》主要描写一只猎狗与驾着牛车的主人在好望角与钻石黄金矿区之间的南非内陆的荒野上来回奔波的故事。

4 岁时，父亲教我阅读，他相信我是全牛津最聪明的小女孩。我希望他以我为荣。

父亲是五个孩子中的老幺，又生长在经济大萧条的年代，因此他买给我的圣诞礼物无非是他当年渴望不已却无法获得的：一组莱诺（Lionel）火车模型，一个真的能动的蒸气引擎模型，还有一架配备高频马达、能沿着电线飞的小飞机。他对我的爱始终留存在我内心深处，深到我想象不到的地步。

傍晚时分，我们经常躺在炉火旁的地毯上。我抚摩着他脸颊上的伤疤，他的小腿、手背，仿佛他的身体是一张地图，我则沉溺于听他一一述说地图上的故事。

我对他说："我想听少一只胳膊的故事。"

第二次世界大战期间，驻守在意大利的父亲自愿从事武装侦察任务。同盟国盟军沿着意大利半岛向北节节进攻时，父亲的部队负责寻找撤退中的德军小队并一一将之击溃。就在他们位于锡耶纳近郊的山区时，一颗炮弹在父亲藏身的散兵坑上方爆炸。炮弹碎片击中了他的头部与双手，整只左臂瞬间血肉模糊。待他恢复意识后——每每说到这里，父亲就会高举他仅剩的那只手，向着炉火展开手指——他所做的第一件事，就是伸手取枪。

他总是说："直到那时，我才真正意识到自己是个男子汉。"

父亲被送至战地医院。医院由意大利农舍改建而成，屋顶还罩着红色帆布。父亲的左臂发黑且感染坏疽，没人有把握他能否活过当晚。顿时，一发迫击炮击中屋顶，就在父亲不省人事前，屋椽落下的大片白色粉尘撒落到他脸上。

医生自肩膀切除了他的左臂，为他保住了性命。

为了对抗来自血液的感染，医院替父亲注射了一种20世纪20年代在伦敦研发出的神奇新药。这种药在第二次世界大战前尚未普及。“二战”期间，英美科学家与军方合力研究，在伊利诺伊州皮奥里亚（Peoria）的市场发现一颗腐烂的哈密瓜，他们利用哈密瓜内一支生命力强韧的霉菌母株来量产这种新药。我从没听过父亲为这次奇迹式的复活感谢上帝，但他倒是由衷感激亚历山大·弗莱明爵士（Sir Alexander Fleming）与青霉素（penicillin）。[2]

南非、英格兰、意大利与如今的我们相隔千里之遥。父亲21岁时，拯救他的先进医疗此时再一次派上用场，只是奇迹的力量究竟能有多大？过去教我洗澡的那个人，再也无法自己洗澡；过去引领我徜徉在文字与故事中的那个人，如今再也无法言语。

此时，一名护理师走进病房。这名矮胖、留着长发、50多岁的中年男子，V领绿色手术服底下大肚腩明显突起，右手的肱二头肌上模糊可见一个蓝色的锚，他带着一罐剃须泡、一个盛着半碗温水的塑料碗、一把一次性剃须刀、一条擦手毛巾。他跟母亲和我打过招呼后，便走向父亲轮椅旁的一张塑料椅，侧对着父亲坐下，端详起他的脸。

他不开玩笑，对父亲说话时，也不会一副高高在上的样子，更不会刻意轻声细语。他将白色剃须泡挤在一只手掌上，轻轻抹上父亲红润的脸颊，接着托住他的下巴，温柔地以剃须刀滑过他的脸颊。这名护理师不厌其烦、巨细无遗地为父亲打理仪容，片刻间病房里便灌注了他那只能以神圣形容的存在。

为了拯救父亲，医院可能会耗费上万美元的氧气、营养液、生理盐水、X 光、数不尽的静脉注射管、鼻胃管、导尿管、多次钡液吞咽造影检查，还有各种精密治疗与诊断。

而眼前，我望着一名陌生人正温柔地碰触他。

现代医院的不人性化向来恶名昭彰，让我心生畏惧，因此我把家庭生活照带来医院，贴在父亲的病床上方，借此让护士知道我们很在意父亲所受的待遇。来自南非的母亲对每个进来病房的人说，她丈夫是在第二次世界大战中失去了手臂——“为民主而战”。她讽刺地以美式口音说着这几个字，因为现在捍卫父亲尊严的人是她。然而，我们的护理师并不需要家庭生活照，也不需要了解战争史，就能对父亲庄重以待。我们身处于关怀的绿洲中，这片绿洲是现代医院所极力追求却鲜少达到的理想。我正在向这名有刺青的不知名肥胖男子学习，学习如何去爱我的父亲，即便残破无助如他，正缓慢迈向遥遥无期的临终。

母亲异常安静地坐着，她不住扭动着腿上的手。贴在床头边上的照片中有一张是我们的最爱。照片拍摄于 1946 年，照片中的她与父亲在南非东开普省（Eastern Cape）罗德斯大学的运动场上。当年的她 22 岁，父亲 24 岁。就在拍下这张照片的短短几个月后，他们盛装打扮，面带微笑地一同走出格雷厄姆斯敦（Grahamstown）的教堂，她的头纱已经掀起，他的一头黑发则沾满纸花与米粒。两年后，他们带着婴儿篮中的我乘船前往英国。十多年后，他们横跨整个大西洋，这次则是带着三个稚龄儿女。他们互相扶持，凭着满腔热血，共同打造出成功甚至是相当讲究的美国移民生活。从照片中可见，父亲的军装大衣同时扣住两人，乍看父亲像是袋鼠妈妈，母亲是袋鼠宝宝。当年的他们还不曾拌嘴、怒吼，尚未将彼此视为理所当然，不曾暗地里忖度着离婚，还没对彼此充满失望，也还没软化，还没妥协。他们笑得很灿烂。母亲赤着脚，她刚赢得一场赛跑，雨开始下了起来。

护理师将剃须刀浸入水中。

20 世纪 70 年代早期，我从卫斯理大学毕业，离开合租公寓，加入从乡村到沿海都市的婴儿潮大迁徙，开车横跨整个美国前往加利福尼亚州。自从工业革命以来，世世代代的中产阶级子女皆不断重复着这种行为模式：离乡背井闯天下，忘了血浓于水，也从不回头。父亲与我在当时早已形同陌路，儿时的亲昵因长年争吵而消磨殆尽。我们什么都能吵：作业没写完、房间乱七八糟、父亲脾气太差，还有我从来没能如他预期地拿到全 A。

一心想成为作家的我来到旧金山，暗自希望有朝一日能有杰出表现，让父亲以我为傲。此外我也十分笃定，只要无法脱离父亲恐吓般的预言，我就没有成功的可能。刚开始我为一家另类周报撰稿，后来则加入当地主流早报《旧金山纪事报》。12年后，我从报社辞职，成为自由撰稿人并在杂志上发表文章。我结婚又离婚，靠自己生活，每年回家探望父母一次，有时甚至没这么频繁。

我们当然一直保持联络。20多岁时，父亲曾给我写过一封信，向我坦诚他很后悔，全家来到美国后不久，他就变得“对你充满不可理喻的期待，致使父女亲情荡然无存”。至此之后，我们不再那么针锋相对。我在旧金山第一次买房时，他帮我出了一半的首付款。他也会在我生日时捎来近乎维多利亚时代的书信，既正式又文情并茂。我不时将自己写的文章寄给他，仿佛我是个还在寻求父亲认同的青少年。

每年3月，我在华盛顿特区教授的写作研习课程结束后，就会搭乘美国国家铁路客运公司（Amtrak）的阿西乐特快车（Acela）北上到纽黑文，父母则会来火车站接我。天气够暖和的话，父亲和我便在阳台上悠闲地共进早餐，头顶上的棚架爬满正在开花的浅绿彩花马兜铃。我们畅快地闲聊当天早上的《纽约时报》，母亲则在屋内洗碗。父亲与我在字里行间东奔西闪，往往我不是很确定他到底在想些什么。

其他时间，我都是自在地从远方爱着他们。

护理师请父亲将另一边的脸转过来。

父亲转过头来，注意到我穿的二手红色雪尼尔毛衣上绣有亮丝。当他强大专业的左脑依然完好无损时，他鲜少留意到这类视觉细节。

中风夺走了我们之间含蓄表达父女亲情的共通词汇，也夺走了他的语言能力。在接下来的几年中，我不时以行动代替言语来表达对他的爱。就在他抛去旧生活的硬壳后，我发觉自己沉浸在一份从心底浮现的爱中，而这份爱究竟有多深，我才正要开始感受。

他说："很好看。"这是他中风后难得精准说对的字句。

我不记得是那天稍晚还是隔天早上，医院的出院规划师前来通知我们，父亲必须立刻转至神经康复中心。后来我才明白当时为何非得这么紧急：父亲住院的每一天，医院都在赔钱。他在米德尔塞克斯纪念医院所接受的治疗费用为 20,228 美元，联邦医疗保险却仅支付院方 6559 美元。这个数字是根据诊断书上的中风严重程度计算出的总额。而院方损失的部分，则由慈善捐款、其他科的盈收与保额更高的病患，通过所谓成本转移的方式补充。这种又被称为"诊断关联群"（diagnosis-related group，简称 DRG）的总额制度制定于 20 世纪 80 年代，当年急速的医疗通货膨胀迫使医院必须控制成本。讽刺的是，DRG 却同时加快了病患的出院速度，导致病患沦为输送带上的货物，也冲击到医院作为照护、恢复以及疗愈场所的传统角色。

我开车带母亲到新不列颠（New Britain）这个贫穷的城镇，此地有离我们最近又有床位的康复大楼。母亲在仓促下接受了这个安排——身为父亲的医疗监护人，这是她第一次但绝非最后一次迫切的决定。我们跟着父亲的救护车来到此处，神情紧绷地看着护理师抬他下车。我生怕他像一只出现裂痕的玻璃杯，随时有可能碎成碎片。

这处康复大楼是父母的内科医生费尔斯医生推荐的。公共休闲空间的电视一响一整天，患者更没有机会接触大自然。此时父亲突然间恢复了部分语言能力，他用刚好能串出来的几个字对母亲激动地说道："把我弄出这个鬼地方。"于是母亲和我驾车南下至沃灵福德（Wallingford）郊区的盖洛德康复中心（Gaylord Rehabilitation Institute）。我们行经绿意盎然的院区以及犹如迪士尼场景的室内"大街"，脑损伤患者可在大街上练习购买苹果、牙刷，或单纯扶着护栏学走直线。这幅景象促动我的内心燃起一线希望。1989 年时，一名任职于所罗门兄弟公司（Salomon Brothers）的年轻投资银行家被砖块砸破了头，报纸称她为"中央公园慢跑者"（Central Park Jogger），并由盖洛德中心为她进行密集康复，帮助她在康复六个月后重拾语言与行走能力。

或许盖洛德中心也能治好父亲。

当时的我思绪纷乱。一方面，我幻想着寄几卷贝立兹（Berlitz）沉浸式语言学习录音带给父亲，让他反复练习到能再度听懂英文并开口说话。但另一方面，我又希望他再度中风并离开人世。只不过，最有可能的情况我却从未考虑到。而这种状况在盖洛德中心的手册上解释得很清楚：中风患者在中风后的一年内通常进步神速，之后会逐渐放慢下来。患者一般都有不同程度的失能，平均还能再活七年。

盖洛德中心没有床位。

我立刻展开行动，就像以往当记者的我，就像以往的父亲，就像母亲当下需要的代理丈夫。我先和新不列颠康复中心的一名社工交涉。我还翻遍了母亲的名片夹。母亲一个朋友的前夫是盖洛德中心董事会成员，而她的女儿恰巧又是医生。母亲连忙与朋友联络，我则打电话给那位医生女儿。我们极力恳求、苦苦等待，甚至承诺会补足任何联邦医疗保险不支付的差额。我们认为这么做能改变什么，遗憾的是，这不过是我们唯一能表达爱的方式。

或许是我们的努力，也或许只是好运，盖洛德中心总算空出了床位。事情看起来差不多安排妥当，至少暂时如此，于是放心不少的我订了回西岸的机票。母亲的一名密友保证，她会帮助父亲顺利转院至盖洛德中心。父亲过去的一名同事送我到机场。

不出几个小时，我搭乘的飞机便准备降落旧金山湾，夕阳下可见黑色倒影划过银灰色海面。海湾南端，几个巨大的嘉吉*盐蒸发器迎接我归来——在接下来的八年中都将是如此。蒸发器中带有海藻的黄色、橙色、青色片片相接，呈现出有如吉家湾†拼布的怪异美感。被我抛在脑后的康涅狄格州躺着我的父亲，他的病情远比我所知的更加严重，同在彼处的，还有一个从来

* 嘉吉（Gargill），美国知名的谷物饲料大厂。——译者注

† 吉家湾（Gee's Bend），位于亚拉巴马州，此地黑人所缝制的传统拼布作品风格特殊，具有艺术价值。——译者注

不懂管账的母亲。

安全带指示灯已经熄灭。

当时我并不觉得父亲将不久于人世，甚至没想过他的身体状况在“走下坡”。我以为他只不过因为突如其来的重击而不良于行。

布莱恩前来接机。我的生活继续下去。我运用当记者时学到的应对技巧来帮助我那不太好应付的双亲。对我来说，他们是聪明与决心的最佳体现。凭着他们的勇气、我的研究与医生的专业，我怀抱微弱希望，期待一切终将好转。

我像个喝醉酒的人，只因路灯比较亮，就站在路灯下找钥匙，浑然不知钥匙已经掉在街上了。我们的家庭生活有如万花筒，蕴藏各种熟悉的角色与阶级、微妙的家庭关系、隐藏的伤口、爱与记忆，可惜万花筒的图形如今转变为未知的样貌，一度灿烂如珍珠雪花，而今只见暗淡花影。我们长久以来都是这样苦干实干地走过来的，却从这一刻起，苦干实干只能引领我们走这么远了。

健康的银发生活是丰收的秋天，漫长而形骸渐衰的临终过程则是潜藏的冬天。直到一年多后我们才体悟到，父亲早已跨过秋冬之际那扇无形的门。[3]复原的时机过了。玻璃已破，景物不再。

第2章

恩典之年

父亲中风八个月后的一个仲夏早晨，我与父母在米德尔敦松树街上美轮美奂的客厅中一同冥想静坐。敞开的玻璃拉门向着阳台，昨夜沁凉的气息穿透纱窗进入室内。极端注重隐私的母亲十分在意房屋坐落的方位，因此从家中向外望，没有任何比邻的房舍，举目所见仅覆盖着彩花马兜铃的阳台，苍翠透亮有如一幅镂空绣。花棚之外是一片向下延伸的草坪，与母亲40年前亲手栽种的白桦树，透过树丛尚可遥见康涅狄格河谷（Connecticut River Valley）连绵起伏的山峦。

我端坐在冥想椅上，小腿前侧贴着白色手工羊毛垫的厚绒。父亲虚弱地坐在沙发椅上，右肩下垂，唯一的一只手搁在大腿上向上蜷曲。他穿着和他极不相称的红色吊带裤，蓄着整齐修剪的络腮胡，看起来倒像是退休的嬉皮钟表匠，而非过去那位从未蓄须的庄严学者。母亲除去了他身上所有成人生活的标记，如皮带、钥匙、皮夹、卫斯理大学的身份证、信用卡。但令我费解的是，甚至连父亲那只有伸缩表带的不锈钢手表也被母亲取下了。母亲坐的那张椅子上放着黑色瑜伽垫，她背挺得笔直，美丽的白发垂落肩头。

我目光朝下，心中不断重复十多年前跟随越南师父一行禅师所学到的口诀：吸气，平静身心；呼气，平静身心。我的肩膀缓缓舒展开来，脚边设定 20 分钟的计时器又接近零了。

室内如此整洁有序，景色如此宁静，我仿佛身在禅修中心，加利福尼亚州混乱的生活在这里完全找不到影子。

吸气……

搬到西岸不久我便发觉，探望父母这种事，每年顶多一次，再不然就是每次回家不能待超过三天。我们刚重逢时都会难掩兴奋，热络地了解彼此近况，但过不了多久，母亲准会开始为一两件或一连串我觉得鸡毛蒜皮的小事发飙，诸如未做到每天把毛巾晾在地下室，跟她多要一条棉被来盖，吃太多名贵的曼彻格（Manchego）奶酪，碗盘沥水架上掉了三粒米，浪费太多暖气、热水、电、纸巾、洗洁精等。

而有时候盛怒的人是我，为了一些她觉得同样微不足道的小事，好比她进我房间前没先敲门，暗示我应该减肥或增重两三公斤，穿太多中性色的衣服，或是没把我美妙的灰色头发染回棕色等。以往父亲尚未中风，还很有活力的那几年，他总会在我们越吵越大声时低声念道：“别越吵越严重了！”母亲骂我自私、神经质，紧接着就是我狂奔回楼上把回程机票提前。我恨她，却又同时渴望她的爱。

呼气……

我在许多方面几乎传承自母亲。我们都爱同一个总是若有所思，现在却身受重创的男人。而我们所擅长的领域也正是对方一窍不通的。她学不来拼写，也不晓得家里存了多少钱，她总能将每个房间美化一番，把整个家打点得有如顶级瑞士表般一丝不苟。至于我，不管到哪里都可以丢三落四，靠自己付房贷，从来没跟男人伸手要过钱，我无法照顾任何比榕树还复杂的生物。母亲期待有个不一样的女儿——一个更女性化、更优雅、更体贴的女儿；而我想要一个更温暖、更包容、更照顾我的母亲，可惜她向来就不是如此，未来也无法如此。

此刻我就在这里，安静地坐在他们松树街自家的客厅里。这是八个月以来我第三次回家，也是第三次不晓得自己将待到何时。

父亲咳了几声后又在椅子上稍微动了一下。一只苍蝇嗡嗡叫着撞上落地拉门的纱窗，然后停了下来。它先动了一只前脚，再动一只后脚。我意识非常清楚地放松肩膀。

母亲从垫子上起身，脱下夹脚拖重重往纱窗打下去。她到底是怎么了？难道就不能好好坐上 20 分钟吗？

“正语”是佛家所谓八正道中的一环。我在内心思索该如何把话说得得体些：“妈妈，我希望……”她打了又打。苍蝇跃起。

我站起来，带着笑容将一只手放在她肩上，轻声请求她等到打坐结束后再继续。母亲对我报以微笑，放下夹脚拖坐回位子上。10 分钟后，计时器响起，于是我们三人进厨房用早餐。事情就这样告一段落。

当时母亲和我没吵起来，这或许不过是小事一桩，但父亲的临终过程有如漫长的回廊，每当日后我回顾这条长廊的第一年，我都非常珍惜这个充满恩典的时刻。母亲与我当时并未爆发冲突，是因为我们每日冥想，还是母亲自我克制，抑或是我试图运用才刚学会的“非暴力沟通”？是我们愕然发现自己的渺小，还是因为父母需要我？我唯一能确定的是，不堪一击的美梦促使我们超越自己平凡的一面。在父亲中风后的第一年，我们对彼此敞开心房。这是一段蜜月期，也是一段我们应得的美好时光。

我当时并不信上帝，现在依旧不是信徒。只是要我解释那宝贵的一年究竟发生了什么事，我所能想到最贴切的解释是，一张以往某次看到只觉太过煽情的基督教海报。海报上是一片被浪打湿的沙滩，沙滩上有一排脚印。海报底端印着一行字：“在你遭逢试炼与苦难的当下，却只见一双脚印，那是因为我正抱着你行走。”

那宝贵的一年是从震惊的绝望开始的。父亲在盖洛德康复中心仅待了三个星期便回了家，他丝毫没有死亡迹象，病情也未见起色。母亲说，他无法自己系皮带或穿衣服，只能拖着左脚走路，夜里还会尿床。他在电话里几乎是胡言乱语又结结巴巴，试图表达什么却无法正确说出来，一句话才说到一半便戛然而止，停顿半晌后含糊不清地说句“我要挂了”，就唐突地挂断电话。不过，偶尔还是会口齿清晰地说出完整的句子。

有一天，父亲对母亲说：“我已经不晓得自己是谁了。”

安吉拉是联邦医疗保险支付的语言治疗师，她会到家里帮助父亲学习写字和简单的算术。安吉拉力劝母亲别放弃，父亲仍在，他是完整的，只不过无法表达而已。“杰夫每天都在进步。”母亲开心地写信给父亲在南非的三名姊妹。“从某方面来说，他还更具优势。21 岁以来这么多年了，他只靠着一只胳膊不都活过来了，所以你看，我的确该乐观点。”

那年冬天，她与我和弟弟通电话时哭了出来。她爱父亲，她曾发誓，无论健康或疾病都要陪着他。她告诉我们，她算什么，居然以为他们的婚姻能逃过疾病的摧残？父亲已经照顾她 50 年，现在总算是轮到她了。直到此时，我们才逐渐理解，他们的夫妻关系已经名存实亡。

父亲中风毁了两个人。中风前一天，母亲还是才华洋溢的艺术家、摄影师，她精力充沛，更是无懈可击的家庭主妇。她所穿的衣服几乎都是自己缝制的，当时她还有件淡蓝色雪尼尔毛衣织到一半，款式仿自设计师品牌艾琳·费雪（Eileen Fisher）的产品目录。她会和好友一起登山远足，为父亲与宾客料理丰盛的晚餐，经常逛书店和图书馆，大量阅读，特别是读佛教方面的相关书籍。她老爱念叨父亲，两个人却也闹得很快乐。

她打扫家里，整理庭院，空闲时练习日本书法。

父亲中风后，母亲便开始照料父亲，就像当年她照顾三四岁的弟弟和我一样。早上她帮助父亲起床，帮他刷牙、洗澡、选好衣服、扣扣子，在他内裤里放入尿垫，再帮他穿上衬衫、裤子与鞋袜。她为他系皮带、剪趾甲、戴上助听器、罩上夹克、梳头，再带他去看诊。父亲每周至少得就诊三次——神经科、内科、康复科、牙科，有时还有眼科。即使是小睡片刻，也要母亲帮助他起床及躺下。说话时，她会耐心等待父亲找到正确的字眼。当父亲要上厕所时，母亲会帮他褪去裤子、擦拭臀部。她甚至带着他去买菜，只因不放心留他一人在家。晚上她则是把所有步骤又倒过来重做一次，从他的助听器开始，接着让他躺在过去用作客房的单人床上，床头的墙上仍贴着一张艺术家芙里达·卡罗（Frida Kahlo）的海报。有时候，她半夜还得起床两三回为父亲更换尿湿的床单。

她再也没有去上过瑜伽课，她不再去书店，不再邀请客人到家里吃饭，也鲜少单独或和朋友出门，所幸大多数的邀约也很适时地消失了。她的缝纫机静了下来，还没织完的毛衣在针线篮里一放就是六年。77 岁的她成为家庭照护者，和她一样的人在美国有 2900 万，[1] 占总人口的 9%，他们负责照护 74 岁以上的老年人，不仅没有报酬，没有政治权利，更因为处于文化劣势而不被人所见。

父亲中风两个月后，母亲在费尔斯医生的内科例行检查中猛地痛哭失声。费尔斯医生在病历表上记录道：“如今，她必须试着处理巴特勒先生的身体状况，家中所有的经济大权也落在了她身上，尽管她自制力很强，但显然无法应付，她似乎失控了。不过，她至少有个可靠的女儿能助她渡过难关。”

费尔斯医生花了 30 分钟陪她——是一般问诊时间的两倍。他曾说：“我觉得我和你父母之间有一种连接，这种感觉不是随便对什么人都会有的。总是说真心话的人比较好了解。”费尔斯医生为母亲开了一种叫安必恩（Ambien）的安眠药，但母亲需要的不只是一颗药丸，也不只是一个远在三千里外所谓的可靠的女儿。她需要的是一个支持小组：一名社工、一名家访护士以及家庭看护人员，好让她能适时地喘一口气。事实上，就当时家中的情况而论，我们理应有资格利用这些照护资源——原本的大家长不再能管事，我们陷入迷惘而压抑的悲痛中；两个弟弟无故缺席令我失望不已；对于日后的医疗抉择，我们甚至连要先做好心理准备都不晓得；我们对于未来的莫名损失早有预感，却又不愿承认——假使父亲罹患了像胰腺癌这种明确的不治之症，我们就能向联邦医疗保险所支付的临终关怀团队求取帮助。然而，联邦医疗保险体制内的临终照护福利，仅保留给毫无存活希望的病患。唯有完全放弃治愈希望，并经医生确认剩下的生命不超过六个月的病患才得以申请。申请条件异常严苛，[2] 更遑论医生与部分家属对病患存活率过度乐观，以致半数病患在进入临终疗护后的 18 天内便离开了人世。

要是父亲当时因中风而过世，我们就会举办一场盛大的告别式。家门口的阶梯上会摆满一盘盘煮好后加盖的食物，信箱也会塞满慰问信。好心的朋友会带母亲去吃晚餐，单身女性会与她结交，认可她新的社会身份——寡妇。父亲的老同事可能知道该做或该说什么。只不过，社会上并没有一种公开仪式来缅怀彻底损害大脑的中风；为人妻子的若失去她所认识的丈夫，徒留看护的身份，这种尴尬处境也没有只字片语来描述。

后来我读到一本内容精彩的照护者手册《你我的母亲》（*My Mother, Your Mother*），作者是丹尼斯·麦卡洛医生（Dr. Dennis McCullough）。根据书中的建议，我应该在这个时间点介入，抓紧亲友在父亲刚中风后大量来电的机会，为父母寻求各方亲友的帮助。可惜当下的我忙于生计，而我那一对自尊心甚高、不愿依赖他人的父母甚至未曾要求我帮助打理他们的生活。母亲向来不喜交际，又是个完美主义者，从某方面来说，她最大的敌人就是她自己。她开始加倍下注，变本加厉地完成原本就做得很好的事，她辛勤刻苦地劳动，工作效率极高，却不求回报。一位她几乎不认识、比她年轻几岁的历史学教授曾找过她，并主动提出要到家中陪伴父亲，好让她有机会喘口气，但她并未与对方进一步联系。联邦医疗保险提供每周几小时的居家护理服务，未想当护理人员很不巧地在下午3点来访，并表示要帮父亲洗澡时，母亲不由分说便把他们打发走了。前后只有一名父亲的老同事突破母亲凡事不假他人之手的心防，因为他直接打电话给父亲，隔周立刻带他上餐馆吃了一顿午饭。

母亲的血压升高了。白天时她感到头晕、恶心、毫无食欲，晚上则无法入睡。

窗外冬雨不停，远在加利福尼亚州的我，听我那令人敬畏、控制欲极强的母亲在电话另一端哭泣。50 年来，我几乎没看过她掉一滴眼泪，平时听我哭的人总是她。我感觉自己被她悲伤的情绪所束缚，一如狗被人用二千里长的绳子系上一个不断发出噪声的空罐子。我和她同样无法入睡。某次我在拍卖集市买到一本《医生的案头参考手册》（*Physicians' Desk Reference*）。通过书里的介绍，我才发现安必恩（也就是母亲因失眠而服用的药物）的副作用包括头晕、焦虑、厌食，以及其他“不良反应”。[3] 我在电话中逐行逐字念给她听，于是她同意停药，也真的把药停了，这着实让我松了一口气。

我寄了一本叫作《安息日》（*Sabbath*）的心灵书给她，希望借此鼓励她多多休息。我还寄给她一卷运用意象引导法的放松磁带，不厌其烦地叮嘱她去报名瑜伽课、付费请看护，但总是徒劳无功。此外，每隔三四个月，只要她体重掉太多、睡太少、哭个不停，我就会飞往东岸。

从此我变成“登机箱一代”的一员。这队人马是由一群远在他乡的女儿和为数较少的儿子组成的。我们累积里程数，即使永远不够频繁，却仍经常性地将登机箱拖上飞机又拖下来。其余的时间，我们会远距离聘请看护，上网查询关于治疗与疗养院的数据，并试着利用打电话、发电子邮件甚至视频通话等方式，好让父母觉得我们近在眼前。照顾年迈双亲的子女大约是美国总人口的 8%，也就是将近 2400 万人，而其中像我们这样的远距离子女更是占了多数。[4]

能帮助父母让我心怀感激。我很讶异自己会想这么做，矛盾的是，我同时感到恐惧。

一名我认识的女性朋友由于父母均陷入健康危机，光是一年内往返佛罗里达的机票就花掉2万美元。另一名男性朋友则因为紧急飞往东岸的次数太过频繁，坚持将父亲迁往西岸离家不远的红木退休之家（The Redwoods），但老先生想念他的朋友，痛恨退休之家的食物与浓雾。还有名女性朋友辞去工作搬去与痴呆的老父亲同住，然而，当父亲过世后，她发现自己陷入了财务困境，房子更因父亲的债务而被迫脱手，逼得她差点无家可归。某些欧洲国家会适度支付家庭照护者津贴，并补助其退休金，以弥补家庭照护者因工作时数减少所造成的损失。[5]不过，这种好事在美国并不常见。[6]

要是早出生一两代，我接下来的人生道路早就清楚描绘出来了。我应该已经搬进父母家中，和他们在同一张餐桌上吃饭，还得扛起女性无偿又无私的重担。无悔付出的妻子、无私无我的媳妇、毫不抱怨却一贫如洗的未婚姑妈等，这些角色曾经是女性的宿命。或是像美国诗人埃米莉·狄金森（Emily Dickinson）这样的未婚女儿，最后将自己关在楼上的卧室里写诗，并和父母同住直到他们离世。

与过去相比，我们的父母更有可能过着长寿却不健康的生活，[7]然而，身为婴儿潮时代的子女却往往更缺乏帮助父母的条件。许多人不再与父母比邻而居，也不像我在南非的牧羊人亲戚过着大家庭的生活：上了年纪的人住进另一间较小的农舍，农事尽数交由儿子打理，由父母负责照顾孙子，直到他们自己也需要别人照顾为止。拜离婚率提高所赐，婴儿潮时代的女性有 37% 是单身，他们大多靠薪水养活自己，许多人仍尚未做好退休准备。[8] 已婚妇女也好不到哪里去，因为仅少数丈夫的薪水仍维持在 20 世纪五六十年代的水平，当年许多劳工阶级或中产阶级的妻子能待在家中或兼职工作，并同时照顾子女、祖父母、父母及公婆。这个年代的男人虽然比以往做得更多，但大部分的实际照护工作依旧落在女性身上。

相对这点来说，我实在幸运多了。我既没有嗷嗷待哺的子女，也没有负债。我和布莱恩住在一起，并将名下的房子出租，所得租金收入还足够支付房贷。布莱恩身体健康，他的两个儿子即将成人，且都已离家念大学。身为自由创作者的我在时间上也有充分的弹性，能放下所有工作回到父母身边，一待就是一两个星期——理所当然是无报酬的。然而，我在时间或经济上所面临的压力，却是我的母亲、祖母或外婆不曾经历过的。

我在加利福尼亚州住了半辈子，此地素来以压死人的房贷、没有福利的独立契约工作、重表现的个人主义、强调个人再造等特色而闻名四方。在加利福尼亚州，没什么是“应该”的，家庭责任多半可有可无，就好比拿水来写契约一样没有效力。我的传统文化观念中并没有所谓孝道的概念能提供指引。夜复一夜，我就在亲情的强力召唤与作家生活之间挣扎。在加利福尼亚州时，我惦记父母，渴望陪在他们身边。然而到了米德尔敦，我又担心工作与经济问题，思念着布莱恩，很想回到自己的家。放弃我的生活，还是放弃父母？我说不上哪个决定比较糟糕。结果就是，我花了八年的时间在两者间不断摇摆。

父亲尚未中风前，我只有在想接电话时才接，反观现在，无论如何我都会接起电话。有时，天还没亮我就醒了，身边传来布莱恩微微的鼾声，但父母的问题却已经在我脑中转个不停。每当此时，我就会重复诵读佛教中最接近祷告的《慈经》（*Metta Sutta*），试着让自己再度进入梦乡：

愿我自在安详
愿我充满慈爱
愿我免于危险恐惧
愿我无忧无虑

若《慈经》无法让我入睡，我偶尔会试着回想《圣经》中的《诗篇》第23章，或是很久以前在《弗兰尼与佐伊》* 一书中读到的俄罗斯东正教的《耶稣祷文》（"Jesus prayer"），即便我对东正教的神学基础一无所知：

主耶稣基督，

* 《弗兰尼与佐伊》（*Franny and Zooey*）为《麦田里的守望者》（*The Catcher in the Rye*）作者杰罗姆·大卫·塞林格（Jerome David Salinger）的另一部著作。——译者注

上帝的儿子，

开恩可怜我

这个罪人。*

第一年，我飞回康涅狄格州三次——初春、盛夏、秋季——每次都试图让情况有所好转。3 月第一次回去探望父母时，我一如往常地和他们坐在餐桌前。父亲缓慢地以特制的汤匙自行进食，他的蓝色塑料餐垫有吸盘装置以固定餐盘。此外，母亲在蓝白格纹餐巾上别了一条黑色伸缩缎带，父亲则会费力将餐巾挂上脖子，如此一来，食物便不至于滴在衬衫上，两人也不会因为罩着成人塑料围巾而感到羞愧。父亲用餐完毕后，会小心翼翼地折起餐巾，并用他唯一的手背将餐巾轻轻拍打整齐。他不再有失禁问题，因此晚上不需要继续穿成人纸尿裤，白天也用不着垫厚厚的尿垫。但他说话时依旧找不到合适的词汇，也无法说出完整的字句，唯一能够清楚表达且经常说的一句话是“我不会”。

我的父母好像被胶水粘在一起分不开似的，母亲曾说过，她的“老毛病”就是没耐心，所以她总是迫不及待把父亲说到一半的句子接着讲完，或是在父亲试着自己动手前帮他把事情做好。即使父亲看似能够顺利使用汤匙，早餐后我还是发现母亲在为他刷牙，我坐立难安但什么也没说。我不敢反对她。

---

* 《路加福音》第 18 章，引自《圣经》（和合本）。——译者注

我向来信任专家与互助团体，并在米德尔敦找到了免费的照护者互助团体，而后也带母亲一起参加。联邦医疗保险主要支付病患与医护人员的一对一互动，[9]因此医院并不会从互助团体得到补助。然而，我的家人却在医疗体制奇形怪状、薪资过低甚至是没有报酬的夹缝中，从像互助团体这类机构处获得了最重要却最不起眼的帮助。

我和母亲不自在地坐在拥挤又没有窗户的房间里，和几名来自米德尔敦的女性围成一圈。这些女性都是丈夫的照护者，他们日渐衰弱的丈夫皆患有癌症、中风或其他治不好但一时间也死不掉的疾病。这个互助团体由一名护士所带领。一名红短发、态度从容的女士说，她会定期去按摩，并雇用居家护理人员，好让自己每周能放一个下午的假。她还买了一个手机，出门在外就不用太过担心。轮到我母亲时，她说她已经被击溃了。我趁机拐弯抹角地提到母亲为父亲刷牙这件事，有手机的那名女士听了便不自觉皱起眉头，怀疑母亲是否做得太多了。事后母亲在写给三个南非姑姑的信中描述道："光是听其他女人说他们怎么应付生病的丈夫，就已经够令我大开眼界了——有人愤怒，有人感到挫折，而且她们真的把情绪发泄出来。我意识到，自己为杰夫做得太多了，是我导致他没有足够的机会靠自己克服障碍。"隔天早上，她便拒绝为父亲刷牙，父亲的衣服她也只是拿出来摆在一旁就走开了。父亲不情愿地自己刷牙，而且，据他所述，是经过一场"奋战"才总算穿好衣服。

在我搭机走的前几天，喝完茶后，母亲与我两人坐在餐桌前闲聊。她问，要是她先走了，我会怎么做，一副父亲不在一旁的样子。我是否会想让父亲搬到红木退休之家？抑或让他继续待在米德尔敦，然后由我亲自过来陪他，或者就请个看护？父亲忧心忡忡地问我们："你们在说什么？"

我心里什么想法也没有。有时候，我觉得自己仿佛是安徒生童话《白雪皇后》（*Snow Queen*）中的小男孩，他的心被镜子的碎片扎到而变成冰块，眼中只剩下对世上的不满与怨怼。我不爱单刀直入，总爱引述早报、诗歌或自我成长书籍中的语句来回答。

只是父亲不再能理解太长的句子。

我屏住呼吸，因为我即将立下誓言，这个誓言将比我 30 多岁时立下、又在 40 多岁放弃的结婚誓约更深、更真。

"如果薇薇死了，"我直视父亲，并直呼母亲的小名，缓缓说道，"我会照顾你。"

母亲再也没回去参加那个照护者互助团体。她说，她抽不出时间。即便来到美国已经半个世纪，她依旧是个在陌生国度里的陌生人。她始终不理解，为什么两个弟弟和我总爱对不认识的人公开自己的生活。我打电话向弟弟乔纳森大吐苦水，不过我并未要求他飞去东岸，至少不如我们俩日后所希望的那般强烈。我在西岸的朋友也适度表达了他们的关怀，但他们之中没几个人见过我的父母，也更不可能有人能带父亲去看场电影，好让母亲得到暂时的休息。我曾想过要瞒着母亲多找几位父亲的老同事，请他们定期带父亲去吃顿午餐，却担心被母亲发现。

夜里，我为母亲的磨难与父亲的病情感到忧心。白天，我试着联络以往担任健康与人类行为记者十年下来所累积的人脉。我时不时就去拜访米德尔敦的一名资深社工与住在西哈特福德（West Hartford）的一名退休医生，他专门为遭逢医疗变故的家庭提供咨询。我经常错过截稿日，也想不到有趣的杂志写作题材，收入只剩下原本的一半。

我父母找过那名社工，但他们并不觉得他有什么了不起的。提供变故咨询的医生曾向父母试探，他建议父亲定期参加水中有氧课程。医生对母亲说，只要父亲能自理生活的时间持续愈久，他远离疗养院的日子也就愈久。母亲点点头，签了张 200 美元的支票，关上门，却一次也不曾带父亲去游泳池。这些日复一日的操劳看来已经让她无力负担了。于是，我又一次飞回米德尔敦，而这也就是我如何在 2002 年的仲夏发现自己坐在冥想椅上，身旁的父母还是像被胶水粘住般形影不离，父亲身上没了钱包与手表，母亲正在用夹脚拖打苍蝇。

早餐过后，我开车带父亲前往红十字会在市中心的办公室，填写免费接送车服务申请表。我把父亲的各种失能情况密密麻麻地填在表格里。等我们回到家，我请母亲给我父亲的卫斯理大学的身份证与钱包，出乎我意料的是，母亲丝毫没有一点抗拒便全数交给了我。接着，我开车带父亲前往卫斯理大学的游泳池，替他向服务人员出示身份证。我一下水就开始来回游泳，父亲则卖力地在浅水区交替踏步，练习他在康复中心所学到的物理治疗运动。

星期一和星期二，红十字会的接送车会来家门口，接我和父亲到游泳池。到了星期三、星期四，我先送父亲上车，再自行开车到游泳池与他会合，陪他一起下水，游泳后再送他上车，然后开车回家等他。望着父亲穿着短袖衬衫，还拎了一个装泳裤的抽绳带，一副刚从游泳训练营下课回家的小男孩的样子，顿时我感到一股充满母性关怀的温情。

我以父亲必须准时搭上接送车为借口，带他到大街上的佩尔顿药房（Pelton's Drugstore）买了一块有黑色尼龙表带的天美时（Timex）防水表，好取代被母亲拿走的那块不锈钢表。接下来的星期一，就在我来回游泳、父亲练习水中踏步时，他突然望着分道线的另一头，很流利地脱口而出——母亲不在身边时，他通常能表达得更好："你知道吗，这块表真的让我开心极了。"他看着手表说："有手表真好。"

这一刻比起我所写过的大多数文章都要重要，比我书架上的各种奖项或刻着我姓名的水晶奖杯都更有价值。我的自信心大幅提升，爱的能量也更丰沛了。

直到我准备回西岸的那个仲夏早晨为止，父亲已形成习惯——每周三个早上搭接送车去游泳池，自行做水中有氧运动，也会在衣物间请陌生人为他套上衬衫。水中有氧运动，如此微不足道、平凡无奇又非技术性的医疗方式，启动了一连串的良性循环，帮助父亲建构出生活中渺小却真实的独立之乐。以不自然方式延长的生命非我所愿；然而这不是我的人生，这是父亲的人生。

我搭机走的那天，母亲含泪告诉我，她不想让我走，这是我第一次听到她说出这句话。多年来争执不下的我们，总算成为同心协力的战友。她在餐桌上抚摩着我的手说道："如果你能住得近一点，如果你住的地方到这里只要一个半小时，如果你住在波士顿，那该有多好。"

一直以来，我都在期待她能像这样说话，对我展现她的温柔、她的需要以及她的感谢。有一瞬间，我还真希望自己能留下来。

50 年来，我看着她一肩挑起我无力负荷的重担。没什么能拦得住她——毅然远离所有南非的至亲好友，远离那个非佣每天早上将早餐端到卧室门口、没有未来的社会；在战后的英国抚养三个小孩，身边却只有独臂又不会换尿布的丈夫；带着几只大皮箱和一套上好的蓝色羊毛西装，在 1957 年抵达几乎没半个熟人的纽约港。

她和父亲在波士顿郊区亲手盖了一间房子，建筑采用 20 世纪中期的摩登复古风，室内还能远眺湖面风光。她将玄关正门漆成青绿色，再用尼龙钓鱼绳将橙汁瓶盖串成吊饰，挂在门边的长窗上。阳光下闪烁的瓶盖好比金色的鳞片，着实是件匠心独具的艺术品，而且不花一毛钱！她后退一步，双手叉腰，欣赏自己的杰作，脸颊染上一抹油彩，法式盘发垂下一绺金丝，得意唱起音乐剧《飞燕金枪》（*Annie Get Your Gun*）

中她最爱的歌词 :“你会做的，我都能做得更好！什么我都能做得比你好！”

几十年后，在她面前的我仍然觉得自己像个笨拙的青少年。而今，那个青少年理应成熟到足以成为她父母的父母。我抚摩着母亲的手，安慰她，家人本来就不应该相隔那么远，接着便上楼拿行李。

* * *

几个星期后，远在加利福尼亚州的我收到一封感谢信，令我大为讶异的是，尽管发件人几乎无法言语，他却还能思考、能阅读、能书写。

“你不仅信守承诺，还做得有模有样，这可是法国人最沾沾自喜的拿手绝活。”父亲如此写道。这封信很可能是他在计算机前苦思好几个小时的心血。行文流畅的程度，与稍早在哈特福德近郊机场和我吻别时那位面带微笑、无法言语的男子简直判若两人。尽管他在口语上的理解和表达能力被中风摧毁，他大脑中处理视觉数据与掌管部分读写能力的区域却归功于数十年来的学术涵养，早已高度开发，而且显然是逃过一劫。

“你过人的天赋、亲切的态度让每个接送车司机都深受感动。就算出了什么差错，你也从不曾自乱阵脚。你的离开免不了为我们带来惆怅。你令我和你母亲非常伤心，却也非常骄傲。我们带着极其微妙却美好的心情离开了机场。你在一团和气下将所有该做的事都做了。我的宝贝女儿，我想告诉你的是，你是我的挚爱。假使过去的我从不曾对你表达感谢之情，往后我必定尽力弥补这个过失。”

在打印出来的书信正文底下，在一团杂乱而几乎无法辨识的线条之中，我看到了父亲亲笔写下的签名。

第3章

生命仪式

2002年秋天，父亲静静地步入80岁，除了母亲的一张手写纸条以及我的信，并未有任何庆生活动。凭着他遗传给我的那股硬脾气，他已能对微不足道的成就感到坦然，也能对失败释怀。在他中风后的那一年，他再次学会如何系腰带与梳头。不过他伸手可及的范围在中风后缩小了，因此我从残障目录为他订购了一把特制的长柄梳。为此母亲十分反对，理由是目录上大剌剌印着的“残障”字眼令她深恶痛绝。每个星期有三天，他拖着一条腿走去泳池运动，母亲却取消了红十字会的接送车，因为有时候司机会先行绕到隔壁小镇送人，等到送父亲回家就已经太晚了。父亲的老同事理查德·阿德尔斯坦（Richard Adelstein）先生每个月前来探望父亲两次，并带他去吃午餐。大多数时候，说话的都是阿德尔斯坦先生，而父亲则负责当听众。在语言治疗师安吉拉的鼓励下，父亲决定着手写自传。不幸的是，如同康复中心手册上所述，父亲的康复速度逐渐缓慢了下来。他的基准点改变了：就记忆、心智能力、阅读理解等方面来看，他是个受过高等教育的80岁长者，反之口语能力只有四五岁，生理依赖程度相当于6岁的孩子。

布莱恩与我和他的妹妹安妮一家，以及布莱恩87岁高龄的父亲约翰，在马萨诸塞州西部共度了2002年的感恩节。约翰罹患晚期关节炎，还经历过一次轻微中风。由于他必须使用助行器与楼梯升降椅，便从皇后区搬过来与女儿一家同住（而在感恩节的四个月后，我们再度飞回东岸参加他的葬礼）。安妮与丈夫度假时，我和布莱恩就留在家中照顾他的父亲，在那之后，我们驱车前往米德尔敦——这是我第一次向父母介绍布莱恩。

以前我总担心父母会觉得布莱恩配不上我。说实话，我也有所疑虑。布莱恩穿着旧金山淘金者队的球衣，戴着棒球帽，以销售医疗器材为生，有时他还会把“滂沱大雨”说成“‘旁他’大雨”，或是把“积非成是”说成“积是成非”。他曾经试着亲近我的父母，结果并不太顺利。他曾在电话上告诉母亲，她的女儿有多棒，却只换来母亲冷冷一句：“她这个人很难相处。”某次全家一起去餐厅吃午饭，布莱恩请父亲同意将我嫁给他，父亲咧嘴一笑，摇头说道：“我觉得你就是不适合。”我这辈子都无从得知，到底父亲只是和布莱恩闹着玩，还是尚未中风的他其实清楚说出了令人不安的真心。

但我的担心其实是多余的。这次父亲带着布莱恩，就只有他们两人，到卫斯理大学的校区转了一圈。结果，不论父亲或母亲都无法抗拒布莱恩持续释放出的善意。父母相继离世后，我读了母亲充满感情地写给南非亲戚的信，才明白他们目睹了布莱恩让我这么幸福，心里有多欣慰。

布莱恩离开后的某个早晨，父亲和我一起漫步前往卫斯理大学游泳池。救生员早就搭好残障升降机等着他，他像是电工一样坐在篮子里进出泳池。我们走回松树街的家时，父亲说，他正在放永无止境的长假。他早在中风前就惯于忍受无法改变的事实——从他失去的手臂、两个儿子的疏离到母亲的长期不满——此时的他正是在运用这种能力。

另一方面，母亲也有了些许成长。一名卫斯理大学的退休数学教授教她如何管账，此外，母亲每个月都会带着账本拜访为她报税的会计事务所，一名簿记员会帮她找出账目总额一两块美元的误差。还有一名过去担任社工的邻居建议她把自己最畏惧的照护项目列出来，再聘请专人来帮助。母亲向卫斯理大学的朋友打听，找到一名上了年纪、为人客气的非裔美国看护安妮。每个星期有三天早上，安妮会来帮父亲洗澡，每次工资10 美元。

就在情况刚稳定下来不久，他们的一名律师老友却建议母亲卖掉房子，趁父亲的身心状况都还符合资格时，先搬进所谓的“生活照护社区”（life care community）。母亲认定，父亲的健康状况不可能好转，只会逐渐恶化。她既慌张又无法入睡，拖着父亲参观了一个又一个生活照护社区，但她嫌其中一个社区提供的果冻难吃又信奉路德教派，有些离附近城镇太远，还有些是因为住满穿着高尔夫球裤的共和党人而遭她拒绝。

母亲的老年生活才刚起步，她仍旧精力充沛。与父亲的无助绝望相比，他们俩就好比在大河的两岸遥遥相望。就算生活中充满负担，母亲依然是独立自主的。她有自己的朋友圈、自己的花园，还有好一阵子没使用的缝纫机，每个星期也会到街上的弗莱迪米德尔塞克斯水果店（Freddy's Middlesex Fruitery）采买最鲜脆的青苹果与红橡叶莴苣。她绝不会放弃这样的生活，转而住进她所谓的“养鸡场”——太贵太热，像鸽子笼一样狭小的公寓，还得吃煮得过烂的食物——然而，她生怕积蓄用尽，无法预期的意外事故令她恐慌。此外，目前的她在照顾父亲之余，维护住宅与屋外的大片庭园的工作也致使她筋疲力尽。在我知道她找中介为房子估价后，我感到很沮丧。我们已经失去了太多，我不想连那间房子都失去，那是代表优美与秩序的一座岛屿，唯有此处能勾起弟弟和我曾拥有的一段岁月。

我挟着医生推荐函，带父母前往西哈特福德面见另一名律师，对方可谓专长于老人法律事务的先驱。他矮小，40多岁，蓄着八字胡，具备敏锐的观察力。他的父亲在将近60岁时罹患了阿尔茨海默病。待老先生在疗养院咽下最后一口气时，连一毛钱都无法留给太太或子女。

律师引我们到一张亚麻色的会议桌前就座。他建议父母将所有不在退休金账户中的共同基金全转到我名下。假使父亲必须搬进疗养院，我们首先就必须将退休金账户中的资产“花光”。

接下来，实施对象为贫穷人士的联邦医疗补助（Medicaid）会接手父亲的照护开销。实际上，在美国每年超过 1370 亿美元的长期照护支出中，联邦医疗补助负担了其中的 45%。[1] 我的父母若不将部分财产交由第三方保管，母亲便有可能陷入律师口中所谓的“配偶贫困”（spousal impoverishment），也就是说，他们必须先花光大部分资产，联邦医疗补助才会开始补助父亲的照护费用。

另一方面，假使父母的部分财产能立即转移到我名下，待母亲体力渐衰，这笔钱就能用来支付母亲的照护费用，甚至还可能为弟弟和我留下一笔遗产。我希望母亲能将这个规划视为备案，不要因为一时冲动而住进生活照护社区。母亲还是可以待在这个象征我们精神堡垒的家，雇用更多看护，照顾自己的生活。

“现在就做。”律师一边捋着他的八字胡一边下指令。目前政府正在进行法律修订，届时事态会变得更棘手。律师提出的方案严格来说并无违法之处：父母将资产合法转移给成年子女其实相当常见。此外，在接下来的至少三年内，只要父亲不申请联邦医疗补助（后来延长为五年），就没有人会对这笔财产转移进行清查。

在父亲还能言语时，这种做法就是他所谓的“旁门左道”，如今的他坐在椅子上，成为沉默顺从的证人。

律师拿出一沓文件要我们签。比起父母几年前所签的生前预嘱与“预立医疗委任代理人”文件，眼前这份文件的涵盖范围更广（也更昂贵）。首先，需要签的是更新版的生前预嘱及全新的“预立医嘱”（advanced directives）。这两份文件声明，立约人一旦陷入昏迷，或生命不及半年，便放弃维持生命救治（后来我才得知，这些文件的内容中完全没有提及老年痴呆，也没有提到心脏起搏器这类微小的植入式维持生命装置）。再来，便是填写新的“预立医疗委任代理人”表格——只要家庭医生一人认定父亲已无能力进行医疗抉择，母亲与我即可代为行使这种权力。最后还有几份文件，分别将母亲的医疗监护权交付给我，授权母亲与我代为管理父亲财产的委托书，以及几份类似的表格，赋予我相当的权力替母亲代管资产。

母亲把该签名的地方指给父亲看，父亲提起因中风而萎缩扭曲的手，颤抖地签名。他向来是家中的财务总管，如果说母亲是一艘难以捉摸又停不下来的帆船，父亲就是船上的压舱石。他是母亲的靠山，也是我们的大家长。如今父亲过去扮演的角色已然支离破碎，但两个远在加利福尼亚州的弟弟却依旧刻意与父母保持距离，因此父亲空下来的位子，只好由母亲以及我这个没什么条理但还算聪明善良的女儿来分担。

公证人忙于翻页盖章，我则注视着那些即将带我们迈向新世界的法律语言。当时的我们浑然未觉，原先以为是护身符的法律文件，终究不过是毫无效力的几张废纸。

母亲与我联络富达投资（Fidelity），安排好转账事宜后，我便带着父亲去散步。克拉伦斯 · 沃兹沃斯上校的宅邸外观像极了结婚蛋糕，落成于20世纪初，最近才由米德尔敦镇政府完成翻新。宅邸四周林木环绕，父亲与我就在林间漫步。过去几十年来，父母与我曾无数次走过这片树林，越过林间的潺潺小溪。想当年这里是马可楼圣母会所*经营的修道院，我们还会一起嘲笑里面的修女。我牵着父亲的手，他拖着一条右腿。遍地净是秋天的落叶。

我问他，他这样活着是否还有意义。

父亲问我："你说的是'不施行心背复苏术'吗？"他把"心肺复苏"说成"心背复苏"了。我想谈的其实不是这件事，但我还是点了点头。

他说，要是他当时死于中风，母亲的生活就会好过许多。他用他中风后含糊不清的嗓音说着："她会哭得像其他寡妇一样，然后，一切就没事了。"

当我们踩着落叶前行时，我想起了祖母艾丽斯。我对她几乎一无所知。她死于1963年，享年83岁。她临终时躺在南非一家医院的病床上，是我们第一位在陌生人围绕下过世的家人。中风五年下来的摧残令她内失禁又语无伦次，她愤怒得不愿进食。在不得已的情况下，深爱她的丈夫欧内斯特与他单身的妹妹玛莉只好将她送进医院。

艾丽斯临死前所受到的漫长折磨在当年远不如今日常见。父亲的四个手足中有不少人对信仰产生了动摇，他们公开质疑

---

* 马可楼圣母会所（Our Lady of the Cenacle），为天主教派别之一。——译者注

为何上帝要如此惩罚艾丽斯。“她发出的声音没人听得懂 ……我始终无法肯定仁慈的上帝是否存在，艾丽斯的遭遇更迫使我无法信服。”过世的伯父盖伊为享誉盛名的南非诗人，他在回忆录中写到了艾丽斯人生末端最悲惨的时光。艾丽斯过世后的几个小时，盖伊与我震惊的祖父一起站在床尾，不住打量她僵直的双眼与空洞的身躯。盖伊写道 ：“她再也不用在病痛中讽刺地回顾过去健康的自己。她死了，她已蒙主宠召，终于获得自由，不需再为了从 83 岁的躯体中翻找词语或意义而受苦受难。”

艾丽斯的丈夫欧内斯特，即我的祖父，卒于 1965 年，享年 79 岁。在他过世的年代，拖延老年人死期还不是常见的医疗行为，但那个年代也即将迈入尾声。某日，祖父走到后院的木工工作室，完成一组做了 30 年都做不完的椅子，又将工作台清理干净，突然心脏病发。两天后，他就在医院病床上与世长辞。

握着父亲柔软、长满老人斑的手，我不切实际地盼望他也能够走得这么安详。

被困在失语牢笼里的父亲比手画脚地说道 ：“胳膊断掉是一……一……一回事。”我懂。父亲在战地医院一度绝望到不想活下去，但那只不过是一两天的事。经过几个月的康复以及无数个夜里与其他受伤的退伍军人在罗德斯大学痛饮，他再度振作起来，放弃一度憧憬的化学生涯，重新让自己成为历史学者，娶了母亲，并从此一路顺遂地走过来。

“肩……肩……肩袖……”他耸了耸肩，这回我也知道他想说什么。他的肩袖在 60 多岁时断裂，即使动过手术仍未见起色，后来便无法伸手拿到放在桌子另一头的盐罐。不过他终究还是适应了。他依旧是我最亲爱的父亲。

“不过这个，”他两眼直视着我，充满不解与愤恨地摇起头来。“这个”的确不同于以往。

“这个。”

回到家后，我替父亲把外套挂在门边。挂钩位置太高，如今的他已经够不着了，母亲却无意把挂钩放低，她不想为此破坏门厅简洁的线条。我进入二楼寒冷的客房里，坐在母亲的老书桌前，拉了一条毯子盖在腿上。我的内心依然摇摆不定，我一方面希望父亲能寿终正寝，另一方面又希望他的身体机能更好，心情更加开朗。我拿起《大哈特福德地区电话簿》（*Greater Hartford Yellow Pages*），翻到“物理治疗”类，一个个地找，结果找到一名住在克伦威尔（Cromwell）附近的物理治疗师。这名治疗师不但有自己的康复池，还接受联邦医疗保险所支付的低廉补偿。我把电话号码抄在索引卡上，兴奋地递给母亲，并开始整理我要带回加利福尼亚州的登机箱。万万没想到的是，这个疗程却为我们带来了惨痛无比的后果。

第二部

快疗

第4章

残酷的希望

12月初，母亲来电告诉我一个坏消息。新的物理治疗师热心地为父亲进行水中康复，没想到康复过度，导致父亲下腹部平滑肌裂开，出现两个缺口。些许脂肪和部分身体组织经由这两个缺口突出，使皮肤隆起并带来疼痛。这两处隆起在医学上被称为腹股沟疝（inguinal hernia），只要全身麻醉，便能利用最新的腹腔镜手术轻松修补。费尔斯医生推荐父亲暂时穿戴疝带以缓解疼痛，只是疝带要价200美元，又不在联邦医疗保险的支付范围内，因此母亲并不想照办。时间是治疗的关键：要是不进行手术，甚至连疝带也不使用，突出去的那截小肠就会被夹在或嵌顿（incarcerated）在父亲的腹部壁，突出的小肠逐渐失去血液供应，进而引发坏疽。天真如我，居然觉得区区一个疝气手术不值得我暂时放下工作飞一趟东岸。然而，对于虚弱的老年人而言，没有所谓的“小”手术，也没有所谓轻微的医疗处置。

费尔斯医生安排父亲转诊至当地的一般外科，外科医生另请了一名心脏科医生为父亲进行术前评估。圣诞节隔天，父亲中风刚过一年，母亲开车带父亲到康涅狄格沿海一带的米德尔塞克斯联合心脏内科（Middlesex Cardiology Associates），与紧急预约的约翰·罗根（John Rogan）医生会面。52 岁的罗根医生性情温和，顶着微秃的黑发。他毕业于马萨诸塞大学医学院，是个天主教徒。罗根医生在病历表上将父亲描述为“和蔼可亲的南非绅士”以及“投效英军，参加第二次世界大战时，在意大利的战役中被炮弹炸掉一只手臂”。多年后，罗根医生仍写信告诉我，他有多么喜欢我的父亲。

罗根医生从父亲的病例中看不出任何问题。他为父亲做了心电图检查，发现父亲老迈的心脏在休息时每分钟只跳 35 下，比多数健康年轻人心率的一半多出几下。这种症状其实已经跟了父亲至少六年之久，在医学上称为“无症状性心动过缓”（asymptomatic bradycardia），常见于运动健将或老年人。许多奥林匹克的耐力运动选手心率低，因为他们的心脏体积大、效率高，比赛时能将富含氧气的大量血液运送至肌肉；到了休息时，心跳就会大幅放慢下来。

父亲心跳得慢，因为他已经 80 岁了。

心脏中的天然起搏器被称为窦房结（sinoatrial node）。父亲的窦房结在正常老化的过程中失去了大半活力。窦房结为一束看起来像逗号的神经纤维，栖附于右心房顶端，约莫是铅笔顶端的橡皮擦大小。日日夜夜，从出生到死亡，窦房结会自发性放出微弱电荷，每次放电后，会暂停、收缩又再次放电，其所释放出的电信号通过心肌与神经纤维，直抵心脏下半部一对负责输送的主要腔室，也就是心室。这股信号指示心室将血液挤送至动脉，而血液再经由动脉传送至四肢与体内的重要器官。等到 75 岁，由于正常的细胞老化或细胞死亡，窦房结将失去多达九成的细胞。[1] 心脏电流传导系统的其他神经细胞也会随着年纪增加而逐渐减少。

1994 年，父亲在一次内科例行心电图检查中首次发现心跳缓慢的问题。有时候是窦房结释放出的信号需要比较长的时间才能抵达心室，有时则是心跳停顿，偶尔甚至会出现心跳漏了好几拍的现象。按照心脏科医生的说法，这种症状属于文氏型房室传导阻滞（Wenckebach atrioventricular block）。不过从心电图来看，虽然曾出现罗根医生所谓“一度房室传导阻滞”与“病态窦房结综合征”（sick sinus syndrome）的异常波形，但父亲除了脚踝偶尔肿胀外，从来没有昏倒、头晕或任何心脏不适的症状。假使父亲是在心脏起搏器问世前就步入老年，没人会觉得他的心脏有问题。他不过就是年纪大，心脏不堪用了。

罗根医生从检验结果判定出父亲需要安装心脏起搏器。根据他的说法，倘使没装上心脏起搏器，疝气手术中的全身麻醉可能导致心跳停止。对衰弱的老人而言，会造成日后遗憾的医疗判断，通常都是在时间压力下仓促决定的。此外，病患或家属当初会做出这种决定，通常也是以为医生所提供的治疗方式是唯一选项，对身体也没有不良影响。这是罗根医生第二次见到父亲，也是他第二次建议父亲安装心脏起搏器。

罗根医生第一次为父亲检查是在一年前，也就是 2001 年 11 月，在肠胃科医生警觉到他心跳过慢、父亲第一次中风前的几周。即便心脏科诊疗指引对无症状性心动过缓的治疗方式并不包括心脏起搏器，罗根医生仍然建议父亲，他“确实具备安装心脏起搏器”的条件。罗根医生在事后写给我的信中提到，父亲的情况“属于灰色地带,并未完全符合诊疗指引所规范的情况。当时我认为他迟早都会需要心脏起搏器，因此最好是在主要症状尚未出现前便为他安装”。

一年前尚未中风、精力充沛的父亲亲口对罗根医生说，若没有绝对必要，他并不想安装。父亲的内科医生费尔斯医生也觉得心脏起搏器是过度治疗，并非必要。即便如此，罗根医生还是准备让父亲佩戴便携式的霍特（Holter）心脏监视器。霍特心脏监视器是一种佩挂式的行动心电图，可持续记录 24 小时的心律。为期较长的心电图测试有助于更进一步发现心律异常的状况，并使父亲看起来更有理由植入心脏起搏器。可惜父亲还来不及接受霍特心电图检测，罗根医生就接到母亲含泪打来的电话，通知他父亲中风的坏消息。

大约在罗根医生第一次提起心脏起搏器的同时，意大利心脏科医生阿尔贝托·多拉拉（Alberto Dolara）正在提倡一种新的临床医疗概念，他称为“慢疗”（Slow Medicine）。[2] 2002年年初，多拉拉医生在知名的意大利心脏学期刊上发表了一篇相当具有国际影响力的文章。他写道，快速医疗好比快餐，而慢疗就像是慢食，着重节制、平静，以及最重要的时间——其中包括衡量治疗所需的情感与物理成本需要的时间；评估新的治疗方式与科技需要的时间；此外，在生命将尽之际停止激烈的医疗方式，转而照顾病患及家属更广泛的需求，也需要时间。

后来多拉拉医生也在《心脏病学报》（*Acta Cardiologica*）上以英文发表论文，提到过度积极的医疗行为可能造成“过早手术、过度热衷于新型医疗科技、过分强调检验的重要性……几乎不再留心于病患的需要”。[3] 与多拉拉医生共同提倡“慢疗”的同事费利斯塔（Francesco Fiorista）医生，也曾在别处写道：“多做未必更好。”[4]

这两名意大利医生所奉行的，是一个默默兴起的非主流医疗文化，其概念综合了几个既欠缺经费也不光鲜亮丽的领域，即老年医学、缓和医疗（palliative care）、内科与家庭治疗科、临终照护。此运动的源起或许可追溯到1967年英国护士西塞莉·桑德斯（Cicely Saunders）在伦敦成立的第一家安宁医院“圣克里斯托弗安宁医院”（St. Christopher's Hospice），其成立宗旨在于改善患者的“苦境”，而非试图延长患者的生命。在许多层面上，慢疗所代表的并非先进的医术，反而是回归古老的医道。

大体上而言，慢疗运动着重以病患为中心的照护，给予医疗抉择充分的时间，且强调“照护”重于“治疗”。尽管慢疗风气悄然而起，其中心理念却很容易湮没在经费充裕、疗效显著、有时还制造不实希望的高科技医疗中。上述几名意大利医生，特别在心脏科医生中，只是少数分子，但他们绝非异类；而我那对医疗相当谨慎的父亲也绝对不是。有些研究认为，一旦病患充分理解重大常规手术的优缺点与替代方案，他们拒绝手术的比例通常比医生高。[5] 然而，将近半数的病患却表示，他们并未获得这类信息。[6] 此外，即便对罗根医生而言，延长父亲寿命只有百利而无一害，但有将近三分之一的重症患者与生活无法自理者却不认同这种看法。1997 年发表于《美国老年医学会杂志》(*The Journal of the American Geriatrics Society*) 的一项研究指出，在某间医院接受访谈的重症病患中，有三成表示他们“宁愿死去”，也不要在疗养院永无止境地活下去。[7] 这种想法对他们的医生或至亲而言都是始料未及的。在另一项研究中，则有 28% 的心脏衰竭病患声称，他们宁可健健康康地享受一天，也不愿像现在这般再苟延残喘两年。[8]

父母与罗根医生在 2002 年年底再次见面时，父亲已因中风而残，又饱受疝气之苦。他们毫无心理准备便来到没有指示的十字路口。在那当下，就算最寻常的医疗抉择，都变得令人紧张而神圣。父亲仍身强体壮时从未质疑过的假设——那时的“救命”并不只是让他换一种方式死去——已经有所转变。他们那天所面对的决定，不仅是“如何”或“何时”治疗，而是“是否”治疗。父母所考虑的不单是一个心脏起搏器。他们思考的是，为了换取多一点相处的时间，他们愿意忍受多大的折磨。可惜当时的他们并没有答案。

身处这个十字路口，过去最深藏、最难以启齿的道德质疑，都经由各种神奇的维持生命的科技而搬到台面上，并放在聚光灯下接受检查：我们对生命的感谢有多深？我们又愿意承受多少苦难来换取更长的寿命？宁愿死得太早，还是太晚？死亡所造成的人际连接流失，我们该如何从中找到意义，又该如何让相信天国的人理解这种失落？照护者所承受的痛苦是否有其道德立场？为人女儿的千方百计想让父亲死去，能否算是在表达对父亲的爱？抑或只不过展现出她的自私与隐藏的怨怼？

回顾父母与罗根医生当天在办公室的讨论，假使医生把心脏起搏器视为一种选择而非必需品来讨论，父亲会如何回应？要是医生当下就言明，电池蓄电力达 10 年，结果又如何？要是医生曾和母亲讨论父亲后续的照护事宜，或问父亲是否觉得自己还活得有价值，母亲又会有什么回应？

我没有答案。罗根医生是心律问题的权威，但他不专长老年医学、心理治疗或家庭医学。他曾向我坦承，他从来不收医疗业务代表所送的礼物，他真心关照病患，他对父亲所采取的治疗方式也符合普遍认可的做法。在父亲的诸多健康问题中，他只不过是关注于其中一个可修补的病症。假使他不曾建议父亲安装心脏起搏器，父亲的健康又出了问题，在当地我们甚至可以因他不符合“执业标准”反告他失职。罗根医生所面对的是我的母亲，一个知道该如何让自己看起来不失颜面的妻子。当时的父亲已无法理解餐桌上的热络谈话，更不用说和一个几乎素昧平生的人谈论自己的生死大事。从父母的角度来看，我这个远在天边的女儿同样面对着自己的问题：辛苦工作只为生活，并小心翼翼与新对象进一步交往中，对方两个即将成年的儿子在父亲家向来随意，因此偶尔关系紧张起来就需要好好谈谈。

母亲既不是听话的女人，也不是笨女人。她对心脏起搏器没有太大兴趣，她也很清楚，两人向来信赖的内科医生费尔斯医生坚决反对安装心脏起搏器。然而，她太急于让父亲脱离病痛，又不甚了解高科技医学。她大半辈子几乎全然相信医生的建议，基本上也一直没什么问题。在母亲成长的时代，多数医生都奉行意大利人所惯称的“慢疗”，医生四处登门拜访病患，他们的收入大致与病患处于同一水平，几十年来为同样的一些家庭服务，没有药厂或仪器公司的业务员给他们送礼，也不会采用让他们间接获利的医疗技术来为病患治疗。20 世纪 50 年代时，她 30 多岁，我与弟弟接种了乔纳斯 · 索尔克（Jonas Salk）所发明的小儿麻痹疫苗。索尔克的疫苗从未申请过专利，是为全人类福祉所研发，拯救了好几百万人的性命。母亲心里明白，医学从那一刻起已截然不同了。她曾对我说：“整个看诊过程不过 15 分钟，那不是医学，是笑话！”不过，母亲也不是那种惯于把在线医疗信息打印下来带去医院的病人。

在我们的医疗体系中，没有人会因为说“不”甚至是“等一下”而得到奖励，即便像母亲这般节俭、聪明，还懂得阅读《消费者报告》（*Consumer Reports*）的人也不例外。联邦医疗保险与辅助医疗保险为父亲支付了心脏起搏器的几乎全部费用，却完全不支付临时疝带。这条疝带原本能为我们争取更多时间，让我们至少做出充分考虑后的医疗抉择。母亲在一年后购置新车时，她问了更多问题，也得到了更多政府规定的消费者须知。

事情并不止于此。某派说法认为，假使病患具备足够的医疗知识，签完所有声明书，就能逃脱医疗行为所带来的那些令人恐惧的不幸后果。但母亲并不只是一名医疗消费者，她同时也是身陷痛苦、筋疲力尽却怀抱一线希望的妻子。她曾要求父亲“绝对”不能丢下她先走。她把父亲的中风视为有待克服的挫折。对她而言，父亲不是一艘正在起锚的船，未等她上船便离岸沉没于大海中。很久之后，当她对那天的决定感到后悔时，她才向我坦承：“那时的我还没准备让他走。我仍然认为情况有改善的机会。那时的我还没真正了解，一旦中风，就有复发的可能。”

费尔斯医生是旁观者清。他的父亲那阵子确定罹患了阿尔茨海默病，他明白有些事比死更令人难受。在我父母都过世后，费尔斯医生曾说：“假使那是我的父亲，我会与母亲聊聊，并安慰她‘该是时候了。心脏起搏器会将他的生命延续到毫无意义的地步。我们该适可而止，让一切顺其自然吧’。”

只不过，当时母亲并未致电费尔斯医生。

她当时只是无奈地耸耸肩，下一刻便同意了。她打电话通知我，安装心脏起搏器的手术就排在一个星期后。我忍着没把话说出口，私底下盼望父亲心脏衰竭是一回事，但积极地置人于死却是另一回事。

接下来的六年，我们都生活在这几个医疗抉择的余波中。

比罗根医生更爱我父母、更能体会他们苦难的费尔斯医生，是通过传真得知消息的。费尔斯医生还记得，他曾致电罗根医生，然而罗根医生毫无印象。费尔斯医生如实告诉我："尽管我比任何人都还了解杰夫，但外科医生与心脏科医生所受的训练，比一般医生多好几年，我的意见没有太高的参考价值。"此外，费尔斯医生也担心，假如手术再延迟下去，父亲的疝气就会转变为坏疽。"若真变成坏疽，就非常严重了。他们让杰夫毫无选择的余地，于是我放弃了。"

倘使费尔斯医生没有放弃呢？那么联邦医疗保险将让他损失一笔钱。联邦医疗保险并不支付费尔斯医生与专科医生联络的电话费，仅支付每次 54 美元、为时 15 分钟的门诊费用。若费尔斯医生另外提供书面报告，证明看诊时间不止 15 分钟，联邦医疗保险才会支付额外的 20~40 美元。2009 年的医疗改革方案曾提议支付这类咨询 * 价格达 200 美元的费用，却受到保守派智库哈德逊研究所（Hudson Institute）一名顾问的曲解，致使此案遭舆论强力抨击为"死亡专家组"的支付方案，最终胎死

* 作者在原文中并未点明，但"这类"咨询实为美国医疗改革法案所提出的"临终咨询"（end-of-life counseling）。——译者注

腹中。[9] 如此一来的结果就是，任何科别的医生只要进行治疗，就算是使用接近无效的二、三线治疗也都能获得补偿，此种现象在肿瘤科尤为明显；讽刺的是，对于肯花时间对病患解释“多做未必好”的医生，却几乎得不到任何补偿，这实质上是一种变相的经济惩罚。

无论罗根医生或费尔斯医生都相信，少了心脏起搏器，父亲很可能活不过两年。[10] 费尔斯医生曾说，父亲不断退化的心脏或许会愈跳愈慢，心律不齐的情形也会日益严重。要是他运气够好，某个夜里就会因为心跳暂停太久而永远停止跳动，否则可能就会因为昏倒而跌断髋骨或摔破头。不管是哪种情形，他的大脑、肾脏及其他重要器官，都会因为缺氧而缓慢衰竭。

费尔斯医生进一步解释道：“他的心脏原本可以停止跳动，他原本可以走得很平静，但在这个年代，维持生命器材的使用太普遍，自然死亡的人已经很少了。”没有心脏起搏器不代表父亲就能走得简单而痛快，但装上之后，他原本能够善终的最好机会就被剥夺了。

2003 年 1 月 2 日下午，胸前局部麻醉的父亲被推入米德尔塞克斯纪念医院的手术室。为他操刀的外科医生是当地颇具知名度的乔纳森 · 艾伦瑙（Jonathan Aranow）医生。他曾在哈佛大学医学院与波士顿的贝斯以色列女执事（Beth Israel Deaconess）医疗中心受训，擅长腹腔镜手术。艾伦瑙医生顺着父亲右锁骨下方的斜沟划下一道近 8 厘米的开口，切开接近上臂表皮、通往心脏的头静脉。医生利用某种称为“荧光镜”的实时 X 射线影像，将一条称为导线的螺旋状长线穿入头静脉，直通右心室尖端，也就是位于父亲心脏下方的泵送室。接着，他又在同一条静脉中植入第二条导线，再将导线通往位于父亲心脏上方、空间较小的右心房。待两条导线定位后，医生便将导线尾端接上脉波产生器顶端的塑料部件。这个脉波产生器是心脏起搏器的一部分，其扁平的金属外形看似犹如芝宝（Zippo）打火机。两星期后，医生再度执刀为全身麻醉的父亲完成疝气手术。

借由这台 45 分钟的心脏起搏器手术，艾伦瑙医生可从联邦医疗保险取得 461 美元的报酬，而医院所得的总收入则约为 12,000 美元。在这笔费用中，将近 7500 美元会全数付给圣犹达医疗用品公司（St. Jude Medical）。圣犹达公司位于明尼苏达州的圣保罗，是全球第二大医疗用品制造商，其主要产品为心脏起搏器、心脏除颤器与其他心律调节装置。圣犹达公司为明尼苏达州“医疗街”（Medical Alley）的领导厂商。诸多前景被看好的医疗科技公司都聚集于此，成长迅速，医疗大厂美敦力公司（Medtronic）即是其中之一。

以这个心脏起搏器来说，医院究竟要付圣犹达多少钱，我无从确定，罗根医生或艾伦瑙医生也没办法确定。医院只会告诉我，米德尔塞克斯纪念医院属于地区医院联盟的一员，联盟的医疗设备均为共同采购，因此父亲植入的起搏器为其标准型号。心脏装置的制造商要求医院签署价格保密协议，甚至对指定使用其产品的医生,院方也不得揭露商定的价格。[11] 如此一来,心脏起搏器的价格便无须受到公开竞争与供需法则的直接影响。以数码相机的售价为例来比较,心脏起搏器的售价——85% 由联邦医疗保险间接支付——在过去 50 年来不过微幅下滑。[12] 不仅如此,心脏起搏器的价差极大,美国政府问责局(Government Accountability Office)于 2012 年公开的调查显示,两间医院就同一款心律装置所支付的价差高达 8723 美元。[13]

艾伦瑙医生以几条强韧的细丝将心脏起搏器缝入父亲锁骨下方的皮肤里。这颗心脏起搏器中包覆着电子零件:一颗微型电池、一个脉波产生器,与一个能感知心律变化的微型计算机。第一条放在父亲心房中的导线可测得他的每一次心跳,第二条导线则在自然心跳减慢时,将微弱的电流传送至他的心室,好使心肌收缩的速率稳定维持在每分钟 75 次。这个小玩意儿开始夜以继日地发送出无数次信号。比起 60 多年前第一个持续调节心律的装置,如今的机型重量仅有原来的千分之一,体积更小、更安全,也更灵敏。

第5章

维持生命设备的问世与死亡改造[1]

1952年，在波士顿贝斯以色列女执事医疗中心，内科医生暨研究员保罗·卓尔（Paul Zoll）已在医院的实验室里努力了两年。[2]他先以电击停止狗的心跳，再试着以电击使其恢复心跳。而此刻他想将两年来的实验成果实际应用在人体上。他的第一个实验对象是一名急诊病患，该病患的心室剧烈颤动，到医院时已濒临死亡。卓尔医生对病患胸口进行电击，意图稳定其心律，只可惜病患的冠状静脉在直接注射肾上腺素时意外刺穿，已经开始大量出血，约莫20分钟后病患便过世了。

卓尔医生的第二名病患在医学史上仅知其代号为“R.A.”。R.A.是名65岁的男性，有心脏病史。他的心律在停止与混乱的快速跳动之间交错。卓尔医生拉着一台手推车来到病床前，车上摆着一台被称为“格拉斯生理刺激器”（Grass Physiological Stimulator）的笨重实验仪器，其体积与外形有如大型金属面包箱，外观的特征是正面有好几排开关、仪表与一卷绝缘层较厚的电线，电线尾端一分为二，各自接上一根可通电的针。此仪器可传送校正过的规律性电击，医院实验室一般将其用来研究神经与肌肉组织对电刺激的反应。

卓尔医生先将刺激器接上电，再将两根针插入 R.A. 的胸口，并开始传送 130 伏特的电流。R.A. 的胸肌剧烈抽动，电流则一波波地从胸壁传向他的心脏。他的心脏随着电击规律跳动，然而，只要卓尔医生切断电力供应，心跳就会停下来。在接下来的六天里，无论 R.A. 是在吃饭聊天还是在病床上收听世界职业棒球大赛，刺激器都不断刺激他的心脏跳动。最终，R.A. 的心脏总算开始自行跳动，虽然缓慢，至少稳定保持在每分钟 44 下。卓尔医生移除了电击设备，几天后，R.A. 便出院了。10 个月后，R.A. 的心率再次下降到足以致命的程度，可惜这次他还没被送到医院就过世了。

卓尔医生将 R.A. 的病例发表在了《新英格兰医学杂志》（*New England Journal of Medicine*）。格拉斯生理刺激器并非永久的解决之道，但利用电子设备促使人类心脏重新跳动，且不必动手术划破胸膛，卓尔医生仍是首开先例。

在接下来的三年中，一家被称为达因电子（Electrodyne）的公司制造出几台类似格拉斯生理刺激器的设备，让更多卓尔医生的病患起死回生。然而，许多人并没有 R.A. 那么幸运。格拉斯生理刺激器是一套急救设备，外形笨重，功能原始，其目的是帮助病患度过短暂的危险期。对于心律无法自行恢复的病患而言，这台机器反而让他们陷入苦难。这些被插座所束缚的拉撒路*躺在病床上，承受实验治疗重复释放的强烈电击，[3]电击引发不自主的胸部抽搐，导致患者不时痛到表情扭曲，偶尔皮肤甚至烧出水泡。遭受电击的儿童尽管服用大量镇静剂，仍忍不住哀号。

1955年或1956年，大约是R.A.奇迹复活三年后，一群贝斯以色列女执事医疗中心的实习医生与住院医生探视了一名慢性心脏病病患。根据当时仍是实习医生并于日后成为心脏外科权威的已故医生西摩·福曼（Seymour Furman）所述，"这名病患接上卓尔医生的体外心脏起搏器已经很长一段时间。包括我在内的年轻医生无不为他打气，说着'奇迹很快就要出现'这类我们不信、他也不信的空话。"[4]就在这群年轻医生离开病房后，病患便"关掉刺激器开关自杀了"。这是拒绝向人工心脏维持生命系统屈服的首例，但严格来说这并不能算是自杀，反而是一种前所未有、无以名状的道德行为。

诸如此类的故事甚少出现在大众媒体上，更遑论占据重要版面。战后的美国洋溢着积极自信，追求破除传统、崇尚科学，刚移民来美国的我们一家也不例外。整个社会对理性、进步、毫无节制的人体实验充满信心，足以与文艺复兴、启蒙时

---

* 根据《圣经》记载，耶稣让死去四天的拉撒路（Lazarus）从坟墓中奇迹式地复活过来。——译者注

代的信念相匹敌。1957 年，我们一家人搭乘“伊丽莎白女王号”抵达纽约，在港口寻找我们的大皮箱，皮箱中装着我的泰迪熊与父亲的打字机。“二战”英雄德怀特·艾森豪威尔（Dwight Eisenhower）时任美国总统。那是个经济腾飞的年代。经历了英国七年的苦日子后，巴特勒一家终于要在这个年少轻狂的国度，利用第二次世界大战时期迅速发展的科技，积极展开新生活了。

父亲在波士顿大学的非洲研究所觅得教职。我们租了一间位于郊区的房子，屋内有中央暖气、我们的第一台电视以及一个没有围篱的后院。我们不再上教堂，买了一辆跑起来像蜗牛的二手别克车。日益壮大的美国联邦政府出资兴建了许多高速公路。母亲神情紧绷地把车开上崭新的高速公路，前往超级市场采购。不管是橙子、洗洁精还是冷冻鸡肉，都能在同一家灯火通明的巨型卖场中找到，母亲禁不住啧啧称奇。租房子三年后，父母在湖畔买了一块地。他们决定盖一间新潮前卫的住所，镶着大片玻璃窗，造价稍微超出他们的能力范围。

推土机进行填土工程，水泥搅拌机把灰色的泥浆灌入地基。墙壁、窗户一件件由卡车运送过来；大片大片的红木板与玻璃不出几天就像纸牌一样立了起来。这间房子基本上就是有着屋檐的盒子，采光充足，有许多落地窗，有一个单人浴缸，另外还有四间小卧室窝在二楼的屋檐下，这对我们来说够大了。我们的新家被称为科技屋（Techbuilt），其灵感来自弗兰克·劳埃德·赖特*设计、价格平实的美国风住宅（Usonian House），设计概念是希望将包豪斯（Bauhaus）建筑风格推广至普罗大众。模矩式（modular）的建筑架构使房屋得以维持低廉造价。屋内的一楼生活区域没有明显隔间，也没有优雅的线条或精致打磨，住在美国殖民风住宅内的邻居无不对此瞠目结舌。

父母为了省钱自己当起建筑承包商。除了水电工程，他们几乎揽下了所有的建筑工事。父亲当时不只在波士顿大学全职教书，还赶着重写博士论文。每到傍晚与周末，他都会到工地和母亲一起吊挂石膏板，一起在石膏板接缝处灌浆、漆墙壁。等到浴室要贴瓷砖的时候，母亲独自一人跑到施工现场向瓦匠师傅偷学，学完再回家依样画葫芦。我觉得没什么能难得倒她。

从我新房间的窗户望出去就是湖景。两个弟弟和我在湖畔共度夏日时光，驾驶我们的二手小型帆船。三角形的船帆是大条纹的涤纶（Dacron）帆布。在当年，涤纶也是另一项划时代的创新材质。我们虽然没有多余的钱购置家具，母亲仍不惜重本，在剑桥一个名为“设计研究”（Design Research）的家具行，添购了一盏由野口勇所设计的日式纸灯。这盏灯是由日本纸、竹条与灯光所构成的锯齿状光柱。母亲将纸灯挂在铺着软木地板的客厅一隅，近处摆着两张蝴蝶椅、一张廉价的黑色海绵沙发，还有一张她从家具店“门”（Door Store）买回来，和父亲一起

* 弗兰克·劳埃德·赖特（Frank Lloyd Wright，1867—1959），美国建筑大师，著名建筑学派“田园派”代表人物，崇尚自然的建筑观。——译者注

组装的马赛克咖啡桌。甚至连她的咖啡机都带有前卫的科学质感——凯梅克斯（Chemex）的沙漏形烧杯活像是来自化学实验室的实验器材。

约翰·肯尼迪（John Kennedy）当选美国总统；《杰森一家》（*The Jetsons*）在电视上首次播映；美国国家航空航天局宣布要将人送上月球；美国国会下令国家卫生研究院（National Institutes of Health）出资研发全人工心脏。

从美国到欧洲的医生和发明家无不沉醉在同一股战后的热情中，无论在车库、在钣金工厂，或在医院的实验室，都忙着利用洗衣机、吸尘器、牲口饮水槽、玻璃管、橙汁易拉罐、人工肠衣等组件拼凑出新奇的医疗装置与手术器材。第二次世界大战期间所发明或用在战场上的材料，如尼龙、涤纶、硅、塑料等纷纷在民间发挥着各种神奇的新用途。

1960 年，我们搬进科技屋那年，一名西雅图的年轻肾脏科医生利用特氟龙（Teflon）这种新塑料材料的光滑特性，制造出一根不沾黏的 U 形分流管，可永久置放于病患的静脉中。[5] 如此一来，战时所发明的洗肾，便从急救措施转变为例行性却昂贵又削弱体力的治疗方式。同年在巴尔的摩约翰·霍普金斯医院（Johns Hopkins Hospital），三名医生暨研究员于《美国医学会杂志》（*Journal of the American Medical Association*）共同发表的论文中宣称，他们在胸骨上方进行重复且规律的施压，成功使麻醉中停止的心脏恢复跳动。[6] 这项发现也因此带动了日后广泛应用的心肺复苏术的发展，也就是俗称的 CPR。

我们置身于一场医疗革命中，医疗行为在本质上出现了前所未有的转变。轻松的战役已传来捷报，而对于与微生物和病毒的大战，我们也几乎胜券在握。医生在人类与死亡的持续抗战中踏入新的领域——人体器官的修补、重新启动甚至是器官置换等这些一度神圣、攸关生死且不可侵犯的医疗范畴。

彼得·本特·布莱根医院（Peter Bent Brigham Hospital）是这场医学革命的重镇，并为哈佛大学医学院的指标性教学和研究机构，父亲在波士顿后湾区（Back Bay）的办公室与其相去不远。布莱根医院当年的外科主任是弗朗西斯·丹尼尔·摩尔医生（Francis Daniels Moore，日后成为母亲的乳癌外科医生，可以说是她的救命恩人）。摩尔医生极具个人魅力，令人望之俨然。在 20 世纪中期，他带领整个医疗团队精心进行了一场又一场大胆的人体实验。其中一组医生负责主动脉瘤研究。主动脉为宽大的动脉，负责将心脏中充满氧气的血液输送至遍及全身的细小血管。主动脉瘤一旦撑破脆弱的动脉壁便足以致命。当时医生从船帆上割下涤纶帆布，将其消毒后用来修补肿胀的主动脉瘤。[7] 另外一组医生从事器官移植研究。在那个器官排斥现象依然未知的年代，他们所进行的肾脏移植实验几近全数失败了。

1944 年夏天，心脏外科先锋德怀特·哈肯（Dwight Harken）医生在英格兰获得了十分宝贵的经验（同一时间，许多医生正在意大利拯救父亲的生命）。胆识过人的他从一百多颗跳动的军人心脏中拔出炮弹碎片，打破医学界长期以来不做心脏手术的禁忌。战后，哈肯医生回到布莱根医院，对心脏进行更深入的研究。[8] 他以手指和类似钩针的粗糙手术器具打开年轻女性结疤僵硬的二尖瓣。这些女子均因儿童时期罹患风湿热而注定了长期体弱多病、英年早逝的命运。风湿热是由链球菌引起的心脏感染，在抗生素尚未普及之前相当常见。不过哈肯医生的初步实验结果颇令人丧气，因为更换瓣膜的 10 名心脏病病患有 6 名死去，[9] 他们不是死在医院的手术台，就是在手术不久后便离世，其中几名死者如果不动手术还能再辛苦撑上几年。[10] 不过，随着技术演进，哈肯也挽救了无数生命。

在布莱根医院的其他手术室中，许多早期的医疗研究结果同样惨不忍睹。医生为了控制高血压患者的危急病况将其肾上腺切除，病情却不见起色；他们也试图进行大脑手术，将女性乳腺癌病患的脑下垂体摘除以推迟癌细胞扩散[11]（这些女人在手术后除了依旧致命的疾病外，还多了脑损伤）。没过多久，这些研究想当然地都出现了惊人的成效：在摩尔医生的带领下，免疫抑制药物研发成功，肾脏移植挽救了成千上万的生命，各种外科手术的存活率都有显著的提升。然而，成功的代价却如此惨痛。

在布莱根医院的哈佛医生群中，许多人就像摩尔医生一样，出身上流阶级，受过高等教育。他们的病患大多是来自劳动阶级的意大利裔美国人与爱尔兰裔美国人，居住在波士顿南北两端，并依赖医院所提供的慈善医疗服务。人体实验在当年并无任何规范。有些病患曾私底下向人类学家勒妮 · 福克斯（Renée

Fox）抱怨，医生对实验功效过度夸大其词，也刻意轻描淡写实验的高度风险。一群布莱根的年轻医生集体拒绝参与被他们称为“谋杀”的研究，而一名医疗伦理学专家也主张应克制“亟欲切割以缝补出永生、目空一切的欲望”[12]。

但即便如此，实验仍旧在媒体的鼓动下持续进行。1963年——来年父亲得到了卫斯理大学那份他所热爱的工作，向来四处为家的我们迁往米德尔敦，总算是安定下来——摩尔医生登上《时代》（*Time*）封面，象征着一个大无畏的全新医疗时代，也庆祝他为提升手术安全而进行的大规模研究。《时代》的报道写道：“外科医生已拥有最先进的设备与技术，几乎没有什么病人能让他们感到束手无策了。”[13] 然而，这篇报道中并未提及的是，所有在布莱根医院接受换肝手术的9名病患，均经历了漫长且令人恐惧的临终过程[14]；而摩尔医生悄然指示换肝计划中止的消息也从未见报。

摩尔医生称那段时期为“黑暗年代”，但他从未公开否认他或团队的任何作为。针对首次肾脏移植实验，他仅轻描淡写道：“我们所挑选的实验对象皆为来日无多的病患，实验是在最理想的状态下进行的，每个细节也都被翔实地记录下来。以40年后的道德标准来批判我们早期的研究有失公允。事实真相是，当初我们若不铤而走险，就不会有今日的医学成就。”[15] 摩尔医生的言论是以一种革命性的角度来看待临终病患：这些病患不再是过渡的灵魂，而是实验对象。医疗实验只要能推动科学知识的进步，造福未来的病患，即使延长病患所受的折磨也无可厚非。

连同哈肯医生在内的多位布莱根医生，皆带着近乎恐惧的情绪回顾在实验初期死去的患者。哈肯医生表示，在实验初期，每当他的心脏病病患过世，他所感到的伤痛“与一般状况下失去病患的痛苦截然不同。平时我们无论如何都能埋怨命运、埋怨造物主、埋怨疾病所带来的失败。然而，一旦我们创造出死亡工具，并导致病患走上通往毁灭的那道桥，油然而生的又是另一种痛——开创者的痛”。

同一时间，在位于明尼苏达州明尼阿波利斯（Minneapolis）的综艺会心脏医院（Variety Club Heart Hospital）中，一名胆大的年轻外科医生沃尔顿·利勒海（Walt Lillehei）也在进行另一波实验。利勒海有着“心内直视手术之父”的称号，20世纪50年代，他全心投入所谓“蓝宝宝”（blue babies）的救治。无精打采的蓝宝宝长着杵状指，肤色发青，左右心室间有先天性破洞，使鲜红的含氧血与暗红的缺氧血交错混合。利勒海医生将幼儿放入装满冰块的金属水槽中使其身体冷化，诱发近似冬眠的状态，接着再将注射死刑犯惯用的三种毒剂之一的氯化钾直接注入其心脏，强迫心跳停止，改以全新研发的人工心肺机（基本上就是一台精密的泵送设备，能通过玻璃管与塑料管将血液输送至加氧器）暂时取代幼儿的心肺功能。[16] 此时，利勒海医生便趁机缝上心室间的破洞，待手术结束再将幼儿移至温水槽，以另一台被称为除颤器的新装置予以电击，重启心跳。最幸运的那群孩子从此便过着与普通人没有两样的生活，长命百岁。

只不过，手术缝补经常伤及微小心脏中的神经与传导系统，致使心脏再也无法正常跳动。曾有一度，手术失败率特别高，接连七名“蓝宝宝”死于心脏传导问题，[17] 有些孩子的家庭甚至穷到连墓碑都负担不起。利勒海医生为此深感挫败，于是求助于一位名叫厄尔·巴肯（Earl Bakken）的年轻发明家。当时巴肯刚与其姐夫共同创立了一家名为美敦力的小公司，专门为地区医院的研究室维修医疗设备，而明尼苏达大学医学院也是其客户。巴肯幼时家贫，在明尼苏达的乡下长大，自从看过电影《科学怪人》（*Frankenstein*）后便迷上了电子学。20 世纪 30 年代早期，差不多也就是我那顽皮的父亲在南非以土制炸弹炸掉手指的同时，巴肯正在明尼苏达自家的地下工作室敲敲打打，拼凑出堪用的电话系统、简单的旋转式割草机、抽烟机器人、可以远程引爆的鞭炮，他甚至设计出了功能原始但可以远距离控制、威力十足的电击棒。[18]

1958 年 1 月，明尼阿波利斯的一间改造车库中点着老式的大肚暖炉，巴肯则在此组装出全世界第一台可携带式电子心脏起搏器。时空倒转回 6 年前的波士顿，贝斯以色列女执事医疗中心的格拉斯生理刺激器才将 R. A. 从鬼门关救回来。巴肯在心脏起搏器中使用的主要零件为市面上在售的 9 伏特镍镉电池、两个表盘、一个红色开关指示灯以及两根构造简单、可定时放电的晶体管。巴肯参考《大众电子》（*Popular Electronics*）杂志中的电子节拍器蓝图设计出心脏起搏器的晶体管，并将其蚀刻在最新开发出来的硅晶圆上。他的心脏起搏器结合了心脏外科与微电子学在战后的突破性发展，缔造出大幅超越格拉斯生理刺激器的成果。

巴肯为新开发的 Medtronic 5800 心脏起搏器所觅得的第一名病患，是罹患先天性心脏病的 6 岁小女孩，她不久前才动过心内直视手术。巴肯的仪器挂在她脖子上，有如一台怀旧风的新闻摄影机，两条导线从接近心脏的位置进入胸壁内，持续以微弱的电流促发心跳，直到女孩的心脏有能力自行跳动为止。与刺激器所带来的强大全身性电击相比，Medtronic 5800 可谓划时代产物。不过，导线进入体内之处比较容易引发感染。因此，如同刺激器，这台心脏起搏器仍是“过渡”科技——一台笨拙的仪器，至多只能帮助病患克服暂时性的器官衰竭。

1958 年秋，在斯德哥尔摩北部的卡罗林斯卡医学院（Karolinska Institute），发明家儒尼·艾尔姆奎斯特（Rune Elmqvist）与外科医生奥克·森宁（Ake Senning）又向前迈进了一步。[19] 在历经好几个月的犬实验后，两人将心脏起搏器连同所有导线首度完整地植入人体。他们的第一名病患是 43 岁的阿尼·拉森（Arne Larsson）。拉森是瑞典一家海洋电子公司的经营者，当时的他已病入膏肓。他原本热爱溜冰与高尔夫球，也是个活跃的生意人。然而，他却不慎食用了腐坏的生蚝，导致了很可能引发肝炎的病毒感染，致使他的心脏和肝脏严重受损。他的心跳缓慢且不规则，每分钟仅跳动 28 下。他一天昏倒数次，许多医生都判定他将不久于世。在拉森夫人艾尔斯-玛丽（Else-Marie）的不断恳求下，尽管艾尔姆奎斯特与森宁认为实验尚不成熟，他们还是暂停手边的犬实验，腾出足够的时间来拯救拉森的生命。

艾尔姆奎斯特时任瑞典一家新兴电子公司艾莱玛–舍南德（Elema-Schönander）的研发部部长。[20]他清空了一个奇伟（Kiwi）鞋油罐作为模型，将两块小型的镍镉电池、各类导线、两组蚀刻在硅晶圆上的标准电路塞入罐中，再以医疗用环氧树脂填满鞋油罐。待树脂凝固后，他从鞋油罐中取出整个装置，看起来像是车库工作台上做出来的成品：一个小体积的半透明曲棍球，其中填充了缠绕的线圈、一块电池、几种电子零件，还拖着包在聚乙烯套管中的两条不锈钢导线。接着在卡罗林斯卡医学院的手术室中，森宁切开拉森的胸膛，沿着心脏表面缝上两条导线，再将曲棍球状的心脏起搏器藏在拉森腹部。稍后从手术室出来的拉森，已经有了正常的心跳。大约六个小时后，电池漏出的酸液造成装置短路。拉森只好再回到手术室换上另一个心脏起搏器，然而这个心脏起搏器也没有持续多长时间。几个星期后，拉森又装上第三个，这次总算运作了较长一段时间。总之，拉森最后顺利地回到滑冰场上，拾起高尔夫球棒，并重掌他的电子事业。

医疗维持生命器材的发展速度在此期间发展迅速，许多领域也都有所进展，没过多久，“加护病房”这种新型病房便应运而生。1961 年，堪萨斯州堪萨斯城的罗伯特·波特医生（Robert Potter）将过去照顾穷苦老人的开放式病房重新装潢为 11 间小隔间，每个隔间内都安装有最先进的医疗设备与电子监视器材，并配置接受过完整心肺复苏术训练的医生和护士。在当年，心肺复苏术仍是一种全新的急救方式，加护病房的设立，意味着所有的尖端医疗仪器一次到位。

早期的呼吸器是比照吸尘器的构造设计而成的。对于病情严重或瘫痪无法自行呼吸的患者，呼吸器的可伸缩塑料软管能引导空气通过喉咙，进入衰竭的肺部。全美第一台“急救车”（crash cart）也是出自波特医生父亲的钣金工厂，车上搭载有所有的先进设备，以便急救时能更快速抵达病床前。[21] 急救车上的设备包括气管内管，可在病患喉咙处连接新型呼吸器；车上也有“急救苏醒球”（Ambu bag），医生可对苏醒球进行人工充放气以暂时输送空气；另外还有体外除颤器的金属电击片，用以刺激心跳恢复；最后则是一片能塞入病患身体下方、提供坚硬支撑的床板，因为体外心脏按压的剧烈程度往往足以压断肋骨。

病患蜂拥而至。1969 年的迈阿密，一名男子因心脏病发“暴毙”，但急救人员在院外合并运用心肺复苏术与除颤器，使他成为第一名起死回生的病患。1971 年，美国建立了全国性的 911 急救系统，一旦新建的联邦高速公路上发生车祸，急救系统便派送救护车，搭载经过认证的医疗急救人员，火速将伤员送往美国各地崭新的急诊室与加护病房。这套急救系统的推手为当时的总统林登·约翰逊（Lyndon B. Johnson）。1955 年，约翰逊总统在弗吉尼亚州米德尔堡（Middleburg）突发心脏病，一辆权充救护车的灵车紧急将他送往海军医院，尽管千钧一发，约翰逊总统仍然战胜了死亡的突袭。

911 急救系统与新型加护病房挽救了许多壮年人强韧的生命，无论是心脏病发、服药过量、遭受正面撞击、刺伤、枪伤、溺水或意外中毒，无所不能。与此同时，加护病房也抹杀了西方传统的死亡仪式，重塑医院架构，改变身体的定义，并导致家人、医护人员甚至是垂死病患本身的行为在临终前严重扭曲。

19 世纪，垂死通常意味着等待。詹姆斯 · 乔伊斯（James Joyce）的短篇小说《姐妹俩》（*The Sisters*）深刻描述了一名 65 岁老神父于 1859 年死于都柏林一个贫穷教区：

> 这次他没救了。这是第三度中风。夜复一夜，我经过他的住所（正值假期），观察那片亮着光的方形窗户；夜复一夜，我注意到窗户依旧透着微薄的光线。如果他死了，我想，我将在暗淡的百叶窗上看到烛影摇曳，因为我知道遗体枕边得摆上两根蜡烛。他经常对我说："我的日子不多了。"我总认为，他不过是随便说说。此刻我才明白，这些话都是真的。[22]

老神父的同僚聆听他的临终告解，在他额上抹油，以古老的拉丁文朗诵祝祷词，引领他穿越生死通道。仪式结束后，神父的两名姊妹为他净身，穿上寿衣，准备入殓。

在充斥着仪器与金属设备的加护病房中，与死亡的抗战总是至死方休；死亡降临象征医疗的挫败，昔日神圣的往生仪式已荡然无存。护士总是先观察监视器指数，才回过头审视病患。临终患者不再有权掌控自己的死亡，因为医生树立了新兴的权威，他们随排班表时进时出。病患体内的各个器官由多名专业技术人员分别照料，临终病患及其家属的情感或精神需求却乏人问津。血液、气体的讨论是现代拉丁祝祷文，分秒必争取代了默默等待。以往家人会守在临终病患身旁，为他们擦拭额头，更换床单，聆听遗言，如今却只有在医院规定的探视时段才能接近病患。病患过世几个月后，他们的家属，特别是维持生命系统移除前有参与决定的家属，往往会出现高度的焦躁、忧虑或创伤后压力的症状。[23]患者通常都不会留下“遗言”，因为他们的话语已经为呼吸器的管线所阻断；至于他们的意识，则陷入药物作用的混沌中，如此一来，才不至于自行拔除那些将他们束缚在人世间的管线。

新问世的医疗仪器迎接身体意义的改变。身体不再是灵魂的庙堂，而是容器，容器中的器官能像零件一般被移除、重组、取代。[24]心脏一度是智慧、爱情、勇气的神秘宝座；那颗告密的心，时而坚硬，时而柔软，会破碎，会跳动，还会敞开；心脏通晓理智无法解释的事。但此刻的心脏不过是一个泵送设备，肺脏是风箱，肾脏则是筛网。曾经，临终者是死亡这出戏的主角；如今，医生才是众人目光的焦点。最新型的医疗仪器扩张到世界各地的新兴国家，不只改变了人体老化与临终的意义，更改变了其样貌。“最近，浮肿的尸体突然多了起来。”青木新门在《纳棺夫日记》（*Coffinman*）中如此写道，此书正是作者在20世纪80年代从事日本佛教丧葬工作的回忆录[25]：

> 那是宛如充水的尼龙袋一般，泛着青白色、水肿膨胀的尸体。
>
> 在我初次开始净身、纳棺工作的昭和四十年代初期*，在自己家中往生的比例还有五成以上，当我前往位于山麓的农家，总是常见到看起来像是枯枝……的遗体……这种农村老人的遗体……有种类似蝉蜕空壳的干燥印象。
>
> 但是，随着日本经济的高度发展，枯枝般的尸体渐渐不多见了……从医院抬出来的，是一具具泛黑的双手布满惨不忍睹的点滴针孔痕迹，时而在喉咙或下腹部还垂着管线的浮肿遗体。那样的遗体不管再怎么看，都……像是劈裂活树般的不自然印象，而不是给人如同晚秋枯叶散落那样的自然感受……现在的医疗机构，甚至不给人对死亡进行思考的余地。
>
> 环绕在患者周围的，是生命维持装置、抱持着要尽其可能延长病患生命的思想的医生，以及执着于生的亲属们。对于面对死亡的患者来说，这就像是被安置在冰冷的机器中，孤零零地与死亡对峙。结果，他们总是在无从对死亡

---

* 即1965年前后。——译者注

有所思考，也无法从任何人那里得到建议的情况下，迎接了死亡的到来。即使想跟人商量，得到的回答也总是千篇一律的“加油”罢了。*

并非所有医护人员都乐见这种变化。像美国如此热情拥抱先进医疗科技的发达国家并不算多。在英国，捉襟见肘的国民健康保险预算向来精打细算，医疗经费决策无一不是通过地方政府制定，他们不仅没这么多的加护病房，洗肾病房更是少见。此外，国民健康保险服务的资源尚必须支付其他支付申请。举例来说，英国医生的薪水是由国民健康保险支付，以保证医生可以提供良好而免费的全民基层医疗；此外，直至 20 世纪 90 年代，英国健康保险规划甚至聘请老年精神病医生进行到家探访。英国的医疗系统支出仅为美国的一半左右，但英国民众整体的健康状况却更好。

英国的第一间加护病房与心脏加护病房建立 10 年后，一项发表于《柳叶刀》(*Lancet*) 的研究指出，新式加护病房中的电子仪器鸣响声会惊吓到某些病人，因此加护病房对心脏病患者而言“并未明显优于”居家照护。[26] 另一项于 1976 年刊登在《英国医学杂志》(*British Medical Journal*) 的研究则发现，对 60 岁以上的病患与首次心脏病发且无并发症的患者而言，在家休养稍微好过待在加护病房。[27] 今天，英国约有 2% 的病房为加护病

* 此段译文引自台湾新雨出版社于 2009 年出版的《纳棺夫日记》。——译者注

房，[28] 相比之下，在美国，加护病房的这一比例已超过 11%。[29] 由于加护病房在英国相对稀少，老年人死于加护病床上的情形也就不那么常见了。

1968 年，在拉森安装第一个心脏起搏器 10 年后，也是卓尔医生以生理刺激器救了 R. A. 一命的 16 年后，就在这一年，伦敦查令十字医院（Charing Cross Hospital）的病理学家威廉 · 圣克莱尔 · 西默斯（William St. Clair Symmers）叙述了一则令人不安的病例，而这则病例只不过是往后无数类似案例的开端。维持生命仪器的发展如此迅速，混淆了医疗与伦理的界限，致使临床医疗与医学常识等软科技完全跟不上脚步。心照不宣的行医准则已演变为"能救的都要救"。

在一封致《英国医学杂志》，标题为《被剥夺的死亡》（"Not Allowed to Die"）的书信中，西默斯医生描述了一名已退休的 68 岁老医生，因罹患胃癌住进了一家海外医院（极可能在美国）。他的癌细胞已转移至淋巴、肝脏、脾脏。这位同为医生的垂死病患已动过一次手术，移除了大部分的胃，又动过另一次手术清除肺部血栓。他要求医院"不再以任何治疗来延长性命，因为癌症的痛苦已超过他必须忍受的程度。老医生在自己的病历上亲自写下了这个要求"。

两星期后，罹患癌症的老医生在医院内心脏病发。不过一个晚上，他的心跳就停了 5 次，每次急救复苏小组都赶至病榻前重启他的心跳。到了早上，医疗人员发现他陷入半生不死的状态。由于维持生命设备频频创造出这种界于生死间的生命形式，“持续性植物状态”（persistent vegetative state）或“脑死亡”（brain death）这类全新的医疗词汇便随之而来。

复苏术使老医生的脑干活了下来。脑干是中枢神经系统中最原始、近似于爬虫类的部位。存活的脑干于是继续指示心脏跳动，命令肺脏起伏。然而，位于大脑表层褶皱的新皮质，亦即人脑中最高度开发的思考中枢，却已因缺氧而死。我们一般称为“自我”、个性甚至是灵魂的部分早已烟消云散。老医生的身体依旧带着血色，在耳垂、手指、脚趾等处的皮肤细胞仍在吸收氧气与养分、代谢废物。他的肺部依旧随呼吸起伏，跳动的心脏也不断将富氧血液输送至全身上下的细胞。矛盾的是，他是生是死，我们却一言难尽。他向内弯曲的双手紧紧握着，无法言语，无法移动，对声音也没有反应。现代维持生命设备勉强让他活在了无生趣的劫难中，又逼迫他体验不得安宁而死的无助。

一息尚存的老医生又撑了三个星期，其间经历无数次癫痫发作与突发性呕吐。医护人员以静脉注射喂食，输血、投抗生素阻挡肺炎侵犯，还在他的气管开孔以维持呼吸道通畅。就在医疗团队准备为他插上呼吸器时，他的心脏最后一次停止跳动。西默斯医生写道：“仅以此病例报告交付审查。本文不做任何论述或结语，留待读者自行评判体会。文中所提及之人物身份及其所在地并非本文重点。”[30]

我的父母与大多数非医疗人士没有什么不同，对于日渐浮现的医疗道德困境，他们可谓一无所知，至多仅限于《时代》或《生活》（*Life*）杂志上偶尔刊载的一两篇相关报道。20 世纪 60 年代晚期，他们才 40 多岁，年轻健康，刚到卫斯理大学没多久，心思全放在其他事情上，如结交新朋友、盖另一栋科技屋，然后在米德尔敦发展起来。母亲进入研究所攻读教育学硕士，我则是卫斯理大学的三年级学生，成天读着莎士比亚与弗吉尼亚 · 伍尔夫（Virginia Woolf）的作品，自行在外租房住。迈克尔就读于纽约州北部的一所实验寄宿学校，而乔纳森好不容易从米德尔敦当地的天主教男子高中毕业。他在康涅狄格河组织了一个船员俱乐部并担任舵手，闲来没事便修车。

1970 年的秋天，母亲时年 47 岁，任教于深河高中（Deep River High School），摩尔医生在布莱根医院所推动的外科手术进展，很可能就是她的救星。那年，母亲的左胸发现肿块，米德尔敦的医院为她进行乳房切除手术，这种激烈的手术治疗方式是当时的主流。外科医生切除了她乳房与左胸壁上大部分肌肉、一颗大小如核桃的坚硬癌症肿瘤以及四个有癌细胞的淋巴结。其中一个淋巴结已经完全被转移的第二个肿瘤所破坏，显示有癌细胞随淋巴液流出，有可能扩散到其他组织。经过六个月受尽折磨的放射治疗后，她与父亲开车前往波士顿，求诊于布莱根医院的摩尔医生。她生怕癌症复发。

摩尔医生时年 58 岁，仍在布莱根医院担任外科主任。他头发灰白，但背脊挺得笔直，晚期乳腺癌是他为数众多的专科领域之一。医生很清楚母亲所面临的危机，母亲也有自知之明。

他日后在自传中写道："残酷的真相是，踏入晚期乳腺癌（即首次治疗后复发的乳腺癌）荒原。"[31] 摩尔医生花了许多时间检查母亲仅存且尚未受到癌症侵袭的乳房。基于安全考虑，他建议将右乳一并切除。母亲接受了他的建议，他所操刀的单纯性乳房切除手术也相当成功，癌症再也不曾复发。

为了争取活下来的机会，母亲宁可牺牲乳房，丝毫没有遗憾。她感谢摩尔医生，感谢癌症互助会与放射治疗帮助她活了下来，也感谢她体内可敬的生命力。但癌症改变了她。她阅读亚历山大·伊萨耶维奇·索尔仁尼琴（Aleksandr Solzhenitsyn）的《癌症病房》（*Cancer Ward*），也阅读伊丽莎白·库伯勒-罗斯（Elizabeth Kübler-Ross）出版于1969年的畅销书《论死亡与临终》（*On Death and Dying*）。她坦然面对自己的死亡。

她用相机为自己拍摄裸照，记录下她消瘦胸膛上的伤疤。她在父亲为她建造的暗房中自行冲洗底片。她没让任何人看过这些照片，只是静静地将它们与底片收在一起。她一如往常地挽起满头金发，梳成招牌的法式盘发，继续展现无懈可击的穿着品位，以向来美丽的女性形象重回世人面前。她从未接受乳房再造手术，几年后更停止在胸罩中填充黏稠的盐水袋，带着平胸女性的形体活下去。

母亲并未回学校继续教授美术课，转而接送多位卫斯理大学教职员的患癌妻子至医院进行化疗，并护送许多女性踏上人生的终途。她很庆幸自己是存活下来的幸运儿。然而，愈深入认识美国的临终医疗，她就愈质疑医疗行为出现了过度的迹象。

1977 年，正当她逐渐恢复健康、脱离癌症阴影时，一名教职员的前妻波莉 · 哈森（Bolly Hassan）罹患了死亡率最高的胰腺癌。波莉接受了惠普尔手术*，母亲经常陪伴她。惠普尔手术必须移除人体脏器，是治疗胰腺癌最不得已的手段，与母亲的乳房切除手术相比，其所涉及范围更广，对病患余生的生活质量伤害也更大。惠普尔手术有可能延长病患的寿命，只是机会渺茫。波莉的手术移除了受到癌细胞侵袭的胰腺头部、整个胆囊以及一部分胃与小肠，腹腔中仅存的器官则重新连接至逃过一劫的大肠。手术后，她的病情未见起色。垂死的波莉躺在医院中，骨瘦如柴，意识不清。护士每天会过来一次，把波莉移到床边的体重计测量体重，只是每一次量体重的过程都让波莉呻吟不止，直到母亲对护士说："她快死了，你难道看不出她很痛苦吗？"并坚持让护士停下来，才中止这道无谓的流程。

母亲的焦虑不安并非例外。随着新式医疗科技的问世，医护人员对临终病患在医疗过程中所受的折磨似乎变得麻木不仁。科技往往只拖延死期，却无法使病患康复；科技更让部分医生与患者对永生不死产生不切实际的期待，衍生出时至今日都还是充满猜忌的医患关系。科技使医生掌握神乎其技的医术，却在情绪沟通上训练不足。除此之外，对于医生的道德角色在病患临终前应如何转变此种文化共识的缺乏，也因为科技而突显出来。

从中世纪的黑死病到伤寒、霍乱、猩红热、结核病等流行

---

* 惠普尔手术（Whipple procedure），即"胰十二指肠切除术"。——译者注

病肆虐的年代，医生与病人的世界并无太大改变，死亡总是来得太早、太意外，也带走了太多生命。人们理解死亡是人生必经的阶段，医生所能提供的治疗方式，不外乎建议病人多喝点波特酒、放血或是使用水银药物。医生与临终病患并肩面对病痛的折磨，一起预测最终危机的降临，再来便是等待。他们接受命运的安排。

20 世纪 50 年代中期以后，原先信仰上帝、接受死亡的医生与病患，纷纷转而信仰医学，抗拒死亡。无论结果多么徒劳无功，医生、护士总能做点什么来对抗死亡。

可惜病患不见得都领情。20 世纪 70 年代中期，在弗吉尼亚州的一家小乡村医院里，一名护士满脸得意地来到一位老妇人床前，因为眼前这名老妇人的命是她用心肺复苏术救回来的，急救中甚至压断了老妇人的两根肋骨，却见老妇人诅咒道："我会恨你恨到死。你不只夺走了我上天堂的机会，还让我活受罪。"

1977 年，也就是波莉 · 哈森过世那年，一位名叫黛安 · 迈尔（Diane Meier）的年轻医生还在俄勒冈州波特兰市的俄勒冈健康与科学大学（Oregon Health & Science University）就读医学系，日后她会成为麦克阿瑟奖（MacArthur Fellows）获得者，并引领被称为"缓和医疗"的医疗改革运动。在迈尔医生成为实习医生的第一天，她的医疗团队对一名 89 岁、即将心脏衰竭而死的老先生进行了一连串猛烈的心肺复苏急救，遗憾的是，老先生最终还是去世了。

"过去悬壶济世所奉行的基本原则——解除病患的痛苦，不让病患受到伤害——已经被彻底颠覆了。”多年后，迈尔医生如此写道：

在几乎未经讨论之下，延长生命的义务已成为行医的首要道德原则，无视治疗所带来的痛苦、低下的生活质量抑或高昂的医疗成本。

这起事件还透露出一些同样强烈却无人提起的讯息。老先生过世后，所有医疗团队的成员无止境地和他 87 岁的太太说话。同一时间，却没人问我，第一天正式成为医生就遇上病患惨死的我，又是如何看待这件事的。[32]

第6章

父亲敞开的心房

父亲植入心脏起搏器之后，我们始料未及的后果并未立刻出现。2003 年 1 月，他出院后回到松树街的家，疝气治好了，心脏起搏器嘀嗒嘀嗒地走着，死亡受到控制，脑力至多只是稍微退化了一些。一名四五十岁的男子或许能从两次小手术中迅速复原，但对我 80 岁的老父亲来说却不是这么回事。全身麻醉会对老年人的脑部造成压力。研究显示，在接受过全身麻醉的老人中，6%~30% 至少会出现暂时性的认知功能退化。[1] 母亲开始注意到父亲说话更吃力，跟不上电影情节，不断查看厨房墙的日历上记录的当天行程，还满脑子想着他不再经手的投资。有一次，母亲外出吃午饭，晚了 15 分钟回来，他便忧心忡忡地要我“报警”。或是当我们散步到一向最爱的印第安山墓园（Indian Hill Cemetery）时，他却不知为何注意起墓园大门横木上的钉子排列方式，并指着要我留心观察，一副这些钉子隐藏着什么我参不透的深意的表情。

母亲感觉到情况不太寻常，便带着父亲前往神经科就诊。神经科医生说，他的现象可能是手术引起的暂时性“失神”（slippage）与“轻微代偿失调”（mild decompensation）。联邦医疗保险允许父亲接受更多语言治疗，因此观察力敏锐又十分尽责的安吉拉再度前来为父亲进行每周三次的治疗。

父母咬紧牙关越过一片崎岖的高原，他们除了安妮之外便没有其他看护。安妮会过来帮父亲洗澡，但后来她因为紧急的家庭原因要离开米德尔敦，母亲于是再度深陷心力交瘁之中。她和我逐渐落入一种模式：父亲的状况恶化，我不断叮咛她要寻求帮助，她一再抗拒直到走投无路为止。接着我会飞回米德尔敦，以迈克尔的话来形容，她一见到我，就立刻变得“随和、好沟通”，她会同意做些改变。无奈这次截稿日近在眼前，我不想回去。

过了一年多，我才意识到两个弟弟从未帮助过父母。他们都是个性讨喜、充满创意，但不时陷入财务困扰的中年男子。即便如此，我和母亲还是会以“那两个孩子”来称呼他们。自从父亲中风以来，他们一次都不曾飞回米德尔敦。不过，他们打电话给父母的次数多了；身为卡车司机的乔纳森在漫漫长路上也经常是我最好的听众。

从某个角度来看，母亲和我只能埋怨自己。我们从不曾要求迈克尔或乔纳森，也从未指望他们做什么，但这么一来，却意外为我带来弥补良心不安的好处。以前母亲总批评我自私，几十年来我唯恐她对我的指控千真万确，没想到，我竟成为她口中的“好女儿”。某次我回米德尔敦期间，早已数不清是第几次为她讲解投资理财时，她不期然叹了口气说：“谢天谢地我有个女儿，生儿子真没用。”这句话听在我耳里莫名地难受，却又莫名地欣慰。

我逼乔纳森飞回康涅狄格州一趟，他照办了。母亲当时正好要买一台新车，办事向来可靠的他为母亲谈到了好的价钱，还带她去买了一个手机，希望母亲能雇用看护照顾父亲，好让自己能偷得浮生半日闲，且不用担心意外发生时无法联络到她。乔纳森和父亲都爱驾驶帆船，因此他带父亲前往神秘海港（Mystic Seaport）一日游。然而，父亲累得快，没办法继续聊下去，要求乔纳森早点带他回家，从此乔纳森再也没陪过他了。日后，乔纳森忆及当年说：“回想起来我真的很自私。当时的他已经变了一个人，而我不想像个保姆一样照顾他。现在我会奉劝朋友，只要有时间就尽量多陪陪父母，哪天他们走了才不至于太过遗憾。”

乔纳森飞回西岸那天，只因他忘了拆下床单及枕头套，母亲一气之下，就把手机退了。我的一颗心当下沉到谷底。乔纳森跟我都不确定，他这么大老远飞一趟究竟是否值得。

某个晚上，正好在我文思枯竭的那一刻，我接到驾驶中的乔纳森打来的电话。他的新工作是在洛杉矶一带驾驶大货车，工时长得折磨人，薪水却比最低薪资高不了多少。他在电话里说道："我想，我找到一个好办法了。"乔纳森的朋友托妮·培瑞兹–帕尔玛正需要一份兼职，因此他把托妮的电话号码给了母亲。托妮住在邻近米德尔敦的梅里登（Meriden），这是一个去工业化的城市，过去以生产制造工具与银质餐具闻名。乔纳森与托妮多年前认识时，托妮正和乔纳森的一个卡车司机朋友周游美国，两人因互许戒瘾承诺而结缘，之后便一直保持联络。

父母的住所有条很长的车道。托妮第一次把她那台破旧的休旅车从街上开进车道时，为她指引的正是我那沉默而焦虑的父亲，而母亲对托妮仍所知甚少，她对托妮仅有的一点认识也无法使她安心。然而，事实上，紧张的人不是只有母亲，托妮曾向我坦承："你母亲坐在餐桌前，面前还放了一大本黄色横纹便条纸。她那种一本正经的英式风格真的吓到我了。她一开口便带有浓浓的英国腔，我不时担心自己口中会蹦出什么失礼的话来。"

母亲问托妮过去是否有过类似的工作经验，父亲则在母亲后方徘徊踱步。托妮觉得父亲有种亲切感，她喜欢父亲的笑容。托妮长得不错，父母是波多黎各与意大利移民，童年的她多半生活在寄养家庭中，在十年级就辍学了。她在迈阿密曾有段四处游荡的迷惘岁月，但她改变了自己的人生。她去餐厅担任服务生与酒保，之后经营一家餐厅，并拿到美国高中同等学力。她认识母亲时已经戒酒五年，并希望将来能在老人社工学领域取得学位。她家中有个年迈的生母需要照顾，还有两名令她放心不下的成年子女。同时她也必须服用一种慢性病药物，病症迫使她一周只能工作几小时。

托妮并未坦言自身情况，至少不是刚见面就全盘说出。当时，她只提到早年曾在迈阿密帮助自己的母亲照顾老年人。托妮体格强壮、有耐心、诚实，而且精力充沛。她喜爱老年人又很有爱心。眼前的母亲已经走投无路，托妮的出现，仿佛冥冥中一股力量送来的一份大礼。

托妮不久便成为母亲的左右手，每周她的休旅车会开进父母住处门前的车道三次。早上她帮父亲冲澡、吹头发，再清理他吃过的早餐桌，用吸尘器清扫家里，她代替我这个女儿为父母分忧解难。母亲和托妮经常合力工作。她们在院子里一起除草，一起漆露台，每年春天一起在屋子四周喷洒杀虫剂以驱除蚂蚁。

托妮所带来的疗愈是双向的。后来她说："我很高兴找到一份工作。工作带给我自信，让我觉得自己是有用的。我做的事愈多，你的母亲交办给我的事也愈多。此外，你的父母不只把我当成雇用的人手，也把我当成朋友。"

于是，托妮成为这个国家250万名街头圣人之一。他们虽然只赚取微薄的工资，生活中又有不为人知的坎坷，却将源源不绝的同情心与好意奉献给像我们这样的家庭。母亲为托妮缴纳社会安全税，支付给她的工资与不公正的行情价相比高出将近两倍。只不过，托妮并不适用最低工资、加班费或任何美国《公平劳动标准法》(Fair Labor Standards Act)所明确规定的基本保障，理由是像她这样的劳工——大多为女性——近似于亲属关系，只因为他们所提供的主要劳务是陪伴，所以并不配领高工资。然而，这个逻辑着实令我费解。再进一步反思，美国文化甘愿为（通常由男性提供的）高科技“治疗”投上百万资金，却吝于支出一点经费在（通常由女性提供的）持续照护上。[2]在这种思维模式下，从20世纪30年代直到21世纪的前10年，将家庭雇工纳入联邦劳动法的努力一再受到阻挠，而聘请许多家庭雇工的居家健康机构，更成为近年来的反对主力。

是托妮用母亲接受的方式把生菜洗好、擦干，再以毛巾包覆好收进冰箱蔬果室里；唤父亲为“巴特勒先生”的也是托妮，就算在她静静为父亲换下沾上粪便的浴袍时，仍旧这么称呼他。她不是女佣，也不算长工，更不是女儿的替身，她却兼具这三者的特点。她让母亲不至于早早就踏入坟墓，也让父亲用不着住进疗养院。她为父母所带来的帮助很可能远大于我们三个子女的总和，也比父母的大部分医生都来得多。有时候，和两个弟弟相比，托妮更像是我的手足。

托妮对待父亲既亲切又有耐心，这是我那情绪紧绷的母亲所难以企及的；而她对母亲的容忍度也是我遥不可及的。托妮曾向我解释：“你的母亲之所以没有耐心，是因为她等了这么久才接受别人的帮助。她长期睡眠不足，无时无刻都得待在你父亲身边，也难怪她会失去耐心。至于你父亲，他举手投足之间净是慈爱。他很随和，就好像——他不是我的小孩——照顾他不只是一份工作——他真的很特别。”

我继续做自己最拿手的事，做我认为能讨父母欢心的事。我扮演社工的角色，寻找专家，对他们耳提面命，为他们拟好计划，并做好最坏的打算。然而，写情书给父亲却可能是我做过最美好的事。

这些书信的内容都非常简单，仿佛出自 5 岁女孩的手。我知道父亲大脑视觉区的受损程度较语言中枢轻微，因此我会在信纸的空白处及内容中穿插涂鸦。我画的净是些小涂鸦，草草几笔不太好看，而我的字迹还是一如往常地难以辨识。我已经不用再去担心他会怎么修改我的文章，也不用烦恼他对我充满波折的写作生涯发表什么评论。父亲也和我差不多。他的书信比言语更动人。他用整个下午费尽心思写给我的信，就是最有意义的礼物。

几十年来，我们都对彼此设下很高的标准，一旦对方无法达成，也会毫不保留地批评。青少年时期的我要他少喝点酒，参加聚会时别老是打情骂俏，多花心思关心两个弟弟，能挡在妈妈前面保护我，多给我一些鼓励与关怀；至于他，则希望我能把学校作业写完，别再丢三落四，别再和母亲起冲突，别在晚餐时当面反驳他,尽力做到最好。如今他以全新的眼光看待我。每次我们在沃兹沃斯林间散步后，我上车前都会先刮掉鞋底的泥巴。即使是这般平常的举动，也能让现在的他印象深刻。而他能够独自走到卫斯理大学的游泳池，也同样令我备感骄傲。

要是父亲死于那次中风，对母亲来说也许会好过些，对他本身或许会更好，对我而言却不尽如此。父亲的失语症让我不再吝于表达情感,也开启了父亲的心扉。我真情流露地对他道谢,感激他为我所付出的一切;而我所得到的响应,除了爱,还是爱。或许,我是本能地在为他的临终做准备。

在我寄给他的信中从未提及的是,我记忆中存在着两位截然不同的父亲：英国童年时期那位慈爱有趣的父亲,以及美国那位疏远、工作过量、脾气暴躁、像猛兽一样吓人、称霸晚餐桌的父亲。我也不曾述及他把我拖入永无止境的理性争辩,以及每每我和母亲大吵,和男孩子出去太晚还不回家,或数学成绩太差,就会听到他对我的猛烈指控：都是因为你,我才开始喝酒,你脑袋有问题。我不曾提起住在韦尔斯利镇(Wellesley)的某日,在湖上教我驾驶帆船的他甩了我一巴掌,也没有提到无数个早晨他在早餐桌上对我怒吼,直到我太晚出门赶不上校车,泪眼汪汪地确信再也没有人爱我了。

我写到他为我朗读《大象巴巴》(*Babar the Elephant*)的故事。

在我视为“遗产”的信件中,我感谢他借钱让我能够在旧金山买了第一间房子,也感谢他：

> 经过多年争执,依旧没有放弃我,感谢你如今对我敞开心房。有父亲祝福的人生何其美好。你的祝福以我无法理解的方式塑造了我,这些祝福将陪伴我,直到我生命中的最后一刻。即使人生如此复杂又经常充满痛苦,你依旧让我知道你乐于享受人生,一如我看到你在家中四处阔步,

指挥着隐形的管弦乐团。这些往事都烙印在我的骨子里，在我的血肉里，在我的每个细胞中。每当我想起你，就知道它们都是你赐予我的礼物。感谢你让我热爱生命。

那个父亲轻抚她脸颊的小女孩。那个站在父亲肩上跃入大海中的小女孩。那些争吵、痛苦、疏离的岁月。历经这些风风雨雨，这份浓浓的爱将你我相连，永不分离。

父亲回信给我："我很难将对你的情感诉诸言语，但你似乎深深体会到了。我这封充满喜悦的信该如何作结？我能做的就是向你道谢。"

安吉拉怂恿父亲写自传，而每个星期过来教父亲使用计算机的卫斯理大学的学生也如此鼓励他，于是他吃力地写起名为"回忆"（*Recall*）的自传，记录着他在南非的童年时期与第二次世界大战期间在意大利受伤的经历，仅仅四页单行间距的内容，就花了他好几个月的时间。

"我小时候经常惹麻烦，而且经常受伤。"自传如此开始，"我不时被卷入危险之中。"接着父亲写到一连串我再熟悉不过、发生在南非沙漠的童年意外事故，像在阴燃的垃圾堆中，为祖父的排字机寻找车用铅蓄电池，结果烧伤了腿。再来，他便叙述了第一次与死神擦身而过的经历。15 岁时，他在寄宿学校结交了一个名叫杰克·奥斯本（Jack Osborne）的朋友。杰克的老家在罗得西亚（Rhodesia），那年和父亲一家共度圣诞假期。两人与其他几个男孩打算潜入克拉多克的停车场，趁车主看电影的时机“借”一台车去兜风。待父亲和杰克抵达停车场时，已经迟了，因为当时杰克正在追求一个女孩，他在女孩家听她弹琴听了好几个小时，同一时间，父亲则在门口不耐烦地等着。好不容易等杰克说了好几次再见后，他们才飞奔至停车场。两人赶到时正好望着那台有两个红色车尾灯的要命的车坐满父亲的表兄弟和朋友，消失在转弯处，直冲向国民路。孰料正以时速近120公里飞驶在沙漠中的车子，居然撞上了一架没打灯的驴车，整台车翻入了大水沟中。两名年幼的表弟脸色惨白，没命似的跑了3公里多的路回到镇上的警察局。父亲最要好的两个朋友被弹出车外，摔到草原上奄奄一息，其中一人还是停车场主人的儿子。第三个大脑受损的男孩虽然幸存下来，可惜脑损伤太重，再也无法重回学校。

我放下稿纸。这个故事我听父亲说过太多次，次数多到所有发生的事历历在目：女孩在一束光线下弹着琴；父亲在门口来回踱步；夜间的沙漠里，他与杰克·奥斯本穿过尘土飞扬的街道奔向停车场，跟在两个红色车尾灯后追赶——在这儿父亲伸出他的手——死亡，却让死亡溜掉了。

我再度拿起《回忆》往下读。紧接着父亲叙述起他人生中的转折点，那场在意大利几乎让他丧命的重伤。“战事愈来愈吃紧，”父亲如此开场：

我们排加入后，自拂晓便陷入交战。我奉命执行巡逻任务，并拿下一个被称为庞扎诺（Panzano）的村庄。只持一把布伦轻机枪的我必须掩护整个小队。我的小队没多久就遭到敌军步兵团的拦截，双方全面交战。一颗迫击炮正中我躲藏的坑洞，爆炸时威力强大，彻底改变了这一役。我的第一个反应是找枪。很快我就在几码之外的地方找到了。再来我发觉鲜血从地面汩汩冒出，过了一阵子我才反应过来，这些是我的血。

我像个傻瓜，或是无法接受事实的女儿。我在父亲的稿子上做上记号，针对可以改进之处提出建议，再把稿子寄回去给他，仿佛他还是过去的他。后来母亲打电话给我，温柔地对我轻声说道："他需要的是鼓励。"这时我才恍然大悟自己错得有多离谱。

即使如此，我们的爱依旧源源不绝地从不完美的破碎器皿*中倾泻而出。父母有个惯例，每逢9月，他们总会写些纸条为对方庆生，无论是中风、植入心脏起搏器，抑或父亲身体退化，都没有改变这个传统。在2003年9月16日的早上，父亲在早餐桌上留了一张纸条，这是他前一晚苦思的结果，用以庆祝母亲79岁生日。

---

* 典故出自《圣经·旧约全书·诗篇》第31章："我被人忘记，如同死人，无人记念。我好像破碎的器皿。"[译文引自《圣经》(和合本)。]——译者注

亲爱的：

午夜过了，更确切地说，现在正是午夜时分，你的生日到了。

你为我做了这么多，我该如何表达我的感激之情呢？

我知道这没有可能，也必须直截了当地说，我表达不了。

这张纸条只想对你说，你已全心全力地给予我帮助，我别无所求。

致上我所有的爱

杰夫

九天之后，母亲拿出美工笔在三张信纸上写下她的生日祝福。“亲爱的”，其中一张如此开始：

多年来，你总在我生日时亲笔写给我美丽的情书。你优美柔情的文笔我无法媲美，但我想让你知道，我爱你的温柔与耐心，在“人生现况”令我沮丧之际对我百般包容。你几乎不曾对任何困难发过牢骚。有时候我甚至希望你多少也能发点牢骚，这样我抱怨起来才能好过些。

母亲从我伯父盖伊的诗中撷取了最后一段，抄在另一张纸上。这首诗写于1944年夏天，父亲的左臂在意大利被炸得稀烂的那一年：

致年轻士兵[3]

……故，燃起烟斗，干一两杯
静静凝视炮弹炸毁的房舍，
昨夜整晚蔓延一英亩的人间地狱；
你心里想着，接下来的岁月
将有如里程碑或柏树般延续伸展，
从十八到八十岁，或直到下一颗炮弹。

“我想，是下一颗炮弹，”母亲写着，“在你平静地接纳种种不如意之后，80 岁的我们仍然在此相伴。感谢你让我们携手共度此生，感谢你 50 多年来百般容忍我这个麻烦的女人。祝你 81 岁生日快乐 ——坚持下去，我们能一起办到的。爱你，薇薇。”

要是父亲当年就离开人世，真不知该有多好。

第三部

劫难

第7章

康复无望

2003年10月，母亲从文具店买了一本青绿色的硬皮布面日记本，带有贵格教派*素有的极简风格，就算放在曾祖父詹姆士·巴特勒在20世纪初所经营的报社里，也不会显得突兀。她在日记本的第一页上以书写体写着："社工要我写日记，她说写日记有助于整理导致我焦虑的思绪。我觉得自己很不对劲，有时候我会被该做的事压得不知所措。"当时她79岁。

母亲的失眠恶化了，每晚至多睡两个半小时。她在仓促之下聘请了一名新的理财顾问（但后来发现并不能完全胜任），还在他的办公室里突然泪如雨下。于是顾问介绍了一名精神科医生给她，而医生又将她转介绍给一名社工，并开了抗忧郁剂乐活忧（Remeron）帮她治疗食欲不振与失眠的症状。她在毫无

* 基督教派别之一，提倡简朴的生活形态与物质生活。——译者注

选择之下接受了这种药物。若是在三年前，她势必会拒绝服药，认为抗忧郁药物不过是胆小鬼与弱者的依靠。

她在日记本中一字不提父亲的症状。她也从未让我知道父亲出现了更多令人忧心的退化迹象。他记不得如何将计算机开机，忘记怎么开启微软文本处理软件。在某次尿道感染与支气管炎发作后，他曾一度出现神志不清的现象，一天中甚至跌倒三次。

母亲在日记本里标题为“退休之家”的页面中央画下一道直线。在“优点”栏，她只写了四个字“有人修缮”，而在“缺点”一栏却满满都是字：“全是老人。保守的共和派！缺少脑力刺激。团体用餐。缺乏美感！空间受限。就算我们一起住进公寓里，杰夫还是经常需要各种帮助。问题并不会解决，只会随时间显现出来。从来就没有什么是完美的。”

而在“待在家——优点”的下方，她罗列出：“比较不会无聊。熟悉的环境。认识的医生。邻近米德尔塞克斯纪念医院。更多空间。地点便利。便宜许多。”“缺点”底下则写着：“家庭修缮是件大工程。”

母亲并没有一个住在附近的儿子能替她打理基本的住宅修缮，或是替她更换大厅挑高天花板的灯泡。她不上教堂，也不认识什么教会里的好男孩。我的外婆独居到 90 多岁，至少隔两户人家就住着她孝顺的长子。但两个弟弟都比我更不想搬回小时候的家，不愿屈服于母亲严格的用餐时间和不请自来的饮食、生涯、衣着建议，还有她对厨房的支配权以及对秩序与控制欲的需求。

不过乐活忧奏效了，母亲总算可以睡着了。一个月之内，她不再见社工，并恢复到原先自制、节俭、独立的自己。一刻也不得闲的照护责任，导致她的策略性与弹性思考能力受到伤害，更何况这两者从来就不是她的强项。辞退社工后，她在日记本上写道："我觉得好多了，过去的精力回来了。但现况还是让我在生活中的某些方面感到封闭局限。一旦事态恶化，我就必须面对这些决定：万一杰夫必须被送往其他地方接受照护，该怎么办？又该送去哪里？我自己也需要更多空间独自一人——远走高飞，不用随时照顾杰夫。我想念那种感觉。"

我开车带母亲前往马萨诸塞州西部参观最后一间老人之家。听说这间老人之家设备顶级，由安默斯特学院（Amherst College）的一名退休教授所创立，机构中提供三种程度的照护。我的一个朋友顺利将她失能的姐姐安置于此。这间老人之家坐落在青翠空旷的山野间，一尘不染，暖气开得很足，墙面以壁布装潢，犹如豪华的丽笙大饭店（Radisson）。午餐的蔬菜煮得太烂，和其他老人之家没什么不同；院内有一台小巴士可以带住户去远一点的小镇。公寓中设有便于轮椅进出的淋浴间，却没有通往户外空间的阳台或门。我无法想象母亲在此生活。在我的支持下，母亲决定继续留在家中忍受现况。她要待在这里面对她的未来。

回到加利福尼亚州后，我写信安慰她："我觉得一部分的我还在康涅狄格州陪着你。"

这次回去探望你，对我意义重大。我的情绪不再矛盾，也不再抗拒或畏惧母女关系的变化。帮助你不是负担，而是出自深爱的责任感，因此帮助你让我感到喜乐与满足。这是我成长必经的一段路。

某天早上你慌乱不安、情绪失控，这可能是我第一次以同情的眼光看待你：我看得出来，你既害怕又不知所措。看到这样的你，我原本会恐惧、愤怒的反应也都消失了。这些恩典，这些迟来的成长，究竟是来自何处呢？能尽全力帮助你是我的荣幸，就像你从前帮助我，为我缝补袜子，为我卷起裤管，听我说话。

2003年11月，父亲的语言治疗中止了，他的自传《回忆》也随之搁置。联邦医疗保险的医疗费用飙高，尽管大部分费用来自昂贵的先进医疗科技（如心脏起搏器、心脏除颤器、心瓣膜手术、化疗、洗肾等治疗项目），为了削减开支，美国国会毅然决议，将该年度的语言治疗与物理治疗额度限制在每人1600美元。[1]此举遭到选民激烈反对，国会中止了实施额度限制，但同时重申联邦医疗保险长久以来的措施：只有在病患出现进步时才支付治疗费用，至于防止病况恶化的治疗则不适用（直到2012年年底，联邦医疗保险为了解决一场集体诉讼案，才同意放宽这项措施[2]）。父亲已经停止进步。为了把中风的他救回来，为他植入心脏起搏器，治好他的疝气，联邦医疗保险花费了大约30,000美元。相较之下，总支出约7300美元的语言治疗，在他多活着的那几年中，或许才是提升生活质量的最大功臣。

我们的语言治疗师安吉拉十分慷慨，继续在每周六早晨过来为父亲治疗，分文不收。后来她告诉我，她会这么做，缘于父亲想“排除万难，不断努力让自己进步”的心情激励了她。但当时她已经怀了第一胎，2004 年春天，她的孩子即将出世，治疗便无法进行下去了。计算机家教同时通知母亲，他无法再为父亲上课，因为父亲什么都记不得，每周上课都是在原地踏步。于是，母亲接过了那台计算机，为自己设定了电子邮件账号（密码是 Harpy1），迫使父亲只能费力地拿笔写信。她将父亲尚未完成，也是最后一次绽放的创作《回忆》就此收入抽屉中归档。托妮看了后非常沮丧，但她什么也没说。

托妮说：“你父亲总是期待和那个年轻人互动。假如换作我，我会问他：‘我能拜托你，还是过来陪他一个小时吗？’这一小时对杰夫的情绪健康很有帮助。你的母亲和我，我们是照护者，我们是女人，但这堂计算机课让你父亲有机会与另一名男性相处。计算机课停了之后，你父亲再也不用计算机了。计算机能刺激他的脑力，你母亲却夺走了他的计算机。他的自传也没再动过。你父亲把我留在锡耶纳，让我望着他血流如注，还不晓得自己的手臂已经被炸掉了。”

母亲和我都没有聪明到把《回忆》付梓，以线圈装订成册，并为他们的朋友举办一场朗读会。光是照顾父亲就够母亲忙了。也或许是因为母亲太过维护他的尊严，不愿意让他在人前曝光。

至于我，则是因为蜡烛两头烧的日子而自顾不暇，但同时我又一直试着看清，在我们前方，在那车头灯照不到的黑暗中，究竟是一番什么样的景象。

父亲接受了那些他无法改变的事，也为此付出了代价。某天，当母亲问他，他是否感到沮丧时，他回答，没错。

他说，他“活得太久了”。

母亲从没向我说起过这件事，不过她倒是曾对父亲的神经科医生玛格丽特·欧唐纳修（Margaret O'Donohue）提起，而父亲也对医生坦承他说过这句话。欧唐纳修医生在她的诊疗记录里写道，她不确定父亲是否还有这种念头，初步建议父亲服用抗忧郁药，只是父母两人都没有意愿尝试。当时的我还不晓得孤独忧郁的人更容易痴呆，更不晓得他们之间有过这段谈话。

一天早上，父亲和我在厨房中，他看我拿出洗碗机里的碗盘，说道:“这间屋子充斥着我习以为常的事。”厨房中顿时一片寂静。他直视着我，愤愤不平地说：“我不会好起来了。”

第8章

达摩姊妹

父亲不仅没有好起来，健康情况甚至更恶化了。他写给我的信愈来愈短，歪歪扭扭的笔迹更难以辨识。内容中出现愈来愈多的删除线、不寻常的重复、无意义的句子以及毫无头绪的选字。其中一封信的全部内容大致如下：

> 但愿我知道这封信会写成什么样子。我很想尽可能清楚地把信写好，不要搞砸了……我无法掌握字句。我完全写不出我想表达的内容，这令我特别沮丧。书写变得很困难，你母亲想当然也非常沮丧。

我感觉自己的一颗心沉到了谷底，但我并未多加揣测父亲的改变隐含着什么意义。他在另一封信中写道：“你会发觉我下笔通常都很讲究修辞，以最讲究的修辞写满华丽的辞藻。虽然重复很多，但你得读读看。”

2003年的最后一天，大约是父亲植入心脏起搏器的一年后，他突然间几乎无法言语，失去了原本就极其有限的表达能力。母亲带他去医院进行了一系列全新的检查，却没什么新发现，只不过是父亲的泌尿道再度受到感染，而泌尿道感染是老人意识混乱的常见成因之一。几天后，他的语言能力又恢复了，于是父母亲的生活又一如往常地过下去：母亲照顾父亲，整理花园，从图书馆借影片回家；他们一起观看《乱点鸳鸯谱》（*The Misfits*）、《码头风云》（*On the Waterfront*）、《桂河大桥》（*The Bridge on the River Kwai*）等电影；父亲写了几封信给我，内容还算前后连贯，还能跟我描述最近发生了什么新鲜事，如他花了12,000美元植牙；他看到邻居的孙子从英国回来探亲，他们试着取下一架卡在树上的玩具飞机。他的一名他视如己出的学生本·卡顿（Ben Carton）今年照例带着妻小来拜访他。乔纳森的前女友麦艾伦·肯尼迪（M'ellen Kennedy）也来拜访了父母。母亲从前非常照顾她，昵称她为“小桃子”。另外，还有一名父亲在卫斯理大学任教时钟爱的学生，她是金融奇才，已经提早退休又取得飞行员执照，她趁着毕业典礼顺道带了一瓶酒来拜访父母。

其实还有许多事父亲并未告诉我，但也有可能是因为他无法告诉我。母亲说，有一天父亲忘了怎么从游泳池走回家，还一路漫步到主街上的佩尔顿药房。不久后，他在卫斯理大学的泳池畔直接换起衣服，浑然不觉他应该回到更衣室，于是之前曾经帮助他更衣的人联络母亲来开车带他回家。

2004 年 1 月，忧心忡忡的母亲带他到神经科求诊。看诊时，父亲无法从 5 月倒数回 1 月，连在暗示之下也做不到。当医生要求他用手指比出“头晕”有几个字，他知道应该比“2”，却想不出手势。后续的脑部扫描更进一步发现，父亲约莫在此时二度中风，并伤害了大脑的左侧顶叶。顶叶位于头顶后方，大约是犹太教徒戴圆顶小帽的位置。顶叶的作用犹如开关站，负责合成影像、声音、身体感知，借此让大脑中的其他部位能决定身体动作。举例来说，顶叶会决定手和手指在抓物时应如何动作。

神经科医生注意到父亲除了中风损伤，大脑还有“逐步退化”的迹象。医生在病历上写下了“感觉得出来他有轻微痴呆”，并考虑让父亲服用爱忆欣（Aricept）。爱忆欣是治疗痴呆症的热门药物，当时每个月的药费大约为 150~200 美元。[1] 在专利权于 2010 年截止之前，爱忆欣每年为其制造商辉瑞公司（Pfizer）与卫材株式会社（Eisai Pharmaceuticals）带来 20 亿美元的收入。[2] 尽管爱忆欣对少数病患能发挥显著疗效，但大多数照护者却都看不出患者的病情有所好转。有些医生之所以开这种药物，也是为了向家属证明他们“确实在做些什么”。[3]

如今回想起来，父亲所显示的种种征兆，应该就是一种被称为“血管性痴呆”（vascular dementia）的疾病。细如一根人类头发的血块堵在脑部的微血管中，迫使脑中很多神经元簇因缺氧而坏死。血管性痴呆对他的额叶与中脑造成了损伤。额叶位于额头正后方，主要负责计划与长期规划的任务；而中脑的作用是让肢体依序做出动作，好比用正确的顺序操作微波炉上的按钮，或如何穿好鞋袜等。因此，父亲的大脑除了额叶与中脑的损伤之外，还存在着至少两度中风的大面积损伤、中风前就发生的全面性轻微大脑萎缩以及数十年来日积月累、属于正常现象的高龄认知退化。

* * *

在父亲中风三年、心脏起搏器植入两年后的 2004 年 9 月，母亲在缅因州鹿岛（Deer Isle）租了一个小木屋庆祝自己 80 岁的生日。租下木屋，甚至大肆为她庆生，其实全是我的主意。只不过，最后一秒我却临阵脱逃。我打电话给母亲，告诉她“我赶不上截稿日”这个再熟悉不过的借口。我以一张厚达 8 页的手作卡片来补足自己的缺席。我在卡片上写下了几句佛语，还印上了一张家中珍藏的照片：在南非时，她和父亲挤在一件大衣里拍摄的那张照片。最后，我还在卡片上写下了保罗·高更（Paul Gauguin）画作中的几行字：“我们从何处来？又往何处去？”

那波将我们高举、促使我们超越自我的大浪已然退去。我又故态复萌——冲动、善变、对亲密互动异常神经质，尤其是面对母亲的时候。最终，母亲还是和父亲与几位密友去了缅因州，即便她对我感到生气和失望，也没如实对我说。

几经尝试后，父亲好不容易亲笔为母亲写下一段短短的生日贺词，并在信纸四周画上了波浪线条作为装饰。他的字小而潦草，几乎难以辨认。“将来你会发现，我给了你最优雅的一双美腿，即使承受巨大压力，它们也从未令你失望，这种美腿可不是随处可见的啊。”

父母亲在缅因州度过了美好的一周。另外，就在他们从鹿岛回来后不久，母亲便自行决定停掉乐活忧。11月，我在回去探望他们期间感冒了，结果待在父母家的时间延长了整整一周。我窝在客房中凌乱的床上不停擤鼻涕，母亲的书桌上也散着一堆我好不容易完稿的杂志校样。

我在母亲一尘不染的厨房里煮饭，随便得就像在自己家里。晚餐的生菜沙拉堆得像座小山，午餐一盘接一盘吃着米饭、蔬菜和鸡肉。母亲噘着嘴和父亲坐在一起，两人面前都放着一只半透明的白色盘子，盘中以半个削皮切好的苹果排成扇形，整齐得有如日式折纸艺术，盘中还有三片罗马生菜与两三卷刨得薄到能透光的羊奶酪。下午茶时，我不愿吃母亲的吐司和果酱，令她大为恼火。到了晚上，父亲利落地将电视机推出来，打开晚间新闻，这是少数几件他还能做的事。此时，母亲邀我和她一同小酌红酒。她总会在晚间品尝一杯红酒，并配上一小份特地装在蛋杯中的花生，但我婉拒了她的邀请。母亲问我，为何不好好享受，我却请她不要管我，她当下便批评我是个神经过敏的偏执狂。隔天我向她借了一双袜子，穿完没洗就还给了她。我缩回自己的房间调养差不多快痊愈的感冒，然后把回程班机往前改签了一天。

动身的前一天，和我一起从车上卸下物品的母亲站在正门台阶上对我吼叫，她指责我所想的每一件事都是“我！我！我！”，她批评我的饮食方式“呆板、过量、荒唐”。我仿佛又成为那个泪眼汪汪站在寒风中的青少年。存在于我们之间的那些陈年的愤怒、悲伤，一瞬间纷纷自台阶上活了过来：我急需独立自主的空间，她却恨不得掌控一切；双方都说不出“我需要你”；我一方面渴望她的爱，另一方面又因为得不到这份爱而愤怒不已。我噙着泪冲上楼把登机箱从衣柜里拖出来。那时的我快 56 岁了，而她是 80 岁高龄的老妇。

在情绪的世界里，时间是不存在的。我望着窗外，西南航空的班机再一次飞越嘉吉盐池，降落在旧金山国际机场。我开始在脑海中把我憎恶的一条条列举出来：她莫名其妙地斥责我一个人独享大块西葫芦和鸡腿肉，只留给她鸡胸肉和小块的西葫芦；下午茶时，她忘了多为我斟一杯茶；她在父亲说不出完整一句话的时候嘲笑他；两个弟弟连母亲节都没想过要打电话回家，不像我通常会送她卡片或书，但每每他们向母亲暗示手头很紧时，她就立刻寄张千元支票为他们代付房租、车险或是支付演员训练班的学费；讽刺的是，她却连我放在她购物车上 1.29 美元的护唇膏，都坚持要我自己出钱。

母亲打电话来希望言和。她说，她只不过是正在气头上又失去了耐心。那是她的老毛病，她着实惭愧，她不想再多谈。我明确表示，我要一个道歉。她吃惊地回应道：“你难道认为，我从未尊重过你吗？”接着便哀号道：“我也是有底线的！”我挂断电话，立刻拨给两个弟弟。乔纳森要我及早放弃，不要自以为扮演了“完美女儿”的角色，最后就能赢得她的爱。

他暂时放下电话，取出戒酒无名会（Alcoholics Anonymous）出版、几乎被他翻烂的《戒酒全书》（*The Big Book*），并念了其中一段给我听：

> 接受是目前我对所有问题的解答。我之所以感到烦躁不安，是因为生命中的某些人、地、时、物让我无法接受。只要我无法接受这些人、地、时、物当下的真实面貌，我的心灵便无法获得平静。上帝所创造的世界是没有失误的，绝对没有。

电话这一端的我，清楚听到乔纳森“啪”一声将书合上。他说：“你妈是条响尾蛇，爸爸中风前，她就是个可悲的讨厌鬼，如今也没什么两样。你别太勉强了。”下一通电话我打给迈克尔，他对我寄予同情，还说母亲是个“可爱的小怪兽”。

我的好友莉萨远距离照顾她寡居的母亲和一个失能的姐姐。她建议我跟母亲直接明说。几个月前，她才刚飞去纽约，为她母亲处理好父亲死后的最后一笔税金结算。某天凌晨1点，莉萨的母亲在她与丈夫通电话时闯入她的房间，痛斥她为何还不熄灯就寝。隔天一早，莉萨请母亲在早餐桌前坐下并对她说，她今年53岁了，年纪已经大到能决定自己的就寝时间；要是这种事再次发生,她就不会再回东岸帮助处理家务。她问她的母亲:“我的意思,你懂吗?”莉萨丝毫不退让,直到她的母亲怯懦地垂下目光,答应了她的要求。莉萨跟我说,情况不一样了,像我们这种恪尽孝道的女儿,若不改变自己在家中的地位,只会累垮自己。

现实世界是属于母亲的战场:我对她的恐惧已经到了不敢面对她的地步,因此我转而以文字的方式,寄了一封长达6页的抱怨信给她。这封信我修改过无数次,一字一句写下了她每一回对我的侮辱与打击。“我不会是那个你呼之即来、挥之即去的灰姑娘,”我文思泉涌般写道,“好让你在需要时赞美一番,没有利用价值后就诬蔑中伤。”

我寄出的信石沉大海。

布莱恩和我举办了一场跨年晚会,每个人都在闪亮的纸片上写下了他们急欲摆脱和得到的事物,并将纸片投入熊熊炉火中。宾客中有我几乎不认识的作家诺艾尔·奥克森汉德尔(Noelle Oxenhandler),她当场痛哭失声。诺艾尔除了有个读大学的女儿外,还必须负担房贷。她罹患老年痴呆的母亲与爱人住在普罗旺斯,但爱人无法再照顾她的母亲,诺艾尔因而被迫飞去普罗旺斯,半哄半骗地把母亲带回了美国。她为母亲在索诺玛(Sonoma)找到一间连栋住宅,并利用母亲日益减少的存款雇了一名全职看护。

母亲和我一连好几个月没联络。那年早春,我结束每年在华盛顿的写作教学课程后,便搭乘美国国家铁路客运公司的快车北上，并寄住在拉奇蒙特（Larchmont）一位老同学的住处，同时与几位我希望为其撰稿的纽约编辑会面。会后我并未搭乘大都会北方铁路客运（Metro-North）前往纽黑文，如往常一样由父母来车站接我，而是直接飞回了加利福尼亚州。我不愿被母亲那根三千里长的竿子碰到。

父亲依旧费尽心力地写信给我，他字里行间的古怪充满父爱与智慧。他在某封信里写道："这段时间对你和你母亲而言都很难熬。我知道你们正闹得不可开交，但你们必须尽快和好。我相信你很快就能把问题解决。"

但我并没有。某日，在加利福尼亚州的我把车一路开到我所居住的箱形峡谷尽头，走上一条跨越小溪的行人木桥，爬过一片红木次生林，再顺着长了长排黑莓灌木丛的坡道登上我的圣山塔玛佩斯山（Mount Tamalpais）。我满身大汗、气喘如牛地踏着陡峭的枕木阶梯走上牛仔岩（Cowboy Rock），途经镇上的水塔和几间盖在原本为牧场的豪华别墅，整个臀部与肺部尽皆燃烧了起来。早上 10 点，我已越过山脊，进入漫无人烟的群山中。喧嚣的车声逐渐散去，林间小鸟啁啾。我沿着被风吹弯了的月桂树下的山径前行，迎面一株杜鹃木露出红色的木心。

1240 年，禅宗大师永平道元对一群日本僧侣传道道："群山乃我佛之祖。"我脑中有只看不见的手将四周音量转小了。我深入山谷，眼下只有我一人，除了脚底画上黄线的沥青，不见其他人为产物。从最后一层山丘放眼望去便是太平洋；而向东穿越我后方的重重山脊，穿越三千里的沙漠与高山，彼方的母亲很可能正在厨房中将曼彻格奶酪归位，而父亲就跟在她的身边。母亲或许正在怒斥父亲，命他去坐下，不要一直挡着她。在我看来，帮助母亲，犹如要我把手伸过铁丝网为玫瑰花浇水。

* * *

自从我有记忆以来，母亲从来都是美丽却又危险且令人费解的。某日，她开车带着 4 岁的我自牛津前往海维康（High Wycombe）接教书的父亲。我们途经一大片山毛榉树林，她不期然地在半路上停了下来。时值秋日，林间满是金黄色的树叶，举头可见交错的山毛榉枝干，构成一间开放式大教堂的拱顶，空气中弥漫着山毛榉所散发出的金色光芒。母亲熄掉汽车引擎，收起车钥匙，她对我说：“我们来帮森林中的小仙女盖房子吧。”接着便推开车门。我们走进黄澄澄的树林中。母亲在一棵大树脚边的凹陷处蹲了下来，扫开落叶，将几根分叉的枝条插在地上，再将几根枝条架上分叉处作为屋顶横梁、屋脊横梁与屋顶椽木。我在小屋四面插上黄叶，再将山毛榉叶片铺成屋顶，山毛榉的宽叶状似矛头，整排叶尖在屋脊构成一道锯齿状的线条，最后将苔藓铺在前院，再排上白色卵石，带领小仙女来到门口。

从那时起，她就已经是个叛逆的不可知论者，对信仰全无好感。然而，当时的她却带领我经历了某种近似祷告的体验，那种体验是她给不了也教不来的。我们从金光闪闪的山毛榉树下走回车上，一路上我紧紧牵着她的手。

我们之间的关系是何时变调的？是不是迈克尔出生后，我再也不曾和她躲在牛津的大学公园中挖空的树丛里玩过家家？是我 5 岁的时候，她推着婴儿车里的迈克尔在伍德斯托克路（Woodstock Road）上愈走愈远，留下我一人，从所有店家都已关门又难走的街上，边哭边跑回我们在桑克里夫路的砖石连栋住宅，只因为我跺脚和她争执要去哪个公园游乐场？还是乔纳森出生不久后的那个晚上，筋疲力尽的她崩溃大哭，父亲帮她洗两个弟弟的尿布，一边用牙齿将尿布拉过洗衣机，又一边以他仅有的一只手臂转动把手？

是因为来到美国，小小的移民家庭远离所有熟识的亲戚、同事、邻居、朋友，我们才不再亲昵的？是因为我们盖了第一栋科技屋，在那间空无家具的毛坯屋里，父亲在阴暗的主卧室一隅试着完成论文，放任母亲一人在楼下忙着铺软木地板？是因为她拼不好字，被我和父亲当白痴一样对待吗？是因为父亲取得卫斯理大学的终身教职，愈来愈沉浸于教学与写作，晚上也愈来愈常躲在报纸后面，配着他的波本威士忌兑苏打水，冷落了母亲吗？是我 17 岁时从寄宿学校回家那天跟她大吵，吵到她甩了我一巴掌，而我也不甘示弱地还以颜色，只因当时我想不到其他方式能够终结她那爱冲动打人、冷酷无常的习性？抑或单纯只是因为我天性杂乱无章，而她一丝不苟，所以才把她给惹毛了？

我唯一知道的是，自 12 岁起我便开始恨她，而我相信她也恨我。后来父亲前往英国进行研究，我从一封她正在写给父亲的信中证实了我的感觉。信上写道："凯蒂的态度糟透了，不过，她无论如何都是你的孩子。"我把对她的恨意写在日记里，结果她不仅发现了我的日记，还读了。我恨她要我学缝纫，却又把我歪七扭八的缝线拆掉重缝，导致我再也不想碰缝纫。我恨她一边帮我们做晚餐，一边打扫厕所，或一边阅读贝蒂·弗里丹*，又一边抱怨着"我不是你们的用人"。

大学毕业后，我先前往科罗拉多州阿斯彭市（Aspen），跟着一名律师工作了将近一年。移居加利福尼亚州前，我再次回纽黑文住了几个月。某次在母亲的聚会上，我炫耀自己曾在《阿斯彭时报》（*Aspen Times*）担任过几个星期的志愿者，进入了我梦寐以求的新闻界。没想到，母亲竟当着一名来自旧金山、有一头红色鬈发的可爱女士的面，语带讽刺地对我说："哦，凯蒂，所以你现在是记者了，不是吗？"然而，几个星期后，我发现她居然含泪看着我把行李装上租赁公司租借给我的轿车，里面只有一份美国地图、一小叠剪报以及我为《读者周刊》（*My Weekly Reader*）总统大选民调分类读者投票所赚得的 300 美元。

到了科罗拉多州，那台轿车由于大雪而陷入水沟，我没打电话向她求助；到旧金山后，我的第一份工作是在一家摇滚电台播报新闻，即使被开除了，我也没向她诉苦。自始至终，我从未伸手向她要过钱。我申请失业救济金、食品券、联邦医疗

---

* 贝蒂·弗里丹（Betty Friedan，1921—2006），美国妇女运动先锋，其代表作为 1963 年出版的《女性的奥秘》（*The Feminine Mystique*）。——译者注

补助。我去一家周报实习，什么都没告诉她。

我在圣诞夜里恨她。那晚我回到康涅狄格州，穿着有 13 颗纽扣的二手羊毛海军裤、高领红色毛衣，还有我特地为此行所买的绿色开襟毛衣。我一坐进父母的车就听见父亲说："她打扮得真漂亮，是吧？"未想母亲却只回了一句："她穿得太花了。"我觉得她只不过是个吹毛求疵的家庭主妇与不得志的艺术家，被困在她所厌恶的角色里，嫉妒我能展现创意，嫉妒我无子一身轻的自由。我轻视她身上属于她那个时代受过教育、生儿育女的中产阶级女性形象，我生怕自己沦为艾德丽安·里奇 * 口中那些"自身的受害者、不自由的女人、殉道者"[4]。

在我二十几岁的那段日子里，每当漫步在斯廷森海滩（Stinson Beach），我总会想起她是多么渴望回到童年时期那一大片空旷绵长的南非海滩。当我看见一株橡树从塔玛佩斯山黄褐色山壁的裂谷中耸然而立，就不禁回忆起我们在韦尔斯利的慰冰湖（Lake Waban）湖畔散步，她搜集干枯的杂草，在一大抱杂草中筛选、裁剪，布置出令人不可置信的庄严美感。当我望见夕阳余晖下闪烁如红宝石的金门大桥，就会难以自抑地想念她，希望她就在我身旁。

我和母亲的关系就这样僵持不下，直到我们分别接触了佛教。我的宗教意识觉醒发生在我 28 岁时。我和来自北滩（North

---

* 艾德丽安·里奇（Adrienne Rich，1929—2012），美国诗人、散文家、女权主义者。——译者注

Beach）的室友前往大峡谷（Grand Canyon）露营，路上我们一时兴起，决定绕道前往一处耳闻过的温泉，其所在位置正好在大苏尔海岸（Big Sur）内陆的梵塔纳荒野（Ventana Wilderness）深处。我们开着我那台积满灰尘的二手丰田面包车，顺着蜿蜒十多公里的单线道泥土路开上最高峰求思脊（Chews Ridge）。从山顶放眼望去，只见圣卢西亚山（Santa Lucia）层峦叠嶂，宛如并列的矛，矛尖朝天升起，覆盖着树丛的矛身则深入峡谷，其底部没入阿罗约塞科河（Arroyo Seco River）上游的塔撒加拉溪（Tassajara Creek）与教堂溪（Church Creek）中。接着我们回到车上往九弯十八拐的下坡路段继续行驶，地心引力推着我们向下前进，过弯时只要看不到对向来车我就鸣喇叭并不停踩刹车，以确保车辆不至于失控出事。我们开到路的尽头，并在滚滚热尘中停车，穿过一座庞大的深色鸟居，最后抵达一间在冬天看似中世纪佛寺，到了夏天却仿若新世纪温泉度假村的木造建筑。建筑前方的标示牌上写着"塔撒加拉禅山中心：禅心寺"（Tassajara Zen Mountain Center: Zenshinji）。入内后我们才得知，几个月前从旧金山左派政界消失的老友原来是进禅心寺修行了。他带领我们参观花园中的大石"禅堂"与"善心衣柜"，让人将暂时不需要的衣物留在衣柜中，需要时也能随意取用。

破晓时分，我在红木小屋中醒来，听见室外奔走的脚步声和手摇铃声，紧接着是"咚、咚、咚"的声响，有人正拿着木槌敲击挂在禅堂屋檐下的木板。我穿上深色长裤与长袖T恤，顶着寒意匆匆在步道上行走，途中遇到一名年轻男子，身着镶着白领的黑色宽和服，其优雅绝不比燕尾服逊色。他瞥了一眼电子表后，在“板”*上敲下最后一轮的“咚、咚、咚”。我将夹脚拖鞋放入鞋柜，快步走到通道底端，照着其他人教我的方式将左脚迈过左侧的门槛，对暗处的犍陀罗灰石佛像鞠躬行礼后，便面向一堵白墙，找了一个卵石状的黑色坐垫以单盘腿姿势就座。我在这个安全、宁静的群体中，细数逐渐加深的呼吸。这里的习俗，与我的贵格教派祖先代代相传的习俗，并没有太大差异。

待手摇铃声响起时，我的左脚已经麻了。我们起身。我将平坦的棉拜垫平放在地上，重心放在还有知觉的右脚，与所有的学员一同做了九次大礼拜，礼拜时必须将前额头抵至拜垫上。有些信徒声称这种宗教不算是宗教，禅宗的确有数不完的仪式，屈膝跪拜的礼数看来绝不少于天主教教会。我们一起跪拜，吟诵一首从日文翻译而来的诗；虽然我不明白诗的含义，却能感同身受：“当明中有暗，勿以暗相遇；当暗中有明，勿以明相睹”。†我的膝盖痛了起来。我们又继续吟诵了几首诗，内容关于在银钵中盛满白雪，在月光下藏起苍鹭。我热爱诗中的语言，诗中所描述的意境即便是终其一生创词造句的我，也难以运用言语表达。我们朗诵佛号：“众生无边誓愿度。”礼成后，我步出禅堂，走入清新的晨光中。某种莫名的感觉在我内心活了起来，那是一池净水，长年隐藏在封闭的井中。我感受到一种前所未知的

* 板（Han），佛教用来报时、报事的木制法器。——译者注
† 出自唐代石头希迁禅师（700—790）的著作《参同契》。——译者注

时空。我不在意朗诵自己不懂的语言，也不在意原本叫作汤米、戴维、瑞德的年轻人，在剃度穿上袈裟后改用法号一山、天正、天心。我想要更多。

* * *

等到母亲来到旧金山时，我已住进从父亲那里借钱购买的三层楼公寓中。公寓位于贫民区，离旧金山禅修中心（San Francisco Zen Center）的市区总部不远，而塔撒加拉温泉也隶属于旧金山禅修中心。那时我、迈克尔和一名室友同住公寓，迈克尔在从事电工工作之余也练习禅修。母亲抵达前，我清空了一个小杂物间，在铺着地毯的地面上放置了单人床垫，再用床单与毛毯不太平整地包住床垫。我另外从唐人街拿回一只装水果的木箱，又在箱子上放了一个插了虎百合的玻璃花瓶，木箱底下放着我想送她的书——已故禅师铃木俊隆的著作《禅者的初心》（*Zen Mind, Beginner's Mind*）。铃木禅师即塔撒加拉禅修中心的创立者，也是我新的宗教依归。

母亲是头几名走下飞机的人。她面带微笑，神情显得很紧张，同时又怀着喜悦的期待之情。她搭乘的班机超售，拜她金发扎出的完美发髻、丝质围巾、精致的首饰之赐，航空公司将她升等至头等舱。我开着堆满杂物的丰田汽车接她回家，途中她告诉我，有些时候，生命中最糟糕的事到头来却是最好的事。罹患乳腺癌的她参加了一个互助团体，该团体是由耶鲁-纽黑文医院（Yale-New Haven Hospital）的癌症医生伯尼·西格尔（Bernie Siegel）运营的。互助团体鼓励她开始练习瑜伽，也带她认识了冥想静坐。当时我正值而立之年，母亲也已54岁，距离她两次乳房切除手术已然过了8年。手术后不久，我目睹了她胸口上的伤疤，因为有一次，她猛地裸着身子闯入我在米德尔敦的房间，指着自己说："看看我！看看这里！"包覆着她肋骨的肌肉薄到连起伏的心跳都清楚可见，所幸只要穿起衣服，便是一如往常。

公寓位于破败而正在重整的旧金山西增区（Western Addition）。我停在公寓前，母亲表现得一副她很喜欢这里的样子，还感谢我送她百合花。那个周末，我们穿过金门大桥，前往马林郡（County Marin）那片苍郁的沿海丘陵中的绿峡谷农场（Green Gulch Farm）。我们静静走入由牛舍整修而成的青龙禅寺（Green Dragon Zen Temple）。在禅寺时，母亲同样以单盘腿姿势面对墙壁，正襟危坐了40分钟。静坐过后，我们进入一间起居室，室内挂满大胆奔放的抽象画作，并放置了许多黑色静坐垫与成直角排列的沙发椅。我们聆听已剃度的美国禅宗师父讲道。师父的每个细胞仿佛都散发出生命能量，虽非肉眼可见，却能实际感受得到。母亲霎时热泪盈眶，双手不住地握拳又放开。师父阐述着拥抱当下甘苦的精义；他捧起茶杯的姿态散发神圣的气息，却无须神明的存在。母亲低声说道："我这辈子就等着听到这些话。"

我们在拥挤的101公路上经过近4小时才抵达塔撒加拉，

沿途经过萨莱纳斯（Salinas）的莴苣田与卡梅尔谷（Carmel Valley）镇上富裕人家的别居，再经过卡查瓦路（Cachagua Road）边尘土弥漫的拖车公园，与詹姆斯堡（Jamesburg）一带零星分布的房舍，最后驶上一条长达23公里的泥土路，越过当时我已相当熟悉的求思脊。我们向下深入塔撒加拉峡谷，扛着沉重的行囊进入一间红木小屋。屋内铺着榻榻米地板与两张日式床垫。租金由母亲垫付。

禅宗美学完全符合母亲所讲究的极简主义。某个夜晚，禅堂外一个由石头雕刻而成的大碗令她赞叹不已（她的声音大到足以干扰在禅堂内冥想静坐的人），石碗中淌着来自挖空竹筒的涓涓流水。至于我们房内的置物架上，则装饰着仅插有一枝花蕾的小玻璃瓶。

我们走过木拱桥，来到一座古老的灰泥建筑前。从艾塞伦印第安人（Esselen）、维多利亚时代搭乘驿站马车的旅人，到20世纪30年代的好莱坞电影明星，全都在此以温泉滋润关节。我悄然进入女性大众池中与其他人安静地泡起温泉；母亲则独自在私人房内安放了一缸温泉——失去乳房总令她羞于见人。差不多时间后，我便从温泉浴中起身，打算裸身走下石头岸边。塔撒加拉溪的那一段覆盖着草席，众多肌肤细致的女人一丝不挂地躺卧于此，享受沁凉溪水冲拂过的快意。母亲的内心挣扎着，她想加入我们，却感到难为情。我对她说：“你这么做并不只是为了自己，而是为了在场所有日后可能罹患乳腺癌的女人。”最后她牵起我的手，和我一起走入水中。

无论我们那天过后吵得有多激烈，往后母亲都不再只是我的母亲；她除了是我的达摩姊妹，也是我的心灵伴侣。来年我向《旧金山纪事报》请了长假，整个夏天都待在塔撒加拉的厨房里工作，母亲也再次来访。她为一位名为伊桑·多尔西（Issan Dorsey）的僧侣拍摄了许多黑白照片。过去的伊桑一度吸食冰毒成瘾，经常男伴女装，也当过男妓。

回家后，母亲将伊桑的照片冲洗出来，并以日本传统的墨绘手法画出圆相图（enso）。圆相图是禅宗书道中最崇高也最简洁的形式，是以粗犷一笔勾勒出的饼图案，每个圆都反映出艺术家在不同情况下的身心状态。从那时起，母亲在每个圣诞节都会分别寄给我和两个弟弟一张圆相图，随信还会附上一张300美元的支票以及一张写着“爱你，妈妈”的短笺，短笺上还会画上一颗爱心。我则送她《易经》与《道德经》之类的书籍作为回礼。

34岁时，我穿上一件白色丝质和服，红色衬里也是丝质的，衣摆长到几乎拖地；绕在腰际的是一条母亲为我缝制的米色生丝宽腰带，并以一只借来的黄玉胸针固定。那个父亲数十年前从伦敦买回来的胸针，造型有如一碗黄澄澄即将满溢的清水。我的未婚夫与我一起跪在经牛舍改建后的禅寺地面，一名唤作伊芳（Yvonne）的法师要我们“放下我执，以彼此为归依”。母亲坐在第一排，穿着她自己以深红色缎子缝制的越南长衫。我在她与父亲的注视下高声朗诵着：“我皈依佛，完美的上师；我皈依僧，完美的人生。”在其中一张婚礼照片上，新婚丈夫和我从捧花后露出笑颜，低头通过一阵洒落的米粒，跑向他父母所送的黑色旧奔驰车。照片上的我们头发闪闪发亮，皮肤光滑无瑕，面容充满自信。后方暗处可见聚光灯下的母亲，她美丽娇小的脸上带着无尽的哀伤。那种哀伤源于一个了解婚姻本质的女性，她明了婚姻中一点一滴的死亡与无声的失望。

艾滋病来袭。许多我爱的人纷纷坠入医学无用武之地的中世纪死亡世界。母亲在塔撒加拉曾经为其拍照的禅宗法师伊桑·多尔西，在旧金山卡斯特罗区（Castro District）创立了一家名为“慈”（Maitri）的安宁疗护机构。当时已离开《旧金山纪事报》的我为《纽约客》（*New Yorker*）的“城中话题”（“Talk of the Town”）专栏采访伊桑。伊桑一面缝补老旧的僧衣，一面对我讲述死亡这个刚从我脑中闪过的课题。他说：“这个小区中的人有半数会在五年内死亡。死亡不过是我们日常生活的一部分，既无法躲避，也必然来临，死亡随时都在发生。我愈来愈肯定自己将不久于人世。我知道有人修习研究《西藏度亡经》（*Tibetan Book of the Dead*），但对我而言，接受临终震撼教育为时已晚。你应该这么面对临终，”他放下缝补中的僧衣，“把握当下，让每一刻都活得更充实。缝补这些衣服以及与你对话，就是我为死亡做好准备的方式。”

两年后，伊桑死于艾滋病，我则极力避免另一种死亡的到来——婚姻之死。我前往法国南部，跟随越南高僧一行禅师修习大乘佛教的真言。每个早晨，我与越南比丘尼一起唱诵真言。

身为战争难民的比丘尼对这些真言理解得格外透彻：“我终将老去，逃不过衰老；我终将入土，逃不过死亡。”真言中接着写道，人生到头来终将失去一切宝贵的人、事、物，而最后的一段话写着：“真正属于我的，唯有我的所作所为。我无法逃避行为所导致的后果。行为是我立足的基础。”

我从法国寄了一张照片给母亲，照片中微笑的我戴着一顶锥形越南草帽；我还画了一幅橙花盛开的水彩画给她，并在画上写道：“我踏出每天的第一步，进入美妙的真实国度。”母亲将我的照片与画作钉在留言板上，再也不曾取下。回到美国后，我辞去报社工作，和丈夫分居。她在电话中听我哭了好几个小时，我宛如寡妇般痛彻心扉。待我下次生日时，她订了佛教季刊《三轮》送给我和她自己；日后的她将在《三轮》中读到我为这本刊物所撰写的散文。

母亲对佛教产生了兴趣，这不只让我感动，也让我十分意外；然而，相比之下，我更佩服自己对佛教的热情。一连几个月下来，每个清晨我都在石头砌成的谷仓中静坐冥想；月圆之夜，我一身黑袍，坦诚面对自己古老而扭曲的业力；我研究伟大的道元禅师；师父赐我法名“真莲”（True Lotus）。我研读《华严经》与《宝积经》，静思着躯体终将有如风中残烛，化为腐朽。

佛教并未使母亲更好相处，我也还是一样。直到母亲生命走向最后一刻，她都还在与十二步骤戒瘾者*所谓的“性格缺陷”

---

* “十二步骤戒瘾”（twelve-step program）最初为“戒酒无名会”提出的戒酒疗程，日后为许多戒瘾团体采用，并成为许多戒瘾方式的依据。——译者注

奋战，对佛家而言便是“结”（samyojanas），即内心的束缚，而母亲将其视为“她的老毛病”。然而，自从父亲中风后，真正在生活中实践佛家理念的人是她，而不是我。

我绕上山脊，只见塔玛佩斯山的顶峰缓缓升起，进而映入眼帘。我想起虔诚的印度女诗人米拉巴（Mirabai）。她曾吟唱道：“我日日夜夜崇拜着山的能量。”我思念母亲。我想摆脱内心的伤痛。我多么希望自己能同情深陷痛苦的母亲，惦记她为了照顾父亲所付出的庞大代价。我多么希望能超越自我，了解母亲长期以来的压力，促使我不再是往日那个彷徨不安、心怀不满的女儿，进而能够去原谅。我但愿自己记得佛陀的第二圣谛：苦难的根源，就是渴望事物（以及人类）能有所改变，或是抱持一种同样的迫切感，盼望自己能在诗人喻为朝露般无常的世界中，阻止改变发生。然而，30 年来的自助团体、心理治疗、断断续续的佛学修行，充其量对我至多发挥这么大的作用。我的反应还是时常像个被强悍母亲丢在街上的 5 岁小孩。我一味地沉浸在自己的痛苦里。

山路倏地一百八十度转弯，把我愈带愈深。下午 1 点钟，我在穆尔红木森林（Muir Woods）上方的木制纪念长凳前停了下来。这张长凳位于历经伐木工砍伐后仅存的一丛红木老林中。万籁俱寂，穿透林间的阳光也暗淡不少。我坐在长凳上，随呼吸观察起起伏伏的感觉、思绪。我的灵魂在大自然中复原了。大自然仿佛母亲一般抚慰我。我在大自然跟前卸下身上的包袱，如同我在泰泽（Taizé）礼拜中所见过、将头枕在十字架上的那些基督徒一般。

我想到母亲在外婆身边的那段日子，她也不太好过。爱挑剔的外婆艾格尼丝和母亲一样是完美主义者，她总爱说："薇薇，要是事情以出错了，你肯定能发现。"我想到童年受尽冷落的外婆艾格尼丝，照顾不时因"想呕的头痛"（sick headaches）——偏头痛的旧称——卧病在床的曾祖母。我也想到过去同样被父母忽略的母亲，她的怨偶父母只要冷战起来就是一连好几天。母亲曾寂寞到幻想自己能像奥菲莉娅*般溺毙，而发现她的父母则会在一旁抚尸痛哭，总算愿意表达出对自己的爱。我还想到新婚的母亲在经典著作《南非海鱼大全》（*The Sea Fishes of Southern Africa*）一书中看到自己以水彩逼真描绘出的外来鱼种时，还希望成为艺术家，但在发现意外怀了我之后，她的梦碎了。我们家族中的母爱剥夺现象，受挫的艺术生涯以及哀愁，究竟还能回溯多少个世代？我的女性祖先就像哈利·哈洛（Harry Harlow）心理学实验中失去母亲的猴子，它们由冰冷的铁丝网母亲养育，以致长大后失去了母性本能。

我在第二次世界大战之后的英格兰长大。"二战"期间，为了躲避伦敦大轰炸，许多英国儿童被迫与家人分离。整起事件对儿童造成的心理效应，引起了精神分析学家兼依恋理论研究

---

* 奥菲莉娅（Ophelia），莎士比亚戏剧《哈姆雷特》（*Hamlet*）中的角色，最后走入河中自杀身亡。——译者注

者约翰·鲍比（John Bowlby）的注意，因而研究起像母亲和我这类的亲子互动。一天，鲍比的两个学生玛丽·梅恩（Mary Main）与朱迪斯·所罗门（Judith Solomon）观察一个小女孩。她们目睹女孩进入一个房间，并见到情绪不稳定的母亲就坐在房间内的一张椅子上。最后，女孩决定倒着走向母亲，以化解她恐惧却又渴望母爱的复杂情绪。[5]我的行为和那个女孩一模一样。我不在母亲身边时，就想念她，一旦靠近她，却一心只想逃离。

下山的几个星期后，我收到来自母亲的一封信，信封中装着几张她认为我会感兴趣的剪报。她很清楚，我去了东岸但没去探望他们。我打电话给她，在电话上，没人道歉，也没人说我爱你或我原谅你，但这至少也是一种和解。我们就这么继续相处下去，不同的是，往后几年，母亲不再对我怒吼，也不再批评我的饮食。她更为宽容，反复提醒我，父亲过去对我的爱有多深，又是多么以我为荣。而在我的请求下，她开始在做出重大的医疗或财务决定前，先和我讨论。为了弥补我花时间帮助她，她甚至寄支票给我，我因而有余力聘请专人负责记账，周末得以休息。她更创作了一幅书法作品送给我，上面写着“力求不圆满”。

父亲仍旧持续写信给我。没多久，他又寄来一封信，信中隐约暗示着自己有朝一日终会离我而去。他写道：“我们全心全意爱着你。你一定要珍惜这份情感，并经常放在心上，因为这份爱日后会成为你的支柱。”信末，他署名为“你离世的父亲”。

母亲又开始服用乐活忧。她买了一本关于耐心的自我疗愈书籍，也重新进行佛教冥想，以帮助她放松。她再次翻阅几年前我送她的《多舛的生命》(*Full Catastrophe Living*)。作者乔·卡巴金（Jon Kabat-Zinn）在书中描述了一种西式的正念冥想，无须铃铛、法袍，也抽离了亚洲信仰。马萨诸塞州有个多砂的伍斯特市（Worcester），卡巴金在当地的一所医院中将正念冥想介绍给慢性病患者，许多人从中得到慰藉。他的道理听起来很矛盾：无论再怎么痛苦，都要面对当下，接受当下，才能将痛苦淡化。乔纳森称之为接受现况。

母亲每天早上5点30分起床。接下来的1小时又45分钟，是完全属于她的时间。她会用我送她的音响播放卡巴金的《身体扫描》(*Body Scan*)，躺在客厅窗边一个以棉填充的旧睡袋上，随着卡巴金的话语进行从头到脚的心灵大扫除，放松横膈膜，注意每一次呼吸，留意每一种感官、情绪，并不带批判地思考。播放结束后，她会接着进行1小时瑜伽，才上楼唤醒父亲，再度开始新的一天。她的压力随着父亲的退化逐日增加。她在日记中写道，她觉得自己变得更有耐心了，她学会了以回应来取代直觉的情绪反应，她感觉对于任何难题，她都有办法面对。

2005年圣诞节，距母亲和我彼此针锋相对才刚满一年不久，我总算回家了。此时父亲已中风四年，现年82岁，他更沉默、更容易感到疲倦，头脑不清楚的时间更长，步履也更加蹒跚。他还是会去游泳池做康复，只是通常都是由托妮负责接送。自我上次回家后，二楼的第二间浴室已整修过：母亲请工人将浴缸打掉，改建成了残障淋浴间。

某个晚上，我带着父亲到卫斯理大学亚洲艺术中心的日式庭园去偷摘一截干枯的竹枝。母亲和我都对这种小偷小窃乐在其中，还曾多次让父亲难堪。我们趁天黑将那截竹枝带回家，父亲自己把外套挂上墙——母亲总算将挂钩移至父亲伸手可及之处——最后我们在竹枝上挂满闪亮的圣诞装饰球与小灯泡。

母亲为圣诞大餐准备了烤鸭，我们还邀请了父母的朋友 T.J. 来共进晚餐。 T.J. 是建筑师，他为父母的住处增建了一个前厅。他罹患乳腺癌的妻子一个月前才在安宁疗护下于家中过世，他本身也因为心脏衰竭而将不久于人世。他雇用的非裔女看护在黑暗中把车开上积雪的坡道，穿过后院，好让他的下车之处尽可能接近父母家后门的落地窗。天空降下小雪，母亲和我站在 T.J. 的两侧扶他进屋。

布莱恩与我通常会邀请他的儿子和老朋友一起共享圣诞大餐。即便如此，长久以来，圣诞节对我而言都不算重要。在我二十几岁、身无分文的那段日子，父母从不曾提过他们要出机票钱，让我回东岸过节。我在报社工作的那段时间，特别是离婚后，我经常在工作中度过假期，只为了赚取那 1.5 倍的加班费。但当我们四人坐在不太稳固的曲木椅上，围绕着母亲亲手漂白翻新的橡木长桌，眼前的父亲和 T.J. 如此沉默，母亲和我却有聊不完的话题，我又回忆起那些充满恩典的时刻。

我们在牛津的最后一个圣诞夜，一名戴帽子的男孩在下雪的黄昏来到我家门前。他翻开赞美诗集开始歌唱。在玻璃窗后方的我驻足聆听他的歌声，母亲在一旁对我呢喃道："等等，继续听下去，先别开门。"我还记得他就站在门外，街灯下可见雪花飘落在他的帽子与赞美诗集上，也记得他唱着《平安夜》（"Silent Night"）的纯净清澈的声音。他的歌声在我开门的刹那戛然而止。母亲要我拿一枚银币给他，他接过银币，合上赞美诗集，谢过我后便离去了。

我记得某年的另一个圣诞夜，那是满11岁的我在美国度过的第三个圣诞夜。那是1960年，约翰·肯尼迪刚当选美国总统，我们搬进韦尔斯利镇近郊、远眺湖面的新居科技屋不久，并立起科技屋里的第一棵圣诞树。圣诞节前一天，我待在好友珍妮家。珍妮的母亲有严重的酗酒问题。那天她家来了许多大人，全聚在厨房中抽烟喝酒弹吉他。珍妮热了罐装意大利面当我们两人的午餐，丝毫没有人注意到我们的存在。雪下了起来，等到夜幕低垂时，从珍妮家到我家那条5公里的公路已经封闭了。

此时，我与父亲已不复往日亲昵，我们之间的情感早流失在每晚餐桌上的争执与他对工作的狂热中，即便我待在珍妮家过圣诞夜，或许也不会有人在乎。不久父亲打电话来，希望我和他在半路会合。回家的路又长又冷，我独自走在柔软的雪地上，经过公路上一盏又一盏的路灯，却一点都不感到害怕。那是个美丽的夜晚，漫天飞舞的雪片在街灯照射下闪闪发亮。这段回忆对我来说弥足珍贵，时时让我忆起父亲对我的厚爱。父亲已经在会合处等我，他没有发怒，并与我一同踏上归途。

我先取下自己的餐巾，再与母亲一起为父亲取下餐巾。接着我们送 T.J. 回车上并向他告别，吹熄蜡烛。只是没想到，这一别竟成永别。

隔天早晨，在我和母亲挂满装饰品的竹枝下方，我发现一件包装精美的礼物，那是平装版《2005 年最佳佛教作品选集》（*Best Buddhist Writing 2005*），扉页上有母亲抄写的一段文字，出自多年前我送她的斯蒂芬·米切尔（Stephen Mitchell）的《道德经》译本[6]：

亲爱的凯蒂：

明道若昧，
进道若退，
夷道若颣。
上德若谷……
质真若渝……
道隐无名。
夫唯道，善贷且成。

爱你的妈妈

第9章 倾颓的宫殿

令尊长眠于十米深处，
骸骨化为珊瑚，
明珠乃其双眼：
消散的形体，
无一处不曾领受海水的神奇魔力，
幻化为富丽珍异之物。

——威廉·莎士比亚，《暴风雨》

在电子显微镜下，年轻、健康的大脑犹如挂满珍珠的网，充满复杂的分支与互相连接的神经细胞。脑神经细胞通过长丝进行庞大的对话，它们吸收、释放神经化学物质，并将讯息通过微弱的电荷传导至邻近细胞。具体而言，大脑可想象成比雅加达（Jakarta）更宏伟的大城市。这座城市是由一群又一群半独立的小区组成，其中有 860 亿神经元，通过各种电化学通路，如高速公路、主要干道、次要道路、小巷、泥土路、山林小径等彼此连接。一旦大脑中的其中一条公路坍塌，讯息通常会改行其他路径。举例来说，若脑中提取词汇的区域因中风严重受损，邻近区域的脑细胞会试图接手这份工作，尽管恢复成效不一。健康的大脑，如同健康的心脏与身体，充满了备援系统、变通方案、备用路径。神经学者将这种恢复能力称为“认知储备”（cognitive reserve）。

然而，即使大脑在冲动克制、决策思考、情绪调节等方面的能力持续发展，写作、教学、木工等复杂技能也会愈臻纯熟，神经都市中的某些区块，其实从早得惊人的 22 岁起便开始衰退。[1] 针对短期记忆、推理能力、反应时间、灵巧度、产生新概念的速度、学习速度等项目进行的标准化测验显示，测验成绩每年下滑的幅度高达 1%。[2] 至于化学、数学、物理等领域的突破性发展，一般来说类似体育项目，会发生在 30 岁前后的几年间。[3] 过了这个阶段，大脑将逐渐萎缩。除此之外，脑细胞中被称为“树突棘”（dendritic spine）的球状隆起部位，其作用为神经元之间的接点。老化细胞上的树突棘会变得稀疏而且又短又硬，犹如遭人粗鲁修剪的树枝。脑细胞上的突触（synapse）会因老化萎缩，致使神经元之间的通道渐至荒废；动脉变硬以致血流量减少；而髓鞘（myelin），也就是神经纤维上有如绝缘体的白色脂肪保护层，则如千疮百孔的老旧的漏水管线，减缓神经讯息在细胞间的传导速度。[4] 就算我们变得更谨慎、更有修养、更有耐心，还是需要更多时间来理解他人所说的话，思考反应也不再那么灵敏。

到了 50 多岁，体内的激素分泌将大幅锐减，其中包括几种增进记忆力、情绪、注意力的激素，如雌激素、雄激素、多巴胺。于是，我们开始忘记名字，无法使用镊子，太多人同时讲话也会让我们分心。不过，这类轻微的脑力损失在很长一段时间内，至多只反映在标准化测验中，身边的朋友与自己并不会察觉。大脑的多重变通方案将持续运作，而中年的世故、智慧与累积的知识等依然胜过无知的年少轻狂。

退化的脚步从 60 岁起加速。复制不完全的蛋白质在细胞中折叠成怪异的形状，因而造成阻塞。死亡的细胞物质团块——阿尔茨海默病的决定性病理特征，但也少量存在于聪明的头脑中——犹如未清理的垃圾，堵塞了神经通路。发炎导致大脑严重受损。此外，头颅深处有个外形看似海马的海马体（hippocampus），其作用是负责将记忆由短期暂存区运送至长期储存系统。海马体因老化逐渐萎缩，届时无论学习新语言或操作新电子设备，都需要更长的时间才能上手。

停下来想一个名字的时间会拖得更久；为了补偿日渐迟缓的反应时间，开车速度也会放慢，我们开玩笑地自嘲是“老糊涂”。轻微的细胞伤害逐渐积累，神经通路的变通方案也会愈来愈少。根据严格程度不同的损伤定义，在 65 岁以上的人中，约有一到三成会出现神经科医生称为“轻度认知损害”（mild cognitive impairment）的症状[5]，这是一个统称，涵盖任何令人担忧却不至于严重失能的心智退化现象，包括忘记重要约会和对话、无法做决定、找不到钥匙或老花眼镜、同一笔账单付了两次等。我们会适应身体的变化，将约会记录做得更详细，依照好记的方式安排计划表且不轻易调动，做事方式变得毫无弹性。不过基本上，我们还是原本的自己。

2005 年到 2008 年是父亲人生的最后三年，也是医生一致认为不装心脏起搏器的他不可能目睹的三年。在那三年里，发生在父亲身上的事绝不只是“轻度认知损害”所能形容的。

父亲直到离世都未曾从家中走失，不曾被捆绑或限制行动，也不曾忘记我的长相或名字；他不曾流口水，不曾产生看见死者面容的幻觉，不曾逗弄抱在怀里的洋娃娃，也不曾坚持更衣上班。他没有幸运到对自己的退化浑然不觉。他依旧记得哈特福德蜿蜒的街道，记得高速公路的匝道入口位置；托妮开车带他去看眼科时，他甚至还能充当向导。他依旧保有局部的能力。直到最后，他都是我挚爱的父亲杰夫。

只不过，有朝一日，大脑的损伤终会恶化到不忍目睹或难以承受的地步，若不然，也会被医疗行为逼着继续忍下去。

父亲的脑细胞并不只是出现了树突棘损失这类普通的老化现象。他的脑细胞大量死亡，使得接收视觉及感觉的区域和制定对策的区域两者间的通路遭到破坏。内科医生费尔斯医生将这几年视为“杰夫的磨难”。他过去担忧的问题果真一一出现。多年后他告诉我：“我非常同情你父母所经历的一切，特别是你的母亲，长期以来，身为杰夫伴侣的她必须目睹这些转变。”原本让父亲心跳减缓、大脑萎缩的老化，进一步找上他的眼睛、肺脏、膀胱、肠胃。他有如一幢以梁柱勉强支撑的老房子，正一点一滴地崩坏。

2005 年 6 月，父亲抱怨自己看见双重影像，结果诊断出右眼出现湿性黄斑变性（wet macular degeneration），这种疾病会让血管在视网膜内不规则增生，导致失明，而成因是 DNA 中的小瑕疵逐渐累积，使原本不该复制的细胞开始复制。这个过程在老化身体中的各个部位都有可能发生，轻则长出无害的皮肤垂疣，重则引发致命的癌症。增生的血管在父亲的视野中央形成了一个黑点。父亲写给我一句富有哲理的话："我们没什么能做的，年纪大了就是得受这些苦。"除了局部失明，整体视力也会随时间退化：眼部晶状体中的蛋白质会随年纪变硬、变黄，就像一扇脏了的窗户。即便是 60 岁的健康成人，能进入他们眼中的光线也只有 20 岁时的三分之一。[6]

因此，与死亡对弈的父亲进入了赛事的倒数第二局。这局棋我们下得如此投入，却又败得措手不及。动脉这类本该柔软的部位日益硬化，骨骼这些本应强壮的系统也净是空洞；某些细胞死去后不再为新细胞所替换；软骨及胶原蛋白变薄；钙质从骨骼中被拖出来丢到动脉里。外科医生兼作家阿图 · 葛文德（Atul Gawande）说，替老化心脏做手术时能感觉到主动脉和其他主要的血管"在你的手下变得脆弱"；股骨上长出骨刺，膝关节硬得有如珊瑚。某些细胞会经历所谓的"褐化"（browning）过程，这种毁灭性的新陈代谢，效果好比生锈或文火慢炖。[7] 肌肉因停止使用而萎缩。细胞每次复制时，DNA 末端都会失去最后几组编码，增加细胞突变致癌的概率。[8] 活得愈久，莎士比亚所谓“肉身所承受的数千回自然冲击”*，就会给大脑和身体更多记重拳。

所谓老化，是指体内七千多种不同退化过程[9]所引发的累积效应[10]；每一种退化过程都受到基因、习惯、环境的影响。血流中，岗哨细胞（sentinel cells）吞噬微生物入侵者的能力下降，连带提高了死于感冒、支气管炎、尿道感染、肺炎等疾病的概率；甚至体温调节的能力也变弱了。我们这个乐观、崇信科学的文化，意欲将老化视为一种医学症状，让老化不过是几种特定疾病的总和，并能通过医学一一防范或治愈。然而，无论我们与恶魔做了什么样的交易，大自然的智能总是略胜一筹。我们能拖延死亡，却无法治愈老化。尽管顶尖人才都在寻找长寿基因，长寿网站也纷纷兜售巴西莓与硒补充剂，科学界仍旧找不出如何迂回避过这个让佛陀终生修行，而 40 多岁的我在禅寺中欣然朗诵的永恒真理：凡人皆难逃一老。

* * *

为了减缓、停止甚至是逆转父亲的视力退化，托妮每个月都会开车带父亲去哈特福德向一名眼科医生求诊，请他在

---

* 出自莎士比亚戏剧《哈姆雷特》第三幕第一场。——译者注

父亲的右眼球注射一种昂贵的药物“哌加他尼钠”（商品名为 Macugen，学名为 pegaptanib），这种药物由辉瑞公司与另一家规模较小的药厂眼科技术制药公司（Eyetech Pharmaceuticals）开发，可惜成效不显著。因此没过多久，医生就让父亲尝试由旧金山湾区生物技术公司基因泰克公司（Genentech）开发的另一种药物“癌思停”（Avastin）。癌思停是经批准的化疗药物，用于多种癌症，可抑制血管生成，像是供应肿瘤养分的血管。癌思停被密封在大型塑料袋中批量售出，再由专门的“合成药局”分装为眼用的微小剂量，一剂仅要价 50 美元。在某次研讨会上，多名使用过癌思停的医生向父亲的眼科医生推荐，认为癌思停的疗效大幅超越哌加他尼钠，因此他便改用癌思停为父亲治疗。后来，基因泰克公司又推出一种高价位新药“雷珠单抗”（Lucentis）。雷珠单抗是基因泰克公司专为黄斑变性所研发，是经过批准的黄斑变性专用药物。尽管基因泰克公司大力推广雷珠单抗，许多眼科医生依旧使用价格低廉的“标签外药物”（也就是，未被美国食品和药品管理局核准使用目的的药物）癌思停为病人治疗[11]，而未转换至新药雷珠单抗（后续研究证实，其疗效并未优于癌思停）。这种现象在经济状况较差且投保金额过低的病患身上尤为常见。然而，父亲本身已经有联邦医疗保险与完善的辅助医疗保险，而雷珠单抗又是当局核定的标准用药，医生便将他的处方改为了雷珠单抗。

每一剂雷珠单抗除了花掉联邦医疗保险约 1560 美元，辅助医疗保险还必须支付 389 美元左右，总金额等同于父亲一整年的语言治疗费用。每次 45 分钟的眼科门诊平均花费 2127 美元，而其中约 178 美元会直接付给眼科医生作为注射药物的酬劳。在 2005 年到 2006 年的 14 个月中，父亲注射雷珠单抗的费用就花了联邦医疗保险 18,723 美元，再加上 4678 美元的辅助医疗保险，总金额超过 25,000 美元。倘使父亲适时自然死亡，就可以省下这笔开销。联邦医疗保险允许医生将用药价格抬高 6% 左右，因此这名不愿向我提供账单明细的眼科医生，有可能从每次以癌思停为处方用药中多赚取 3 美元，每次注射雷珠单抗，更可能获取高达 120 美元的额外收入。

父亲的眼科治疗未见起色。从病历上来看，他的视力急剧恶化。托妮说，在月复一月的视力检查中，父亲从不曾辨认出任何字母。在她看来，这些治疗对医生和药厂财报的贡献，远大过对父亲的帮助。

此时，托妮与母亲已定期接送父亲来往于众多不同的专科诊所。每个医生都为父亲进行检验、写报告，尽责地做病历记录，同时向联邦医疗保险申请付款，追踪父亲的退化情形，但他们之间却鲜少相互协调。米德尔塞克斯联合心脏内科的服务处有名技术人员，每三个月通过电话远距离为父亲检查一次心脏起搏器，父母则每年前往罗根医生的医院就诊两次，以确定父亲的心脏与心脏起搏器依然维持正常运作。

父亲给我写的信愈来愈少，也不再能自己打电话。我想和他通电话时，只听到他笨手笨脚地拿着听筒，烦躁地吼着“什么事？”，我等了一会儿，也对着电话大吼“我爱你”，接着便挂了电话。

大脑的运作会受到一波波神经化学物质的影响。每当父亲感到开心时，思绪就会暂时变得灵敏，而这正是痴呆症令人费解之处。2006 年春天，我的一篇自由撰稿文章登上《纽约时报》科学版，这是我为该报所撰写的第一篇文章。不久后，我就收到父亲满怀喜悦写给我的一封短信。他写道：“我火速提笔，为的就是要让你在抵达米德尔敦之前收到。你在《纽约时报》上那篇关于手足暴力的文章让我们甚感欣喜。我昨天一整天都在思考你的文章。”

他继续写道：“你从日常题材下笔并找出切入点，这样的想法绝对是杰出的。你引用该隐杀害亚伯的例子深深吸引了我，那是兄弟阋墙的典型例子。”

他更进一步地开始做起咬文嚼字的编辑工作，过去年轻的我每每被他批评得体无完肤。他要求我为“手足相残”一词下定义，又从他看不顺眼的一个句子中挑出他所谓的“语言混用”问题；而我在文中提及、却未多做说明的单词“Craigslist”* 则令他很是困惑。“Craigslist 是以某种基础进行定义、分类并在网上使用的列表吗？这些值得注意。”他的信令我惊喜。有那么一瞬间，过去我所认识的父亲又回来了。对于一个 83 岁又几乎不

* 美国大型免费分类广告网站。——译者注

会上网的中风老人，我觉得他的状况还真不错。父亲以我为荣；而在此同时，我也以他为荣。

只不过，仅仅两周后，当我在米德尔敦与他共进早餐时，氛围已经截然不同。父亲变得郁郁寡欢，鲜少开口；他不再能帮助母亲摆放餐具，左眼的目光不时涣散飘移，仿佛脑海中正有一朵浮云飘过，片刻后，他又会恢复注意力，重新拾起汤匙。他需要他人帮助，才能将蓝白格纹餐巾的黑色伸缩缎带套过脖子；用餐后，他也不再照惯例将餐巾折叠拍打整齐后放到一旁，而是皱成一团地留在餐桌上，再由母亲收拾。无论母亲走到哪个房间，他都尾随在后；母亲在厨房时，他也在一旁打转。后来我才明白，他的行为就是所谓的“跟随照顾者”（shadowing）现象。

父亲的心脏起搏器依旧继续走动。

* * *

我把父亲留给托妮照顾，带着极其犹豫的母亲（她对“痴呆”一词深恶痛绝，程度几乎和让她考虑未来一样可憎）前往纽黑文一带、离住处最近的阿尔茨海默病协会（Alzheimer's Association）办公室与咨询师会面。咨询师为我们介绍了一组心智功能退化图表。这些图表不禁让我联想到一连几年熊市而无止境扭曲向下的股票 K 线图。中风患者的状况在每次“心血管事件”过后会急剧下降，而阿尔茨海默病患者则是在低丘上缓缓向下滑动。至于父亲，他的退化过程似乎结合了两种模式：在一段稳定期后，有时紧跟着的是迅速恶化，有时则是缓慢退化。我端详这些图表，禁不住纳闷，我是否该继续说服母亲让托妮多做几个小时看护？甚至是——但愿不要走到这一步——将父亲送往老人日间照护中心？此外，父亲是否也同时罹患了阿尔茨海默病？

心智功能退化和痴呆涵盖50多种成因与危险因素，其中包括了肥胖、抑郁、酗酒、心脏手术、化疗、糖尿病、细胞受损、高脂饮食、遗传因素、久坐的生活作息、社会孤立或单纯因高龄所致。[12] 由于目前医学界对这些病因的了解依然非常有限，我询问父亲是否罹患阿尔茨海默病这个问题或许不太恰当。“痴呆”一词有如癌症，都是概括性的标签，并非一个明确的诊断结果。痴呆涵盖各式各样我们所知甚少的病痛与老年性缺陷。21世纪的痴呆，犹如19世纪的结核病与20世纪的艾滋病，是一种四处蔓延、恐怖、致命、无药可医、受到排挤并充满羞辱的症状。

在阿尔茨海默病咨询师的建议下，我到文具卖场为父母买了两块小白板，一块钉在二楼书房的门上，另一块摆在一楼厨房内，目的是希望母亲把她每天的行程写在白板上，这样父亲才不至于不停地问。然而，母亲后来把一楼厨房的白板用来写购物清单了，二楼的白板则被她收进了储藏室。

联邦政府每年投资5亿左右在阿尔茨海默病的研究上[13]，但据估计，约有二到四成的痴呆并非典型的阿尔茨海默病，此外，即使这种（或这些）谜一样的病症能找到难以捉摸的（几种）治疗药，这二到四成的非典型阿尔茨海默病依旧无法治愈（各种没有特定类别的痴呆目前通称为阿尔茨海默病）。“痴呆”是个极其明确的词，意味着患者的大脑退化程度已达临界点，生活上若无人帮助便可能遭遇危险。医学界对痴呆的认识仍相当有限。虽然我们能替换股关节，虽然我们能移除心脏中阻塞的管线与故障的泵送器官，并以人工零件进行强化，但老化的大脑实在是太复杂、太细致，似胶状，无法像机器般轻易修复。死去的神经元不会再长回来。尽管科学界一再推出振奋人心的突破性药物及新型诊断检验，又频频发表基因研究的最新进展，然而对大脑而言，相当于心脏起搏器、青霉素、肉毒杆菌等的神奇疗法依旧尚未问世。

痴呆的预防比治疗来得简单。假如我不想步父亲的后尘，只要在网络上快速搜寻一下便能发现，我必须成为一个快乐而严格的纯素食者，体重轻于平均水平，维持正常血压，喝茶或咖啡，适量饮用红酒，服用布洛芬或雌激素，认真运动，少碰糖、盐、饱和脂肪、白面粉；此外，我还必须能读写，受过良好教育，生活富裕，保持社交生活，培养兴趣，上教堂，适度捐献；最后，我还得拥有不带痴呆成分的长寿基因，20 多岁时更要写得出一篇复杂而前后连贯的生活叙事文。

父亲的饮食向来养生，他喝茶也喝咖啡，平时又有规律的运动习惯。他的血压正常，体格高瘦，能读、能写又受过高等教育，经济状况良好。他拥有自己的社交圈，日常生活中也不乏兴趣，他适度捐献，20 多岁时也肯定写得出一篇复杂且前后连贯的生活叙事文。

也许，死在痴呆袭击之前会好上许多。

鼓吹提高研究经费是阿尔茨海默病协会的主要任务之一，因此他们长久以来不断提倡阿尔茨海默病“并非正常老化”的观念（研究经费补助的对象并非症状，而是疾病，因为就定义而言，疾病意味着有潜力找出治疗方式）。尽管少数几种罕见的痴呆症会在早年发生，但从认知功能退化与大多数包含阿尔茨海默病在内的痴呆症看来，长寿依旧是最大的危险因子。[14] 一旦过了 80 岁，痴呆症的危害便开始显现威力。70 多岁的老人只有 9% 罹患痴呆症，80 多岁的老人则至少有三分之一蒙受其害。[15] 过了 90 岁还能头脑清醒离开人世的概率，约莫只稍微比掷硬币高一点，在这些人中，超过 41% 将罹患痴呆症 [16]，另外至少还有 10%~15% 会出现轻度认知损害，而 200 人中，仅一人能毫无认知退化的迹象 [17]。每一项修复身体的医学进步都不仅不能帮助大脑增加在逐渐衰老过程中的存活率，还加剧了痴呆症状。

老年痴呆只是一切问题的开始。长寿愈来愈普遍，连带使得痴呆症扩大流行，进而衍生出高龄照护危机。过往代代相传的财富，如今却转而流入连锁赡养机构、长期保险业机构、居家照护公司与疗养院的金库中。而且，除了极少数有时限的例外情况，长期专业护理并不在联邦医疗保险的支付范围内。

现今有四分之一的老年人，选择在人生中的最后五年，将包括房产在内的所有积蓄都花费在照护与其他必须自掏腰包的医疗费用上，另外 43% 的老年人会失去除了不动产之外的所有财产。[18] 想当然，罹患痴呆症的老年人的支出是最高的。这个现象意味着资本在转移过程中赫然蒸发了。在过去，资本转移有助于家庭向上流动，或让左支右绌的中产阶级得以保住摇摇欲坠的安身之处。然而如今，世代相传的家园已不复存在；再也没有多余的 5000 美元能留给孙子买车，或者付社区大学的第一年学费，作为儿孙房屋贷款或头期款的 25,000 美元也给不出来了。至于比较宽裕的家庭，则再不能留下 10 万美元给晚辈当创业基金，也无法帮他们缴清房贷或者支付孙辈大学或研究生的学费。

“目前的我们正处于中风后模式中，我们得自己照顾自己。”2006 年晚春，父亲寄给我一封感伤的信：

> 过去我们所依靠的是老杰夫，如今严格发号施令的却是薇薇。这间屋子与庭院看起来实在很美丽。薇薇为了这间屋子吃尽苦头，恐怕所有家务都由她一个人承担了。我也做了一点事，明确地说，我帮忙分类碎石与沙土。那真是一团混乱，因此我专心一致，只为做这件事。若是你沿着阳台走一圈便能了解我在说什么。因此，我的宝贝女儿，你所接收的，将是一件历经折磨完成的作品，出自一个试着在地上将土石分类的男人。

我很想了解，他那带着黑点的视野以及无法自行戴上助听器就听不见的听觉，通过宽厚的心灵与博学心智间不断交替的钥匙孔窥探世界，会是什么感觉？我想知道，记忆要是有如卡在放映机中熔化的胶卷，存在着出现又消失的破洞，会是什么感觉？在一辈子毫无怨言的克服万难、适应限制之后，却认不得一条他走了 40 年的路，这是什么感觉？盯着自己的手一再重复写下“辞藻”二字，又是什么感觉？

只不过，就某方面而言，与身强体壮的父亲相比，饱受摧残的父亲反而更美丽。我能更清晰地看见他灵魂的轮廓。他不得不放下莎士比亚称为“泡沫般的浮名”与《传道书》(*Ecclesiastes*)中所谓“灵魂的虚荣与苦恼”。他的书与自传再也没能完成；他来不及弥补迷惘的少年时期，来不及让他父亲含笑九泉，也来不及胜过那个比他更有名气、始终让他看不惯而如今早死透了的诗人兄长盖伊。父亲再也无法奋力一搏，他只能爱与被爱。这场竞赛，他已经来到终点。

我的邻居兼好友、诗人简·赫斯菲尔德某次前去疗养院探视罹患阿尔茨海默病的旧识后写道：“华美的旧地毯虽为鼠群啃咬，仍不改其所余纹彩。”[19] 这段诗句正好说明了父亲的现况。父亲的心智不像沙堡，分崩离析后并未化为不成形的土堆，倒是好似丁登修道院(Tintern Abbey)[20]，只有选择性饱受摧毁。此修道院位于威尔士北部，是一座熙笃会（Cistercians）修道院，于 1531 年亨利八世脱离罗马教廷时遭到镇压。丁登修道院转而成为贵族资产，院内的彩色玻璃被打得粉碎，屋瓦因含有可利用的铅而被取走，教堂大钟被熔掉，地砖被挖起重新铺在村舍中，修道院中的圣物被转卖给往来游客，圣徒雕像出现在邻近花园中，至少一面墙被打掉用以建造猪圈。

我曾在照片上看过那激发威廉·华兹华斯*灵感的断垣残壁：在青翠山峦间矗立的哥特式教堂骨架，高耸却缺了屋顶。耳堂中长满绿草，光线从消失的屋顶倾泻而入；石造的细致拱形花饰窗格开向翠绿的牧地，只见几只黑白相间的乳牛啃咬着青草；修道院的外形优雅、正统，带着一抹神秘。父亲罹患痴呆症后，不管对谁都不再有用处了。然而，在他这堵残破外墙的庇荫下，母亲学会了如何平衡收支，我的心房也终于敞开，不再冰封。父亲晚年深陷苦难是我所百般不愿的，但在残破身躯中的他却散发出神圣的气息，而我从他身上拾起的碎片至今仍支撑着我。

---

* 威廉·华兹华斯（William Wordsworth，1770—1850），英国浪漫主义诗人，曾创作《丁登修道院》（“Tintern Abbey”）一诗。——译者注

第10章

急流奔腾

2006年6月4日，母亲在停笔三年后再次打开日记本。“今天是星期日，杰夫的行为变化令人焦虑，”她写道：

> 他不断重复刷牙。一切要从星期五我们买了一支新的电动牙刷开始。任何新步骤都能轻易难倒他，但今天下午他几乎疯了，他不断到楼上的浴室刷牙。我像平常一样请他到前院修剪蔓长春花，他花了好长时间却没做多少。后来，他一进到家中又立刻回到浴室刷牙，晚餐过后，他也迫不及待地上楼再刷一次。

父亲的神经科医生曾告诉我们，此类重复性行为——过去仅止于如同坏掉的唱片那样重复说同一句话或是一再查看行程表——被称为“持续症”（perseveration），常见于孤独症或脑损伤患者。额头后方两个带有褶皱的鼓起被称为额叶。以核成像技术扫描观察会发现，流向额叶表层的血流减少与持续症相关，特别是在额叶中被称为“背外侧前额叶皮层”（dorsal prefrontal cortex）的区域。神经元在这个区域的作用有如交通警察，能将注意力由当下在说的话或做的事转移到新目标上。额叶受损可能是所有心智损害最严重的一种，因为额叶掌管许多成人自我相关的重要功能，例如道德行动能力、决策能力、考虑行为后果的能力、问题处理能力以及计划制订与执行的能力。

“持续、持续、持续！！！！”母亲在日记中继续写着，身陷极度痛苦中的她连字也写错了。

> 天哪，现在他整个人好像疯了。我不晓得下一步该怎么做，只能等到明天早上，但愿他一觉醒来，一切都恢复了。我很紧张，很沮丧，我不想因为这件事而失眠，但我感觉血压已经因为杰夫带给我的挫折而飙高。他就是不肯听我的话，冥顽不灵。这种现象算是阿尔茨海默病吗？我想肯定是痴呆。
>
> 我觉得我的人生正在毁灭。这种恐怖的日子我已经过了五年，有时候我希望他能死去，放我自由。

那晚母亲播放了我送她的放松音乐，隔天早上又展开了冥想练习，写日记时，情绪也变得比较平静。她试着克制愤怒与不耐烦，还在日记中提到父亲在这方面比她好多了。她决定接受自己的生活现况，接受父亲的转变，因而她写下：“现在我完全承认，当初和我结婚、与我共同生活60年的杰夫已然变成另一个人了。如今的杰夫满口牢骚，紧张兮兮，愤恨不平，他不只期待我什么都要知道，还要去关照……关照他的各种需求。我尽可能心平气和地回复他，或是继续做我想做的事。”

其他的妻子会以取下结婚戒指的方式让自己释怀。有位妻子解脱的方式，是索性把患有痴呆的丈夫视为新的家庭成员，而非她当初结婚的对象。而明尼苏达州北部一名阿尼希纳贝族（Anishinabe tribe）的妇女，则为她还在世的患有痴呆的母亲办了一场丧礼。她对社会心理学家波林·布斯（Pauline Boss）坦言：“我们已经失去从前所认识的母亲……现在的她是孩子，而我是母亲。”[1] 布斯创造了一个崭新的术语——“混沌的失落”（ambiguous loss），用以叙述像母亲这类女性所遭遇的经历。

母亲并未告诉我那个周末所发生的事。我是在她过世后，读了她的日记才知道，她其实是费尽心思，努力保护孩子们远离那股吞噬她与父亲的苦难。她独自执行了这段弃绝的神圣仪式。

当时她只说，她正在阅读《献给艾丽丝的挽歌》（*Elegy for Iris*），这是作者约翰·贝雷（John Bayley）为当时仍在世的妻子所写的讣闻，记录了他的小说家妻子艾丽丝·默多克（Iris Murdoch）坠入痴呆的过程。母亲在电话中将此书中最有名的一句话念给我听。这句话出自一位不具名的女性，她曾对贝雷说过，和患有痴呆的丈夫一起生活“有如和尸体绑在一起”。她重读了

依迪丝 · 汉密尔顿（Edith Hamilton）关于希腊神话的书，并送给我希腊悲剧诗人埃斯库罗斯（Aeschylus）的一段话："即使在睡梦中，无法忘却的痛苦仍一点一滴落在心上；神的恩典令人敬畏，尽管违背我们的意愿，依旧使我们更有智慧。"

* * *

2006 年 6 月 9 日，母亲带着父亲走到街上取回垃圾桶，回家的路上她因为要顺道拜访邻居，便叫父亲先走回家。没想到待她聊天结束，赫然发现父亲倒在车道上呻吟，他爬不起来，其中一只眼睛还充满了血。母亲赶紧打 911 求救。这已经不是父亲第一次跌倒，却是最严重的一次。米德尔塞克斯纪念医院的计算机轴向断层扫描显示他右眼窝内出现骨折，左脑后方看来有过去未曾察觉的中风现象，发生时间可能是在2003年；此外，接近他右侧太阳穴的骨折处还有脑出血迹象。医生并不确定他是因脑出血而跌倒，还是因为跌倒而造成脑出血。他们将父亲送上救护车，开往车程一小时的耶鲁-纽黑文医院评估脑部手术的必要性。

耶鲁-纽黑文医院位于贫穷的纽黑文市，是耶鲁大学医学院实习医生与住院医生的培训医院。其急诊室一如大部分的市区医院，是没有保险的穷人就医时不得已的选择。急诊室十分拥挤，一整个晚上，母亲几乎都待在急诊室外的走廊上，父亲则躺在她身旁的临时轮床上不断翻来覆去，痛苦呻吟。他等了将近两天才等到病床。

根据《美国新闻与世界报道》(*U.S. News and World Report*),耶鲁–纽黑文医院在该年度全美十项专科医院中排在前 3%,其中即包括神经外科。[2] 送父亲到这家医院很可能是个错误,因为医院的照护质量与其规模及专业能力并无必然关系。对于虚弱的病患而言,优秀的护理人员所提供的简易照护,可能比高科技的专科医疗来得重要。后来我在一本颇受好评的消费者杂志上读到一项医院评比,这项评比是该杂志根据政府资料汇整而成的。这项评比指出,在康涅狄格州 20 家医院中,最安全的医院莫过于米德尔敦纪念医院,耶鲁–纽黑文医院排在倒数第四。耶鲁–纽黑文医院在院内感染与出院不久再度入院的比例偏高;其医护人员与病患在重要讯息的沟通上,例如缝合处的照料方式与出院后的服药内容方面,评价皆偏低。[3]

在母亲离开医院、回家小睡片刻期间,护理师并未注意到父亲只有一只手臂,因此完全没有人帮助他饮水进食。当时的母亲或我都不晓得,许多医院不过是提供"由医生与科学家主导身体修复服务"[4] 的场所。医院中忙不过来的护士虽然不时监测病况,却鲜少能提供传统的照护服务。父亲饥渴交迫,迷失方向,对着空气破口大骂。他罹患了医生口中的"医院谵妄"(hospital delirium)。谵妄患者会陷入幻觉、神志不清、迷失方向的状态。70 岁以上的住院病患大约有三分之一会出现谵妄症状。谵妄有可能是因为患者找不到助听器或眼镜所引起,也可能是由医疗疏忽或麻醉所造成。此外,对一般人来说,可以接受却会毒害病患的医院环境也可能导致谵妄，如医院内的持续噪声和车水马龙的街道没有什么两样。再者，半夜把病患唤醒以测量白天就应测量的血压，医生助手不断干扰，喝水或用餐时得不到帮助，缺乏可靠而人性化的接触，没人唤自己的名字，等等，上述这些情形都可能引发谵妄。最后，诸如赌场般没有对外窗户，只有室内光线，教人无法分辨昼夜的病房，也可能是谵妄的成因。

安静、休息、新鲜空气，是维多利亚时代护理改革者弗洛伦斯·南丁格尔（Florence Nightingale）认为不可或缺的三项基本条件，只是当今的医院往往无法提供。出现谵妄的病患有35%~40%会在一年内离世。[5]

母亲哭着打电话给我。她已经筋疲力尽。医院疏于照顾父亲，而母亲不敢独自开车回纽黑文。她不确定自己下一步该怎么办。她需要一名司机、一名医疗代理人（medical advocate），她需要我。

有句俗语说“久病床前无孝子”。[6] 接到母亲的电话时，我正疲惫不堪地躺在沙发上仰望天窗。来回往返东西岸已历时5年，光是前8个月就有3次。当时布莱恩与我正在打包，准备前往山里一间租来的小屋度假一周，租金已付且无法退还。我无法预测父亲还能活多少年，以及父亲过世之后又该如何？我的外婆活到92岁，我的母亲也有可能这么高寿，这意味着我70岁时还得照顾她。至于布莱恩，直到当时，我仍因为一些连自己都不明白的理由而不愿嫁给他，尽管如此，从母亲去世到布莱恩需要照顾前，我还有多少自己的时间？到了最后，又有谁来照顾我？除此之外，为什么大多数的重担会落在女性身上？我联络两个弟弟，告诉他们，这次该轮到他们了。迈克尔当时有一期已经付费的表演训练课程，他上完为期一周的课程后便飞回了东岸。这是父亲中风后他第二次回家。

幸好耶鲁-纽黑文医院的医生决定不为父亲进行手术。这是个明智、“少即是多”的决定，但这个决定也让医院付出了代价。耶鲁-纽黑文医院为父亲提供的服务费总金额为 22,034 美元，然而联邦医疗保险的总额制度仅支付院方其中的 6668 美元，倘使医生让父亲接受脑部手术，医院可获得的支付绝不仅止于此。总而言之，父亲住院六天花了联邦医疗保险大约 16,891 美元，其中包括第一天在米德尔塞克斯纪念医院的急诊、诊断与医生看诊费 8723 美元，以及耶鲁-纽黑文医院每名医生的看诊费 1500 美元。

母亲坚持尽快带父亲回家。父亲再也没有恢复到他过去“正常”的样子。有天早上，他坐在沙发上问迈克尔为何客厅堆满树叶。事后回想起来，若是父亲跌倒当时母亲没有打 911，而是为父亲洗掉脸上的血渍，送他上床睡觉，他的状况或许会比现在好许多。

* * *

若说 70 多岁是父母的黄金年华，那他们 80 多岁的日子就有如铅块般沉重。父亲中风后的前两年，即 2002 年与 2003 年，父母还抱着病情将有所好转的希望而安排他们的人生。母亲决意帮助父亲，父亲也有强烈的动机试图恢复书写及语言能力。恢复无望后，日子还是得继续过下去，但母亲愈来愈寂寞，也愈来愈疲惫，反观父亲却接受了封闭生活中有限但真实的欢乐，岂料他中风后的第四年与第五年，也就是2005年与2006年，就连这些欢乐也被剥夺了。他的视力退化到无法阅读《纽约时报》，平衡感也退化到母亲不再能让他独自行走，还得抓着他的皮带扶他上下楼。他大小便失禁，这意味着卫斯理大学游泳池中的水中康复必须结束，而他和老同事理查德·阿德尔斯坦每个月两次的午餐也被迫终止。他的脑伤严重到内急时无法及时赶到厕所，但又没有严重到尽失羞愧或懊悔的感觉，能毫不介意地接受托妮或母亲为他擦拭臀部。

也许是拜心脏起搏器所赐，父亲的人生继续往下走，除了忍受，他没多少能做的事了。他的状况已经到达临界点，活下去是诅咒，死亡还可能是种福气。就如同某日他以一贯轻描淡写的口吻对母亲说道："可惜我家族的人都很长寿。"托妮记得，"他只能待在家里，日子过得很惨。他拿本书坐在椅子上，就只是坐在那儿。他被剥夺了一切。我想，只有在你回家时他才显得高兴一些，你在家的时候，他才有心情看书。他真的很爱你，你是他的掌上明珠。要是你不在家，他就只是坐着，除了打盹还是打盹，没什么他能做的了。他爱吃，但也就是如此而已"。

* * *

在加利福尼亚州时，有些早上我会在愤怒中醒来。为什么父亲的医生不肯顺其自然？我想，要是父亲从未植入心脏起搏器，他可能早已解脱，母亲和我也是一样。当时的我对心脏起搏器所知甚少，我以为，唯一关掉心脏起搏器的方式，就是让父亲再进行第二次手术，但这种方式之残酷令人难以置信，其危险性近乎安乐死，也因此基本上是不可能实际执行的。我不信上帝，也不怨上帝以神秘的方式让父亲苟活，但我怨人类的科技成就打乱了自然秩序。心脏与大脑几乎同时衰竭，这是数百万年来的演化设定的。我很想知道，罗根医生是否曾目睹父亲在多出来的那些年里过着怎样的生活？他是否又愿意到父母在松树街上的住处照顾父亲，哪怕只要一天就好？

我打电话向乔纳森抱怨，他在电话中开了个很凄惨的玩笑：拿个枕头蒙住父亲的头就行了。于是我告诉了他关于坦普尔·李·斯图尔特（Temple Lee Stuart）的事件。斯图尔特就住在我隔壁的小镇索萨利托（Sausalito）。她犯下杀人罪被判入狱6年，起因是她在疗养院用枕头闷死了床上88岁的老母亲。斯图尔特说，她的行为是人道杀害，并声称她的母亲先前曾多次透露死意。众子女中也唯有她会定期去探望老迈的母亲。斯图尔特向一名住在外地的兄弟坦承杀害了母亲，她也因为被这名兄弟举报而遭到逮捕。

2006年是父亲漫长人生中最悲惨、最无助的一年。在这年的最后一晚，绝望的我写下祷告词，并放入“神之匣”（God Box）内。我的“神之匣”是一个小咖啡罐。尽管我没有传统的宗教信仰，我依旧在罐子上贴了好几张《国家地理》（*National Geographic*）上的照片，照片中有峡谷、非洲岩画以及许多我梦寐以求的神圣景象。写祷告词是一名参加“十二步骤戒瘾”的朋友推荐给我的，他说这么做有助于放下无力改变的现实。我的祷告词如此写着：“请照顾我的母亲，让她能暂时喘一口气。请帮助我，不要再试图掌控母亲或为她解决所有问题。无论母亲是否快乐，都请赋予我源源不绝的创造力与生命力。请帮助母亲放下，并让杰夫离开人世。”

第四部

叛逆

第 11 章

魔法师的学徒

2007 年 1 月，也就是父亲在耶鲁-纽黑文医院严重受创的五个月后，我访问了任职于克利夫兰医学中心（Cleveland Clinic）的卡特里娜 · 布拉姆施泰特（Katrina Bramstedt）。起初我并不了解她的工作与我的家庭困境有何关联之处，但不多久，我便明白了。当时我正在寻找科技类的报道题材，她则是医学中心的生物伦理学家。这是由加护病房内各式维持生命仪器催生而出、不久前才问世的一种职业。布拉姆施泰特受雇于医院，她所扮演的角色类似法官。当家属、病患与医疗人员的看法出现分歧，布拉姆施泰特便会介入，并为双方说明、实施相关规定。要是遇到像我们这种意识到自己在现代医学科技面前意外无力的家庭，她便挺身而出，进行仲裁。

大多数布拉姆施泰特经手的咨询都与医生、家属间的争议有关。争议内容大多是病患的治疗方式或治疗与否等问题。这些病患通常病入膏肓，躺在加护病房内，遭受致命的感染，并依赖药物、鼻胃管、呼吸器或洗肾维持生命。布拉姆施泰特的工作简直就是为她量身定做的。加护病房中没有自然死亡这件事，几乎没有人能够坦然面对早已守候在一旁的死亡。有一半的时间，是医生希望能延长病患生命，但家属希望放手；另一半时间，则是医生想放弃，而家属，尤其是（但不仅限于）非裔美国人家庭，希望继续抢救。[1] 时有所闻部分医生会无视病患的预立医嘱，并从病历中撕掉整份预立医嘱。有时家属不愿让痴呆病患插营养管，却只得到医生冷冷一句："没人能在我手上饿死。"还有些时候，则是医生不得不从命，因为久未联络的儿女——医护人员通常称之为"来自皮奥里亚的外甥"——在最后一秒出现，并坚持治疗，进行连医生与其他家属都认为是痛苦至极、浪费而无济于事的急救。一旦破碎的家庭与破碎的医疗系统产生冲突，后果可能只能用惨烈来形容。

"风险管理"这种通常由律师主导的潜在现实顾虑，已经在医疗人员、行政人员、住院部门之间蔓延。在零星几件发生在美国的极端案例中，心烦意乱的丈夫或父亲荷枪闯入急诊室，扯掉半死不活的孩子身上的呼吸器，或朝昏迷不醒的妻子头上开一枪。另一方面，要是院方为病患打太多吗啡，或是急救不够彻底，很可能被来自"皮奥里亚的外甥"以过失致死提告，甚至还可能遭地方检察官以杀人罪起诉。[2] 在加护病房中，每一起只能延后死亡时间的无谓急救无不耗费医院超过 30 万美元的资金，但由于联邦医疗保险通常仅针对诊断结果支付一个总额，因此不管院方的支出是多少，联邦医疗保险都不会补贴总额之外的费用。再者，家属在这种情况下通常会震惊不已：陌生专科的医生轮番上阵，提供家属不知该如何消化的大量医疗讯息；每个医生都专精于单一器官，彼此间似乎毫无沟通；家属恐惧死亡到来，却全然不知医疗的极限，终止维持生命设备的想法让他们充满罪恶感，而他们的宗教信仰也受到强烈冲击；他们为患者所受的折磨感到万分痛苦，却又希望患者能奇迹式地存活下来。

在加护病房角落一间单调而不干净的会议室中，专科医生征求首次会面的病患家属关于移除维持生命设备的意见，而配偶与子女要突然面对在这场悲剧袭击前几乎不曾思考过的心灵、法律与医疗难题。家属是否有权拒绝医生？是否有权强迫医生继续治疗？无论所爱的人有多痛苦都不顾一切延长生命，这是否是上帝的旨意？拒绝医疗是否视同自杀？而不给予医疗救助是否又等同于谋杀或犯罪？当病患不再能表达自己的意愿，家属又该如何为其做决定？

在这场道德逻辑的错乱之下，像布拉姆施泰特这类生物伦理学家，便根据西方的哲学与法学传统创造了一套秩序。布拉姆施泰特读过圣奥古斯丁*对于禁止自杀与安乐死的教诲，也读

* 圣奥古斯丁（St. Augustine，354—430），天主教神学家、哲学家，著有《上帝之城》等。——译者注

过圣托马斯 · 阿奎那 * 对“双重效应”（double effect）原则巨细无遗的定义。根据此原则，医生可让垂死病患服用吗啡止痛，只要医生使用吗啡的动机并非其已知副作用——加速死亡。除此之外，布拉姆施泰特也了解教皇庇护十二世（Pope Pius XII）于 1957 年公开宣告的崇高的天主教徒不应使用如呼吸机之类的“非常手段”来延长性命。她曾读过新泽西最高法院在 1976 年引用阿奎那与教皇庇护十二世的上述观点对卡伦 · 安 · 昆兰（Karen Ann Quinlan）一案所做出的判决。1975 年，昆兰在一场派对上饮酒并服用安定（valium）而陷入昏迷，最高法院允许昆兰虔诚的父母移除其呼吸机。布拉姆施泰特还曾研究 1976 年加利福尼亚州首开先例的法案。此案受到昆兰案启发，赋予生前预嘱法律效力，尽管面临天主教会、美国医学会与加利福尼亚州支持生命委员会（California ProLife Council）的反对，依旧在一年内通过立法。

布拉姆施泰特知道，1990 年，美国最高法院对“克鲁塞诉密苏里州州政府”(*Cruzan v. State of Missouri*)一案的关键判决，有限度扩张了病人拒绝医疗的权利。年轻的南茜·克鲁塞(Nancy Cruzan）在奶酪厂工作。某个夜晚，她在从酒吧回家的路上发生了车祸，发现她趴在水沟中失去呼吸的医护人员救了她，使她恢复了生命迹象。待美国最高法院审理她的案子时，南茜已

* 圣托马斯 · 阿奎那（St. Thomas Aquinas，1225—1274），天主教神学家、哲学家，著有《神学大全》等。——译者注

经在州立疗养院住了7年。美国最高法院的一名法官描述南茜的状况是“生死难辨的昏迷状态”，另外一名来自密苏里州上诉法院的法官则以“人间地狱”来形容她的处境。南茜的父母（与昆兰的父母一样，皆为虔诚的天主教徒）希望拔除她赖以维持生命的鼻胃管，却遭到在当时卷入激烈的堕胎政治纠纷的密苏里州州政府的反对，因此执意上诉到最高法院。最高法院认定克鲁塞夫妇有权拒绝所有的医疗行为，而理所当然的，置入鼻胃管就是一项医疗行为。然而，最高法院也宣告密苏里州州政府对于“保障生命”有绝对且正当的权益，故克鲁塞夫妇同时必须向州政府证明，拔管是南茜本人而非父母的意愿才能执行。

在美国这个世俗且存在宗教分歧的文化中，人们对上述议题并没有共识，甚至缺乏共通的语言。而布拉姆施泰特的职责，正是为相冲突的价值观穿针引线：病患医疗自决的法定权利，国家保障生命的权益，家庭的宗教价值观，医院免于法律纠纷的权益以及西方“医学之父”希波克拉底（Hippocrates）的医生誓言。根据誓言，医生必须遵守“行善原则”（beneficence），基本上就是宁可多做也不要少做，不得帮助病患自杀或进行人道杀害。布拉姆施泰特还必须对家属与医生担保，仅提供让病患感到舒适的治疗，但不给予会延长其临终痛苦的治疗，无论在道德或法律上都必须站得住脚。

20多年来，尽管布拉姆施泰特一再面对家属埋怨加护病房中的死亡过于残酷、不洁，但医疗冲突依旧是她伦理咨询工作的主要内容。不过近年来，她观察到一项更微妙的新议题，然而许多同样身为生物伦理学家的同人仍尚未察觉。在她成为生物伦理学家之前，布拉姆施泰特曾担任佳腾公司（Guidant）的品质工程师。当时佳腾公司为全美第三大心脏起搏器与植入式心脏除颤器（implantable cardiac defibrillator）制造商。（植入式心脏除颤器是比心脏起搏器更为先进的心脏医疗设备，当心跳失速或心律不齐时，除颤器便借着强而有力的电击使心脏重新跳动。）布拉姆施泰特告诉我，心脏起搏器与除颤器植入多年后，两者都会在患者晚年产生道德议题。听她这么断言，我倒吸一口气。

她说："这些医疗设备相当简单，并非什么高科技，不用打开胸腔就能完成安装并开始运作。只不过，心脏科医生太专注于救命这件事，并没有留意到事情的另一面：这些都是维持生命器材，也因此，一旦时候到了，就必须有人关机。"[3]

她继续说道，有时除颤器会在非必要的情况下电击病患，此时病患的感觉就有如被马踢中胸口一般，故植入除颤器的临终病患一再遭受电击，蒙受巨大痛苦。至于心脏起搏器，以布拉姆施泰特的说法，则比较具有争议性。心脏起搏器或许会推迟死亡发生，但不如除颤器或呼吸机那般会对病患造成巨大的痛苦，而且心脏起搏器往往能改善布拉姆施泰特所谓的"生活质量"。

我又倒吸一口气。父亲并未昏迷不醒，他还能吃早餐，但他会花一整个周末刷牙。他几乎无法写信，但他会因为失禁弄脏裤子而感到羞愧，而且他再也无法独自外出散步。这样的生活难道不是人间地狱吗？至于母亲的生活又算什么？

布拉姆施泰特接着说，心脏科医生鲜少公开谈论关闭心脏医疗设备的法律与道德问题，他们对这些议题目前仍没有达成共识。话虽如此，心脏医疗设备通常还是会被关闭。[4] 2008 年，她与梅奥医学中心（Mayo Clinic）的心脏科医生、内科医生与统计学者共同进行了一项匿名网络问卷调查，调查对象为心脏科专业协会美国心律协会（Heart Rhythm Society）的 787 名护士、医生以及医疗器材公司代表。其中 87% 的受访者回复道，他们曾受托将晚期病患体内的心脏医疗设备停机。这些人中的 92% 曾亲手关闭除颤器，76% 关闭过心脏起搏器。许多人表示，相比于关闭让死亡质量明显恶化的除颤器，关闭心脏起搏器让他们备感不安，因为心脏起搏器看起来并未对病患造成负担。此外，20% 的受访者曾拒绝关闭心脏起搏器，而 11% 的人则认为关闭心脏起搏器是安乐死的一种。

布拉姆施泰特补充道，法律与道德问题从考虑安装心脏医疗设备时就已经产生，病患也应该在安装前就清楚心脏医疗设备能运作多久，此外，他们也必须了解自己有朝一日可能会希望关闭设备。布拉姆施泰特也顺带一提地说道，这些设备可以不经手术、毫无痛苦地关闭。

这件事，我还是第一次听说。

* * *

打了几通电话后，我得知有一种白色陶瓷设备，其外形类似孩童用来吹泡泡的泡泡棒，操作方式类似电视遥控器，可置于父亲锁骨下方隆起处附近。一旦有人按下设备上的几个按钮，从心脏起搏器经螺旋导线进入心脏的电脉冲就会放慢频率，渐渐停止运作。心脏起搏器关闭后，父亲的心跳或许并不会停止，只会恢复到原先的缓慢步调。万一他年迈的心脏进一步恶化，他便可能在几周内死去；但要是不幸的话，父亲也可能拖上好几个月才会过世。

而假使我们什么都不做，他的心脏起搏器还能再运作好几年。

迪士尼电影《幻想曲》（*Fantasia*）中那些中了魔法、不知疲倦的扫帚，逼得魔法师的学徒吃尽苦头；心脏起搏器就好比那些扫帚，即便父亲痴呆严重到无法言语、无法坐直、无法进食，心脏起搏器仍驱动他的心跳，就算他已经咽下最后一口气，这个装置也还能暂时维持心脏抽动。假使我们将父亲土葬，心脏起搏器依旧会继续对棺木中停滞的心脏放出电子信号；假使我们为父亲采取火葬，则必须事先去除他胸膛的心脏起搏器，以免仪器在火化时爆炸，伤及工作人员或火化炉。

我想起南茜·克鲁塞一案。假使置入鼻胃管算是医疗行为，植入心脏起搏器难道不是吗？母亲与我都是父亲的“医疗委任代理人”，我们理当拥有法律、道德的权利请求将心脏起搏器停机。停机的请求听起来再合理不过，然而感觉起来却不是这么一回事。

父亲第一次中风时，我当下意识到父母的世界犹如遭到晴天霹雳；而如今的我则了解到，心脏起搏器同样将他们的世界劈成两半。少一根钉，就掉马蹄铁；少了马，就没有骑士；没了骑士，就输掉战事；输掉战事，便亡国：全都只因马蹄铁少了一根钉。假如当时母亲先问过我的意见就好了；假如当时我飞回家就好了；假如我在问诊时知道该问什么就好了；如果不是母亲把焦虑隐藏得那么好、为父亲打理得那么干净体面，罗根医生就不会误以为父亲的身体机能运作良好，误以为母亲其实没那么绝望无助；如果当时有人问过短短一年后便脱口而出自己已经“活得太久”的父亲，他是否想活到90岁，那该有多好。但我又能责怪谁？

我又打了更多通电话。我打听到，在理想状态下，医生会为病患分析任何医疗行为的优缺点并提出建议的替代方案；一开始要是以局部麻醉的方式进行疝气手术，手术对心脏所造成的风险就能减少，父亲也根本无须植入心脏起搏器。此外，我们也可以签署一份弃权条款，声明我们接受所有手术风险。外科医生其实可以将父亲的心脏暂时连接至体外心脏起搏器，待疝气缝合手术完成后再移除即可。据一名权威心脏外科医生的说法，这应该是万无一失的方式，而父亲也就能安全地离开恢复室。

多年后，我向父亲的心脏科医生与外科医生提出了这些选项，他们都感到不解。外科医生说：“你父亲的身体当时还很不错，所以你所说的那种情况——‘我必须治好疝气，心脏先别担心了！’其实不太可能发生。”而心脏科医生则直言：“假如有明确迹象显示病患应安装永久性心脏起搏器，我们通常就不会那么做（使用暂时性设备）。安装心脏起搏器只不过是个小手术，又能一劳永逸地解决问题，相比之下，使用体外心脏起搏器的疝气手术仍然有其风险。”无论如何，罗根医生说：“所有人都公认家庭保健医生是理所当然的指挥调度者。”

既然如此，费尔斯医生当时在哪儿？为何执行手术的艾伦瑙医生与罗根医生从联邦医疗保险所得到的报酬会远高于理性分析后反对手术的费尔斯医生？之后，费尔斯医生在和我谈话时说道：“我花 45 分钟仔细思考问题所得到的报酬是 75~100 美元，反观其他人，花 45 分钟安装一个心脏起搏器的报酬却是我的 6 倍。”

父亲安装心脏起搏器前的“知情同意”（informed consent）流程，只不过是和艾伦瑙医生进行的一次简短面谈。面谈时，父亲依照指示，以颤抖的手在例行表格中签名同意手术，只是表格中的勾选字段却仅轻描淡写地提到小手术的普通风险。既然布拉姆施泰特将植入心脏起搏器视为一种微型的维持生命措施，为何整个“知情同意”过程如此草率？而如今，我们又该采取什么应对措施呢？

我打电话给母亲，向她说明父亲的心脏起搏器能在毫无痛苦的状况下关闭。她听了不发一语。几年后我才意识到，就在我们通话后不久，她给一名住在英格兰的密友发了一封电子邮件，在邮件中，她提到，我似乎很想摆脱父亲。

事情发展至此又过了一个月，我置身在北加利福尼亚州矮栎树林中的一间宽敞的厅堂。我跪坐在冥想椅上，双手垂放于大腿。一声钟响，我对佛陀行礼，礼毕后走向门口。大雨顺着方形排水铜管流淌下来，我在人群中撑着伞往餐厅缓缓移动。早些时候，我忧心忡忡地抵达灵岩冥想中心（Spirit Rock Meditation Center），心脏起搏器让我怒火中烧，不时唠叨母亲让她寻求帮助也让我觉得很烦。我的脑海已经被日常生活中几乎没注意到的声音占满了：你不够多产，你的收入不够高，你的房子乱七八糟，你的男人不够好，你让父母失望了。

那夜雨停了。在偌大的禅堂中，唯有户外溪间传来阵阵蛙鸣。我的表情有如熔化的蜡一般逐渐和缓，习惯性抿着的嘴放松了下来。我不去理会心灵表层的碎片，陶然自得于内在的平静，享受均匀的呼吸、心跳，仿佛坠入暗井之中。

背后有人清了清喉咙。我保持平静，右肩的神经在反射状态下猛地紧绷，瞬间又退去，仿佛一支船桨在夜色中撩拨水面，扬起闪闪微光。

那天稍早，冥想师父提醒我们小心避开所谓"第二支箭"（Second Arrow）。佛典中记载着佛陀的教诲，若是被人射中脚，千万别拿起弓，再射自己一次。一旦执起弓再射第二箭，意味着去争辩既定的事实，不过徒增痛苦罢了。由于感到痛苦进而批评自己或他人也是第二支箭，我们应当接受痛苦。别为了无法改变的过去感到遗憾，也别试着预测不可知的将来。医生将复杂的医疗设备强加在行将就木的父亲身上，这是他们对父母射的第二支箭；太想让父母远离痛苦的我，却很可能正在使用第二支箭射向自己，也射向父母。

第12章

救命的生意[1]

1958年，在一个充满理想与希望的日子里，43岁的瑞典滑冰爱好者兼企业家阿尼·拉森接受了全世界第一例植入式心脏起搏器手术。当时无论是商界、工程界或医学界，没有多少人预见心脏起搏器在未来的大量市场需求。潜在客户起初看起来有限，除了为数不多的“蓝宝宝”、其心脏在开创性手术中意外受损但存活下来的成人之外，也只有另一群寥寥可数的重症病患，他们的病况类似拉森，因为心脏无法正常跳动而在一天中数度陷入晕眩昏厥。

局势很快出现转变。在拉森接受手术两年后，心脏起搏器的生产从工匠手中转移至小型组装线。到了1960年12月，美敦力的共同创办人厄尔·巴肯开始以375美元一个的价格，接单生产50个他所发明的心脏起搏器。在厄尔·巴肯仍是青少年的时候，他听从路德教派牧师的劝导，不再研发电击棒，改而运用其创造力帮助他人。美敦力最初的创办宗旨甚至对“利润”二字只字不提。

1961 年，巴肯买下完全植入式心脏起搏器的授权。这个心脏起搏器类似当初拉森所植入的心脏起搏器，由美国发明家威尔森·格雷特巴奇（Wilson Greatbatch）在纽约州布法罗市自家后方的改造谷仓中设计而成。其销售成绩一开始不尽理想，导致美敦力第二年亏损 144,000 美元，来年也只销售了 1200 个心脏起搏器，勉强打平成本。那年美国的医疗支出占国内生产总值的 5.3%，美国人的平均寿命将近 70 岁。由于美敦力这家新创公司极度缺乏资金，巴肯甚至一度考虑将其出售给马洛瑞电池公司（Mallory Battery Company）。但这桩交易并未完成，因为理特管理顾问公司（Arthur D. Little）评估，心脏起搏器的全球需求人数仅 1 万人。之后，联邦医疗保险于 1965 年问世。这项“伟大社会”（Great Society）政策中的保险计划起初遭到美国医学会的强烈反对，但如同 911 急救系统，最后在心脏病存活者约翰逊总统的拥护下得以通过。自下个年度起，任何 65 岁以上的美国民众若需植入心脏起搏器，均可获得联邦医疗保险支付。这项政策彻底改变了厄尔·巴肯的人生。

在联邦医疗保险实施的第一年，医疗支出为美国国内生产总值的 5.9%，美敦力售出了 7400 个心脏起搏器，销售量为三年前的 6 倍，获利将近 308,000 美元。两年后，1968 年，美敦力的年销售额高达 1000 万美元，利润超过 100 万美元。到了 1970 年，医疗支出占国内生产总值的 7.2%，美敦力的年销售额更是倍增至 2200 万美元。心脏起搏器俨然成为该公司的摇钱树。

此时，位于明尼苏达州的众多高科技医疗新创公司不久就成了气候，且日后有了“医疗街”的别称[2]，甚至足以与北加利福尼亚州圣塔克拉拉谷地（Santa Clara Valley）、斯坦福大学附近的新兴半导体产业分庭抗礼。无数工程师、梦想家、业务人员，纷纷在明尼阿波利斯外围几个小镇与圣保罗市租用办公室，争取风险投资，投入开发，四处借贷，窃取创新技术，当然也互控专利侵权与窃取知识产权。工程师、医疗辅助专业人员以及像威利·洛曼（Willy Loman）* 之类的推销员等三种人组成了一支新品种的业务大军，扩散至美国全国各地，进入手术房，穿起和医生一模一样的手术袍，对野心勃勃却一无所知的医生示范植入新式仪器的方式。大企业于是并购小公司，初次公开发行的股价表现惊人，上市短短几小时内已翻倍，并维持在高点。

之后，四名美敦力的工程师与业务员不满巴肯对科技创新的态度过于谨慎，于是离开美敦力，转而制造另一种同样由威尔森·格雷特巴奇设计，体积却更小的心脏起搏器。新的设计以一枚更长效的密封锂电池供应电力（早期型号所使用的锌汞电池会释放少量氢气，电力也只能维持一两年就必须换机）。新创立的心脏起搏器公司（Cardiac Pacemakers, Inc.）获得银行贷款 5 万美元，又从风险投资募集了 45 万美元，当时他们手上的

* 美国剧作家阿瑟·米勒（Arthur Miller，1915—2005）作品《推销员之死》（*Death of a Salesman*）一剧的主角。——译者注

心脏起搏器不过是个产品原型，[3]甚至刚开始业务员向医生展示的样品只是个木制模型，该公司在初创的 1972 年几乎没有任何业绩。

四年后，医疗支出上升到国内生产总值的 8.4%，美国民众的平均寿命亦攀升至 73 岁。同年，心脏起搏器公司的业绩已达 4700 万美元。曼纽尔·比利亚法尼亚（Manuel Villafaña）表示："那个年代的利润真是有够漂亮。"他是公司创始人之一，生于纽约南布朗克斯区（South Bronx），个性风趣的他原本是美敦力的业务员，还将美敦力的心脏起搏器推广至南美洲与欧洲。当时心脏起搏器公司的税后利润率达 20%。两年后，公司创办人以 1 亿 2700 万将公司出售给礼来公司（Eli Lilly pharmaceutical company），公司更名为佳腾，并跨足心脏支架与其他心脏医疗设备领域，成为全球第三大心脏手术设备制造商，日后也雇用了未来成为生物伦理学家的卡特里娜·布拉姆施泰特。2004 年，佳腾公司以 272 亿的高价卖给波士顿科学公司（Boston Scientific）与雅培医疗公司（Abbott Laboratories）。

分拆公司会衍生出更多分拆公司。[4]曼纽尔·比利亚法尼亚离开心脏起搏器公司后，成立了圣犹达医疗用品公司，以坚若磐石的热解碳开发出新型人工心脏瓣膜，并开始推广新产品。新型人工心脏瓣膜可谓一大突破。[5]旧的人工心脏瓣膜是一种金属与塑料材质的笨重球形瓣膜，容易导致血液凝固，当时像是波士顿布莱根医院的德怀特·哈肯医生都仍在使用。圣犹达生产的心脏瓣膜日后成为全球使用最为广泛的人工心脏瓣膜，[6]早期更有一年的税后盈利率高达48%。圣犹达以几十年来累积的获利，购入了一家生产心脏起搏器的跨国企业彼赛特（Pacesetter），其为德国工业与医疗产业集团西门子旗下的事业部；而西门子在更早前也吞并了一家瑞典公司，也就是救了阿尼·拉森一命的发明家所属的公司艾莱玛-舍南德。

这些医疗公司能迅速成功的秘诀，在于有保障的市场与几乎受到保障的售价。当时许多欧洲国家已率先实行严格管控的公立国民健康保险，反观联邦医疗保险则采取不同的制度，其运营方式更近似政府出资的保险公司。在美国医学会的大力游说下，联邦医疗保险无权针对大量采购要求折扣，无法针对标准化机型进行招标，也无权在事后质疑医生的做法，无法控制价格或介入美国医学会所谓的“医患关系”。美国屈指可数的心脏起搏器供货商享受着近乎垄断的地位，医生更可自行决定病患是否需要植入心脏起搏器，并向联邦医疗保险根据“支付标准”申请付款。[7]院方提供医生手术室与其他辅助性的医疗服务，然而对于使用医院内设施的医生却无权掌控，医院与医生分别向联邦医疗保险申请付款，联邦医疗保险又只负责拨款。联邦医疗保险的财务结构独特，犹如希腊神话中的鹫头狮身的神兽，既非经市场制衡的资本主义，也非政府由上而下管控的社会主义。在这种医疗制度下，心脏起搏器与其他紧急医疗技术基本上是免费送给医院、医生与病患的，整个体系丝毫没有刹车机制。

而随着医疗街利润的增长、销售的扩张，美国全国各地许多心脏科医生的想法与做法有了改变。早期的心脏起搏器是专门用于拯救少数有致命心律问题，但其他身体功能皆健全的病患的。但自从联邦医疗保险上路后，由于心脏起搏器在技术上有所进展，植入手术更为容易且有获利空间，使用原则也出现了变化。医生开始为罹患轻微心律不齐的老人植入心脏起搏器，以改善其“生活质量”，此类人群的数量远大于早期的使用对象。接着医生以“未雨绸缪”为由，开始为健康的人植入心脏起搏器。这些人的心率因老化而自然减缓，然而身体并没有任何病症，情况与父亲类似。

1974 年，演员梅尔 · 费勒（Mel Ferrer）的姐姐，即哥伦比亚大学医学院的心脏科医生艾琳 · 费勒（Irene Ferrer）主张，“对于周期性或持续性窦性心动过缓（sinus bradycardia），也就是心跳缓慢的情形，即便毫无症状，也不应放任不管”。她表示，医生应秉持“预防”原则为病患植入心脏起搏器，而诊断出“病态窦房结综合征”的病患特别需要接受治疗。“病态窦房结综合征”是涵盖广泛的新型诊断类别，其病征为各式各样的轻微心律异常，必须利用敏锐度持续提升的新型诊断仪器才能检查出来。心脏起搏器的植入数字连年倍增，而全力促销与极度治疗，正是促成这个现象的指导原则。

在此同时，联邦医疗保险支付了大约 85% 的心脏起搏器植入手术的费用，也因此成为医疗科技产业爆炸性增长的主要推手，这个制度正从幕后指使美国的医疗生态改头换面。联邦医疗保险的制定者希望为老年人提供更好的医疗服务，而他们也的确办到了。美国人的平均寿命在 1940 年仅 65 岁，到 1970 年已达 71 岁，死于心脏病的人数也降低了。然而，由于联邦医疗保险仿效现行私人保险，采取论量计酬的制度，花时间问诊不如做手术有赚头。这个制度让提供临床初级保健服务的医生*一穷二白，反观大量进行医疗手术的专科医生，却得到过高的报酬。医生犹如小贩似的，一件件贩卖医疗器材，医生之间毫无沟通可言，他们通常只做短线思考，降低医疗干涉行为意味着没人能赚到钱，市场控制了一切。

医生的平均收入增长至原先的 5 倍之多，这不只是拜联邦医疗保险所赐，私人健康保险也功不可没。以 2011 年的币值为衡量标准，医生的年收入从 1940 年的 5 万美元增长到 1970 年的 25 万美元。[8] 收入增长大多落入专科医生手中[9]，讽刺的是，初级保健医生的待遇竟低到某些医生甚至拒绝为联邦医疗保险的患者看诊。哪里钱多，医生就一窝蜂往哪里去。到了 1969 年，美国的专科医生与初级保健医生比例大约为 3:1；而自从联邦医疗保险同意支付常规性大肠镜检查后，肠胃科医生的收入更是水涨船高，从业人数也跟着增加。

新落成的医疗大楼如雨后春笋，在美国各大城市纷纷滋长。这些科技殿堂是由私人保险与用于研发、建设、病患照护的联邦经费共同出资兴建的。只是笼罩在大楼阴影下的，往往是低收入者与贫困的劳动阶层。他们就算能得到医疗服务，也是由

---

* 美国初级保健医生包括家庭医生、全科医生、普通内科医生、普通小儿科医生与老年科医生。——译者注

一群薪资过低又没地位的内科医生与家庭医生提供的，他们与病患维持着终生的情谊，然而这类医生的数量急剧减少。在这个体制下受害最深的，除了穷人以外，就是不分阶级的慢性病患者与老年人，他们有着令医学束手无策的病痛，却最需要软科技中体贴的传统医疗，需要生活方式与生活调适上的建议，也需要家庭医生提供费时的临床照护。尽管联邦医疗保险的目的是好的，然而在此付费结构下，根据老人的需求提供“慢疗”的医生实质上会受到惩罚，以先进硬科技进行治疗的医生反而会获得奖赏。

另一方面，封闭的手术室与医疗街之外的世界也注意到了心脏医疗设备的暴利。1981 年，多名证人向参议院小组委员会透露，部分医生为收取回扣，倾向于刻意进行非必要的心脏起搏器植入手术。这起事件成为后续一连串丑闻的开端，与制药产业的乱象如出一辙。某心脏起搏器制造商的销售代表会招待最有“生产力”的医生前往公司的狩猎小屋或游艇享乐，该公司的产品安全记录又很成问题。有些公司会款待医生参加晚宴派对，并邀请喜剧演员乔治 · 伯恩斯（George Burns）与达拉斯牛仔队（Dallas Cowboys）* 的啦啦队来助兴。一名前业务员向参议院小组委员会坦承：“以我在医疗销售行业 20 年来的经验，没看过一个行业如此龌龊，利润如此庞大，价格管控又如此异常地缺乏竞争力。”[10]

---

* 位于美国得克萨斯州达拉斯市的一支美式橄榄球队。——译者注

参议院小组委员会发表了一份态度强硬的报告，标题为《联邦医疗保险下心脏起搏器产业之舞弊、浪费与滥用》，引起联邦调查局介入调查。现有的联邦医疗保险体制企图大幅修改付费系统，借以掌控心脏起搏器的价格。1983 年，几名来自西门子–彼赛特公司（心脏起搏器制造商，日后被父亲所使用的心脏起搏器的厂商圣犹达所收购）的高管承认，他们曾付回扣给进行心脏起搏器手术的医生，而其前首席执行官虽不认罪但放弃申诉。[11] 这几名涉案的高管最后均被判处缓刑与罚金。

部分在大学工作而非自行开业的心脏科医生对这种现象深感不安。他们对整个产业的走向产生了愈来愈多的质疑。在曼哈顿一个关于如何根除致命心脏病的心脏科研讨会上，某冠状动脉加护病房主任亨利·格林伯格（Henry Greenberg）发表了一篇反其道而行又带有先见之明的论文，其标题为《猝死的礼赞》（In Praise of Sudden Death）。[12] 他对身为心脏科医生的朋友与其家人进行了非正式的问卷调查，他表示“所有的人都希望自己在身体状况绝佳时意外猝死，在家人环绕下辞世的传统场面甚至得不到半票”。据格林伯格医生所言，猝死最理想的年纪大约在 80 岁。“我们都希望活到最后一刻还保持清醒，感受欢乐，只是当那天来临时，生命可能将就此快速地进入长眠。”格林伯格医生曾在 1982 年对心脏科的同事提问道：

> 假使我们的人生已臻圆满，接下来该是什么？当我们眼见自己的记忆逐渐流失，老糊涂的情形愈来愈严重，是

否会衷心希望新的危险因子进入生命之中？我们是否会连去医院看个小病都不敢，只因为我们畏惧那些无法承受的病痛将永无止境地持续下去？

有鉴于心脏起搏器丑闻事件，美国心脏病学会（American College of Cardiology）所任命的委员会在 1984 年撰写了一套临床指南以阻止过度医疗。该委员会的判断逻辑总结为一句话就是“没坏就别修”。只要病患没有足以造成困扰的身体症状，除了心电图轻微异常、心跳缓慢或只得到“病态窦房结综合征”这类模糊诊断外，未见其他症状，委员会皆反对植入心脏起搏器。在接下来的五年中，联邦医疗保险下的心脏起搏器植入手术减少了四分之一。[13] 只可惜，全力促销、悄然扩充可植入式心脏起搏器及其他心脏医疗设备的诊断结果、买通心脏科医生以及与联邦医疗保险当局玩猫捉老鼠的游戏等这些医疗产业的基本运作模式并未因此终止。无论联邦医疗保险多想改变游戏规则，再怎么严密把关，大笔款项仍涌向设备制造厂商。此外，犹如水会自行调节水位，这些款项的部分金额也一点一滴流入心脏科医生的口袋。到了 1987 年，心血管外科医生的收入中值为 271,555 美元[14]，此时大多数初级保健医生的年收入还远低于 10 万美元。

一名美敦力的前业务代表向我透露，20 世纪 80 年代，公司曾派他参加一场为期三天的品酒课程，好让他与那些过着上流生活的心脏科医生畅谈美食美酒，开发潜在客户。20 世纪 90 年代初期，某名颇具声望的大学心脏外科医生可谓心脏起搏器领域的先驱，他自东岸飞往洛杉矶监督 90 多岁岳母的心脏起搏器植入手术，并目睹了医疗产业乱象的严重性。这名不愿透露姓名的东岸外科医生描述道："约莫是 2 月的某个星期六，我前往西达-赛奈医疗中心（Cedars-Sinai Medical Center）。那天医院里很安静，外科医生和我一直等着。不久后我才明白，我们等的原来是业务代表。好不容易业务代表抵达后，医生妥善植入心脏起搏器，接下来，业务代表便在离去前将一个包裹交给医生。外科医生极其大方地当着我的面打开了包裹，其中装着一块精美的金表。那是植入心脏起搏器的谢礼。"[15]

随着时间的流逝，什么都变了，也什么都没变。一般心脏起搏器中的晶体管数量从 2 个增加到超过 400 万个。美国的医疗保健支出持续攀升至部分欧洲国家的将近两倍，矛盾的是，美国人的健康状况并没有成比例地改善。父亲装上心脏起搏器的 2003 年，医疗支出消耗了国内生产总值的 15.9%，美国人的平均寿命延长至 76 岁，根据一项联邦医疗保险进行的研究可知，医疗器材公司坐享几乎高达 20% 的平均净利润。[16]《纽约时报》指出，其净利润为标准普尔 500 指数（S&P 500）涵盖的 500 家企业平均净利润的两倍。由于心脏手术获利丰厚，许多医院不是依赖心脏手术来资助急诊室或其他赔钱的部门，就是利用手术盈余在各大报纸上刊登全版广告以招揽新客源。心脏科医生纷纷在学术期刊上发表论文，宣扬八十岁以上高龄病患手术成功的事迹。光是 2003 年，联邦医疗保险在医疗器材相关的心脏手术上就花了将近 150 亿美元。[17]

此时，市面上已出现各式各样的心脏医疗设备，如撑开阻塞血管的网状管道，即所谓的心脏支架；较纯金属支架更不易导致凝血的药物涂层支架；以及美国前副总统迪克 · 切尼（Dick Cheney）日后所装配的体外心脏泵，这种心脏泵每个都得花掉联邦医疗保险 50 万美元。人工心脏瓣膜领域也大有进展，像是取自死者或猪再经化学药物处理的无菌心脏瓣膜；还有出自南加利福尼亚州工厂、由越南裔美国人与柬埔寨裔美国人以消毒过的牛心组织缝制的精密人工心脏瓣膜。

2003 年 5 月，摩根大通（J.P. Morgan）集团的资深分析师迈克尔 · 温斯坦（Michael N. Weinstein）曾以"获利庞大的领域"来形容心脏医疗设备产业。整个医疗器材产业已成为价值 1700 亿美元的全球性产业[18]，其中光心脏医疗设备就创造出 140 亿美元的全球销售额。温斯坦接受《纽约时报》的《市场洞见》专栏访谈时表示，他的"首选"是"圣犹达医疗用品公司，该企业在心律市场表现出色"。[19]

2006 年春，联邦医疗保险针对医院支付标准提出另一项改革方案，以期降低植入式器材的支出[20]，并提供经费在如中风照护这类补贴不足的医疗服务上，然而医疗器材市场对这项措施全然无法苟同。心脏起搏器手术的支付预计将缩减 30%，除颤器手术将缩减 25%，心脏支架的缩减幅度甚至高达 33%。美国先进医疗技术协会（AdvaMed）为医疗器材产业在华盛顿的主要发声者，也就此展开了反击。该年 4 月，先进医疗技术协会雇用了前美国众议院筹款委员会的两位医疗人员[21]，与另一名曾在参议员泰德·肯尼迪（Ted Kennedy）手下制定健康政策的幕僚。

在接下来的几个月中，先进医疗技术协会斥资100万美元，进行其主席所谓“在华盛顿内发布广告与铺天盖地的媒体宣传，出动高管大力鼓吹，并积极游说重要的参众议员”[22]。他们在国会山展示了一张宣传照，照片中有多名热情洋溢的病患，像装上人工膝盖的里根政府官员迈克尔·迪弗（Michael Deaver）、通过手术植入器材防止尿失禁的前奥运滑冰选手邦妮·布莱尔（Bonnie Blair），与一名植入心脏起搏器的前NBA球员。先进医疗技术协会还举行了一场记者会，专访了两个来自表面上看似民间非营利组织的领导人。这两个组织分别是提倡使用除颤器、主要通过心脏医疗设备产业赞助的“心脏骤停协会”（Sudden Cardiac Arrest Association），与经费主要来自医疗产业的“美国女性健康研究学会”（Society for Women's Health Research），美敦力基金会与波士顿科学公司即为其赞助商。

华盛顿的这种永恒的背景音乐丝毫未引起任何注意。药厂与医疗设备厂商是国会三大游说团体之一，与国防工业及华尔街互相较劲。2006年，先进医疗技术协会、三大心脏起搏器厂商与其他医疗科技用品厂商联手合作，花了至少2700万美元游说联邦医疗保险、美国食品和药品管理局与其他联邦政府部门[23]；他们同时还为联邦政治活动贡献了额外的150万美元[24]。

医疗产业所投注的金钱与心血可说是值回票价的。200位参众议院的议员，不分党派，均联合质疑起联邦医疗保险所提出的缩减方案。[25]联邦医疗保险的最高主管马克·麦克莱伦（Mark McClellan）表示，这件事他已经“放在心上”。他彻底瓦解了这个提案，并做出了先进医疗技术协会预期中的改变，保住了医疗器材产业岌岌可危的30亿美元营收。[26]消息见报后，美敦力、圣犹达与波士顿科学公司的股价均应声上扬。

医疗产业的生意依旧蒸蒸日上，钱也照样从器材厂商流进心脏科医生的口袋。而在父亲忘记餐巾有什么用途的2007年，身为护理师的查尔斯·多尼吉安（Charles Donigian）辞去了圣犹达在密苏里州圣路易斯市地区销售办公室的工作。多尼吉安在圣犹达的工作是追踪植入心脏起搏器与除颤器的病患。他提到，他之所以辞职，是觉得自己迟早会因为拒绝曲解伦理守则而遭到开除。后来他依据联邦法的告密者保护法提告索赔。

在美国司法部介入这起诉讼时，多尼吉安曾提及，选用圣犹达产品的医生基本上均可“假借上市后临床研究的名义来虚报费用”[27]，并收取回扣。多尼吉安声称，医生主要负责提供患者姓名，而他与其他圣犹达的同事则处理后续文书工作，并为医生向联邦医疗保险申请付款。某项研究数据显示，医生每招募一名病患就可以从圣犹达拿到2000美元。

多尼吉安还指出，圣犹达的业务员也会招待医生去加拿大钓鱼、上牛排馆吃大餐，送他们职棒联盟圣路易红雀队（St. Louis Cardinals）的球赛门票以及飞往拉斯维加斯的机票。据他所述，某业务代表每年有 25 万美元的经费，主要用在招待与酬谢心脏科医生上。这种贿赂行为还不只是单方面的，某医院心导管室明目张胆地向圣犹达业务员表示，他们每植入一种圣犹达的医疗器材，公司就要请整个科室的人吃一次饭。

多尼吉安直言，圣犹达的员工曾经为医生代笔写了两份研究报告，总结一项心脏疾病追踪研究（RARE 试验）的结果。挂名为主要研究员的一名医生也接受招待，参加心脏医疗设备专家组成的美国心律协会年会，并把研究视为他个人发现一般于展览处展示。

此外，多尼吉安透露，圣犹达预计投资 1 亿 5800 万美元，为住院科医生提供一系列教育培训与职业指导项目，帮助这些年轻的心脏科医生接受电生理学训练。电生理学是一项掌握心脏仪器的次级专科。一份内部营销文件评估，受训的 100 名住院医生只要成为合格的心脏电生理学医生，并保守使用圣犹达公司的产品进行治疗，每名医生每年都可为圣犹达创造 270 万美元的产品销售额。在司法部介入此案后，尽管圣犹达对所有违法行为一概予以否认，却在 2011 年初以 1600 万美元的金额和解此案，而多尼吉安则拿到了其中的 260 万美元。[28] 根据圣犹达官方网站上公布的企业行为规范 [29]，业务人员送礼给医生不应“奢侈铺张”或“超乎常理”，但这两个词语在规范中皆缺乏明确定义。

2008 年，即多尼吉安辞职一年后，美国心脏病学会、美国心律协会及美国心脏协会（American Heart Association）共同发表了最新版的心脏起搏器诊疗指南。自 1984 年首次发表以来，指南中强烈建议或参考建议安装心脏起搏器的诊断项目愈来愈多。在 1984 年版的指南中，建议植入心脏起搏器的心脏疾病有 56 种，2008 年版中却出现了 88 种。扩大运用心脏起搏器治疗的研究基础相当薄弱。在建议使用心脏起搏器的研究中，仅 5% 符合所谓的“黄金标准”，即采用多重随机双盲研究法。这些研究大多仅根据“专家意见”所达成的共识而定。在撰写 2008 年版指南的 17 名心脏科医生中，11 人不是曾收受过心脏医疗设备厂商的资金，就是任职于收受其资金的机构。而其中 7 人有鉴于其财务往来状况，在他们所撰写的这份指南需要表决时，则必须回避。[30]

2009 年，杜克大学（Duke University）心脏病学家皮耶路易吉 · 特里科齐（Pierluigi Tricoci）等在《美国医学会杂志》发表的文章中提及，缺乏足够的科学依据与过度密切的业界关系，几乎是所有心脏科诊疗指南的通行模式。文中写道 :“专家与研究人员同样容易受利益冲突左右。”他们还补充说，当下的心脏研究议题“深受医疗业推陈出新的自然欲望影响”。

父亲过世两年后的 2011 年春，医疗界完全展现了其产业欲望。那天我将车停在离前公司《旧金山纪事报》报社不远的传教街（Mission Street）上的公共停车场，再步行至美国心律协会的年会会场莫斯克尼会议中心（Moscone Convention Center）。那天市场街以南地区（South of Market district）风和日丽。首先引起我注意的，是一整队不断绕着广场打转的黑色重型机车。每台车都拉着一架闪闪发亮的黑色小拖车，拖车上印着圣犹达的企业标语——“提高管控！降低风险！”。此外，在一栋两层楼的建筑物侧面，可见五面蓝青紫橘相间的广告牌巍然而立，每一面都大过电影广告牌。广告牌上卖力宣传着医疗巨兽美敦力的植入式心脏除颤器——“减少电击！接受核磁共振检查！”* 与被称为心脏消融（cardiac ablation）——“充气／烧灼”——的心脏手术所使用的工具，以及美敦力的企业口号——“为生命创新”。除此之外，路边还停了一辆商用白色加长型礼车招揽客户。

主办单位在会场外的接送车车体均包覆有各家企业的标志，会场内的企业标志更是琳琅满目，如百欧森（Biosense）、强生集团（Johnson & Johnson）、西门子、卓尔医学、格雷特巴奇（Greatbatch）等公司，这些企业标志贴在饮水机上，印在成堆的免费的旧金山观光地图上，在网络使用区与笔记本电脑充电区也都能看到。心脏科医生一旦累了，就坐在美国心律协会提供的沙发区接收电子邮件，而他们正上方也有个广告牌写着“全年支持／无限感激／美国心律协会”，文后紧跟着一长串主要的赞助商，包括美敦力、波士顿科学公司、圣犹达医疗用品公司、赛诺菲·安万特集团（Sanofi Aventis）等。这些医疗科技厂商

* 植入传统除颤器的患者如果接受核磁共振扫描，除颤器会因核磁共振扫描仪的磁极而暂时停止监测病患的心律，造成生命危险，故不宜接受此项检查；而美敦力的广告，则强调其产品可与核磁共振扫描仪兼容。——译者注

为这场会议支付给美国心律协会510万美元，金额几乎相当于协会年度预算1680万美元的三分之一。[31]这笔钱除了用作展场空间的租金，还会用作在四天会期中对3000名到场的医生进行大力促销的宣传费用。这场盛会可谓心脏科医生悠游的大海。

父亲的心脏起搏器制造商与本届会议的第三大赞助商圣犹达医疗用品公司，为会议斥资653,000美元。这笔费用包括阶梯广告15,000美元；主持座谈餐会，在旅馆宴会厅为医生举行其他教育活动，共计45,000美元；楼梯口上悬挂的宣传旗帜为55,000美元；在心脏科医生下榻酒店的房卡上印上企业标志，费用是70,000美元；展览会场的摊位租金为308,000美元；等等。圣犹达荣登《财富》（*Fortune*）所评选的世界最受推崇企业排行榜，除了旗下有1300名左右的业务代表，还是市值130亿美元的《财富》500强企业之一。[32]

我戴着记者证，从备品充分的记者接待室拿到免费托特包后，走入莫斯克尼会议中心巨大的地下展厅。这个大厅宛如游乐场、汽车展示中心与全球最大的苹果零售店的综合体，四处可见闪烁的液晶屏幕重复展示着医疗科技广告。美国民众的平均寿命如今已达78.5岁，而医疗开销也占了国内生产总值的7.9%。顶着昂贵发型的业务员围在一群群身穿深色西装、纤瘦而精力充沛的医生身旁。会场上方像停机坪的空间中垂着一幅幅白色、绿色及深蓝色的巨型塑料广告牌，广告牌上写着“圣犹达医疗用品公司”“美敦力”以及“百多力（Biotronik）——追求卓越人生”。

在圣犹达摊位上，其实用摊位来形容不太恰当，因为其占地至少是我客厅的 4 倍大，一名亲切、帅气的销售工程师递了一个心脏起搏器给我，大致上与多年前艾伦瑙医生植入先父锁骨下方的那个差不多，造型扁平，略呈卵形，带着没有抛光的银色钛金属外壳。这个心脏起搏器约莫一块怀表大小，看起来有点类似一枚在铁轨上被轧扁的银币，其侧面刻着“圣犹达医疗用品公司”字样与其产地——加利福尼亚州西尔玛（Sylmar）。放在我掌心上刚刚好。

我握住这个袖珍的装置，这个拯救过无数性命、创造巨额财富、迫使我的家庭蒙受莫大苦难的装置。

第 13 章
停机

2007 年春，父亲 84 岁了。他失禁，行动不稳，白天会睡上好几个小时，基本上是出不了门了。当时，我与布莱恩正在英国度假。某日，我独自搭公交车前往桑克里夫路 21 号，去那间以砖头和灰石建成的连栋小屋。就在那间小屋中，仍就读于牛津大学的父亲，在炉火前说故事给还是小女孩的我听。我摁了摁门铃。一名在此租房子的年轻妈妈让我进屋,在一楼四处看看。房子除了厨房整修过，其他都和我记忆中没有什么两样：孩子们散落一地的玩具，几间小房间，带有围墙的后院，只不过如今少了棵苹果树。回到家后，我寄了一张屋主为我拍的照片给父亲。照片中的我就站在老家正门前。在我右手边，老家与邻居家的石板路之间，坐落着一堵不起眼的矮砖墙。

到了 5 月，我收到一封信，字迹非常小，内容简直难以辨认，那是痴呆又局部失明的父亲寄给我的最后一封信。我拼凑并推敲着信中的信息，专注于我能完全理解的寥寥数语。全信读来如下：

亲爱的凯蒂：

感谢你从牛津捎来的信信。从从那条老老桑克里夫路旁的老墙真漂亮，那个其他的小让我我，这信让我我还在。

我盖那堵墙和窗台的时候你还很小。

我取出照片，再次凝视着那堵砖墙。犹记20世纪50年代的某个星期六的早晨，独臂、黑发、强壮的父亲边吹口哨边砌起那堵墙。他把砖头垒得整整齐齐，拉起一条水平白绳以保持各排对齐，还以镘刀在夹缝中抹上水泥。

你的年纪还小，还有我，墙已经在那里。

我看到照片，谁照的。我看到，我写的字现在还还在那里。

所以墙过了这么多年还在。感谢你的祝福，我真的很开心。

给你所有的爱

杰夫

母亲说，每过一天，他就又忘了一个词，忘了一种生活技能，失去一段记忆。过去他需要母亲时时照顾，如今母亲的视线却连离开他一分钟都不行。母亲在日记中写下父亲“缓慢且日益恶化的痴呆症……他的状况逼得我筋疲力尽，我好希望有自己的生活”。后来我才得知，在痴呆症病程的七个阶段中，当时的父亲已进入第五阶段或第六阶段。[1] 痴呆症属于重症，到了最后的第七阶段，病患将连怎么走路，怎么笑，怎么吞咽、进食或呼吸都会忘记。母亲已接受了我对心脏起搏器的看法，因而她在日记中写道：“我们全家都希望心脏起搏器从来没放进去过。”

米德尔敦上还有三名女性，她们的丈夫都有不同程度的失能，无法独立生活。母亲与她们组成了自己的照护者互助团体，每个月聚会一次，聚会地点不是在主街的咖啡店，就是在彼此的厨房中。成员之一是位 70 多岁的理财规划师，为了支付丈夫在疗养院的费用，她依旧在全职工作。另一位是丈夫的全职看护，她的丈夫是一个退休的艺术家，罹患帕金森病后仍住在家中。最后一名成员是一位大学教授，她的丈夫罹患早发型阿尔茨海默病，无法言语，也是住在家里。她们和母亲会针对疗养院、看护、成人日间照护中心交换心得。我寄给母亲一篇杂志文章，文中探讨了“混沌的失落”，她们读完后一起流下眼泪。某个晚上，她们各带了几道菜到母亲住处聚会。几位女士聊得浑然忘我，至于被她们晾在一旁的老伴，不是呆坐着，就是尴尬地站着面面相觑。

我不清楚究竟是哪件事让母亲意识到时候到了，但在 2007 年夏天，在父亲接受罗根医生的例行检查中，她曾要求医生让父亲的心脏起搏器停机。罗根医生对母亲说，若她有这种意愿，必须向法院请求公告父亲失能的命令。母亲向我转达了这个消息。一年后，我问她是怎么下定决心的，她只回答说：“这是个困难的抉择。我之所以这么做，是因为换作我，也希望他能为我做同样的事。”

后来罗根医生写信回答了我的疑问。他提到，母亲的要求令他十分震惊。他过去担任重症医生时，曾替临终病患关闭心脏起搏器。以他的专业判断，父亲的情况截然不同：父亲离死亡还有段距离。他进一步说道：“你父亲既能自己行走，也能适当回答简单的问题。而你母亲却希望关闭心脏起搏器。我告诉她，我怀疑（杰夫的心脏）已经没有自发性心律，一旦（心脏起搏器）停机，他可能当场死亡。你母亲的回答，我一辈子也忘不了。她说：‘很好，这就是我要的。’你父亲从未表达过他想这么做，而且就我所知，当时的他也还有表达能力。”

这就是母亲的转折点。父亲依旧神志清楚、精力充沛时，她将医学视为她终生抗战中足智多谋的盟友，保护父亲免于衰老、疾病和死亡的侵害。如今盟友与敌人的身份互换：医学看起来更像是敌人，死亡反倒像是好友。而后，她带父亲前往内科时，费尔斯医生冷静地告诉她：“他们的建议你听听就好，不用照单全收。”

父亲预约的神经科门诊也被她取消了，接着，为检查父亲是否还有其他中风的脑部扫描预约门诊也被她断然拒绝了。她禁止父亲服用痴呆症药物爱忆欣，也不让他服用抗中风药物可迈丁（Coumadin）。可迈丁有可能导致异常出血，服药者甚至必须严加控制深绿色蔬菜的摄取量。罗根医生让母亲带父亲去做两项心脏检查，而在每项检查前都必须断食数小时，但母亲只同意做其中一项检查。之后，她取消了所有和罗根医生的预约，只同意保留一年两次的心脏起搏器电话追踪。她写道："我做的决定我自己负责。我已经受够这些过度治疗，它们简直要了我的命！说到生活质量——那我的又该怎么办？"

这段时间的每星期三晚上，我大多待在旧金山市中心一栋商业大楼的会议室里，聆听一群来自高科技产业的专业人士所进行的简短演讲，并不忘随时给予最热烈的掌声，同样地，这些人也听我演讲，为我鼓掌。在曾在汽车销售业工作的乔纳森的建议下，我报名了戴尔·卡耐基（Dale Carnegie）的有效沟通与人际关系训练课程。父母的投资理财已交由我管理，我也想试着为他们充满不确定性的未来做好规划。六年下来的远距离照护，令我感觉到自己与世隔绝、死气沉沉。我希望卡耐基训练课程能教我如何与布莱恩的儿子相处；另外，杂志市场正在迅速萎缩，因此我也期待通过这次训练课程学习到如何让编辑对我留下好印象。我并未告知母亲这件事，因为父亲向来以卡耐基蔑称美国人那种过分亲切、满脑子净是赚钱又过度正面的不诚恳作风。

和我一起上卡耐基训练课程的同学大都比我年轻；他们出生在印度、越南、欧洲，拿着 H-1B 工作签证在软件或手机公司担任工程师。每个星期，我们练习记住同学的名字并以昵称相称;我们练习大方赞美他人，练习和同学聊起他们的兴趣、宠物、子女,但不涉及政治、性向或宗教信仰。卡耐基课程要求我们“接受不可避免的事实”，我们还学到，想在争论中获胜的唯一办法，就是避免争论。我们学着说“要是我遇到你这种状况，也会有完全相同的感受”。我们学习不要去批评、指责、抱怨。卡耐基课程结束后，我前往旧金山的超级剪理发店（Supercuts）匆匆理发后，便飞往东岸。

康涅狄格州晴空万里。傍晚时，托妮开着母亲的车来机场接我返回松树街。母亲开门迎接我们，父亲没有起身，面无表情地坐在客厅里。我亲吻他时，他的脸上完全没有笑容，这种情形从不曾发生过。我赞赏母亲房子打理得有多美，并赞美她在壁炉上方用一束枯枝缠绕而成的环状壁饰，枯枝环下方摆着她多年前在缅因州森林中发现的漂白马头骨，一旁还放置着阿尔布雷特·丢勒*以马头为主题的铜版画复制品。母亲一如往常，戴着她多年前在佛蒙特州买的银质环形耳环；她将银发整齐地向颈后扎起，掩盖住头顶的局部脱发。她看起来虽然疲倦，但还不至于忘了打量我的服装仪容。我穿着宽松的蓝色牛仔裤、白色运动袜和运动鞋，上衣是免烫白衬衫，外面又罩了件深蓝色羊毛夹克。我染成棕色的头发才刚剪过，在额头上蓬蓬松松有如戴了一顶安全帽。在母亲和我喧闹地问候彼此近况时，父

* 阿尔布雷特·丢勒（Albrecht Dürer，1471—1528），德国艺术家，是北方文艺复兴的宗师。——译者注

亲除了偶尔一句“我听不懂你们在说什么！”或“你们在做什么？”之外，几乎不发一语。没过多久，母亲和我就无视他的存在似的径自聊了起来。

如今，父亲大部分时间都是一脸茫然。每到晚餐时分，他便会焦虑地盯着母亲，等着母亲对他点头示意才往厨房移动。母亲如今是他的指南针，只要母亲不在他的视线内，他就感到不自在。

我喜欢看父亲吃饭。从他吃饭的过程中，我感觉到一种在别处已然消失的能力。父亲让我联想起年迈的老鹦鹉，缓慢、安静、从容不迫，他用有如鸟喙的拇指与食指，有条不紊地追赶在盘中打转的最后一片生菜。母亲收走没吃完的奶油香煎鸡胸肉——起锅前，她还以青葱和少许苦艾酒调味。我递给父亲一杯水，并将一个盛着药丸与维生素的蓝色方瓷盘放到他面前。没想到父亲才拿起杯子，就开始把水倒入药盘，并一脸严肃地看着溢出的水往桌面和地上流。他就这样放任水流，直到我把杯子从他手中拿走为止。从此以后，我都将水杯藏在背后，先递给他药丸，告诉他将药丸放入口中，再给他一杯水，随后我会像对小狗说话一样，请他把水喝下去。

我用海绵吸水时，注意到父亲已无法轻易从椅子上起身。后来我才知道，这是全身即将完全衰竭的警示。父亲以拇指和食指抓着桌子边缘，看似惊险地来回摇晃身子，直到累积足够的动能才猛地站起。我想知道，离他下不了床还有多少时间；真的到了那个地步时，我们又该如何照顾他。父亲走起路来摇摇晃晃，然而，当我不安地牵起他的手，扶他上楼时，他握着我的手依旧如此强壮而温暖。我能感觉到他仍在流动的生命力。尽管伤重如此，他依旧是母亲与我的情感支柱。

我们来到楼上盥洗室门口后，我转身离去，留下他与母亲继续完成困难重重，在我看来却是复杂又无谓的睡前仪式。母亲会遵照严格的流程，用牙刷、牙线、冲牙器为父亲彻底清洗一口昂贵的植牙。她似乎执着地认定洁牙仍有其必要。

盥洗室的门在他们背后关上。就在我转身下楼回厨房洗碗前，我在楼梯口的转弯处停了下来。隔着盥洗室的门与薄薄的石膏板墙，我听见母亲对父亲怒吼。在一阵短暂的沉默后传来哭声。父亲虚弱的啜泣声宛如一个筋疲力尽、垂头丧气的孩子。他的哭声令我永难忘怀。日后母亲曾不经意地对我承认，她曾经“揍”父亲。（母亲并非唯一的施暴者，在痴呆症病患的长期照护者中，有 5%~10% 承认，他们通常会因抑郁、疲惫或沮丧而对患者施以类似的身体虐待。[2]）

母亲 50 多岁时从手术、化疗与乳腺癌中活了下来。她总喜欢说，有时候最糟糕的事到头来却是最好的事。母亲如同作家欧内斯特 · 海明威（Ernest Hemingway）一样，她相信世界会打击所有人，但有些人反而会愈挫愈勇；而她正是那些坚强的人之一。如今，她不这么认为了。诗人简 · 赫斯菲尔德写过：“有些悲伤强化人心，开阔心胸，有些则阻碍心神。”[3] 父亲的退化起初迫使母亲变得更加包容，也让我勇于表达情感。而今我却木然伫立，眼睁睁目睹照护的工作如何摧毁母亲的道德原则，侵蚀她的灵魂。

维持生命的科技让生物伦理学家议论纷纷，但维持生命的科技为母亲这类照护者带来何种道德与生理影响，却鲜少引起讨论。在父亲人生的最后一年，俄亥俄州立大学（The Ohio State University）发表了一篇研究，观察痴呆症病患照护亲属的 DNA。[4] 研究结果显示，这些照护者染色体尾端被称为端粒（telomere）的部分出现退化现象，程度严重到足以使他们减少 4~8 年的寿命。根据这项预测，心脏起搏器每让无法治愈的父亲多活一年，相当于当时仍活力十足的母亲又少活一年。

隔天早餐过后，我在厨房打电话给位于西哈特福德的居家看护中介。此时父亲出现在门口，满脸困扰地往下指。我牵着他往厕所去，尽管母亲经常交代，他不用上厕所，但我完全不理会。接着，只听到母亲怒吼着“上楼”，因为楼上的盥洗室特别安装了东陶（TOTO）马桶，能自动为父亲清洗臀部，但我还是无视她的命令。父亲差点就来不及坐上一楼厕所的马桶。母亲进入那个小空间，拉起父亲为他清理臀部，没想到他又尿在地上，然后坐回马桶继续大便。我转身离去，感到一股反胃，连忙上楼替母亲拿一条干净、温暖的湿毛巾。她接过毛巾后仍旧一直对父亲叫骂。我轻轻将手放在她的肩上，充满爱意、强而有力地直呼她的小名，对她说道：“薇薇，别说了。”

这是我自从青少年时期拒绝再让她打我耳光以来第一次和她发生肢体冲突。她满脸怒气地瞅着我，眼前是一个可怜可怕、疲惫泄气、缩成一团的老太太。倘使她再年轻 40 岁，肯定会“揍”我。她抛下毛巾，噙着泪走出盥洗室。下一刻，父母谜样的婚姻再度陷我于无所适从。打发母亲已经有 60 年经验的父亲和我四目相对，他耸了耸肩，给我一个莞尔、像顽皮孩子恶作剧般的笑容，仿佛在说“你看，你又能怎么样？这就是你妈”。

母亲将盥洗室清理干净，帮父亲换好衣服，整件事告一段落后，父亲就坐在他客厅的老位置上。那是张笨重、稳固的锻铁椅子，原本放在花园里，自从我上次回来后就被母亲搬进了屋里。父亲在铺了防水垫的椅子上一坐就是好几个小时，膝上放了本书，但从没翻过一页。他偶尔打盹，偶尔抬起头来凝望着落叶。

我煞有其事地坚持让父亲和我一起到阳台上，好像没有他不行似的，请他为我扫走不断飘落的枯叶。

此行探望父母的目的只有一个：为母亲找更多看护。我计算过，就算用最挥霍的方式雇人，父母的存款也还够支持他们 3~5 年。在我看来，这是唯一的选项。母亲不可能将父亲送到疗养院，而我也不可能拨打老人受虐专线。她曾试着把父亲送往互助团体所推荐的日间照护中心，只是父亲去了之后出现混乱、定向丧失 *，也不愿再回照护中心。母亲只好心不甘情不愿地同意，让我在托妮之外再多找一名看护。她在日记中写道：“我

* 定向丧失（disoriented），丧失对自身与周遭环境的认知，如身份、时间、场所等。——译者注

知道我需要帮助，但一想到如此会失去隐私，就令我裹足不前，况且，我觉得没人能做得比我好。”

南丁格尔居家看护中介派来一名年轻的西非妇女，她首次到家里来时，待了最短服务时数的 4 小时，整个家沉闷到不行。母亲受不了有个陌生人在屋里，就算是晚餐时静静坐在客厅中阅读，都让她受不了。旧日的南非社会无论于公于私都残酷无情，她在成长过程中目睹黑人奴仆受尽外祖母折磨，只要任何事物让她回想起已经逃离的老家，都会令她动怒。然而，如今的我们已身陷激流之中，旧的规则不再适用，假使母亲仍不愿放手，我们全都会溺毙。

午餐时母亲要我左右转头，说我该去把头发修一修。接着，就在父亲午睡时，母亲头一次要求我帮她关掉父亲的心脏起搏器。父母已经在我眼前双双落水，但我仍旧无法轻易答应母亲的请求。

下午茶过后，母亲致电心脏科罗根医生。她在电话中说道：“我必须趁女儿在身边时见你一面。这很急。”母亲相信我具有坚守立场的智慧，能完成她无法办到的事，我为此深受感动。无奈罗根医生当天即将动身去度假，他没有时间，因此母亲逼迫罗根医生承诺他会回电给我们。

5 点一到，电话响了，母亲请罗根医生等我走到客房接电话，但他回复他正在赶时间。我冲上楼，知道自己大概只有 5 分钟时间和这个素昧平生的人谈话，并亲口对他说，我想用尽一切方法让父亲早日归西。

我一拿起听筒便立刻切入正题，语气紧绷又咄咄逼人。我没有感谢他打电话过来，卡耐基课程教的那些如何结交朋友、如何运用影响力的技巧也完全被我抛在脑后。我脱口而出的便是“我直接切入重点”。我直言不讳地对他说，就算我们拿到法院命令，我也不觉得他想和我们的计划有任何牵扯。罗根医生停顿了一下说：“你说得没错。”万一心脏起搏器的电池没电了，他同意不再更换电池，只是关掉心脏起搏器显然“太过激进”。后来他解释说，那么做就和“拿枕头闷死父亲”没什么两样。

挂断电话后，我和母亲一起走下楼，坐在沙发上抱在一起发抖。

隔天早上，母亲递了一张纸条给我，上面写着一家理发店的电话号码。理发店位于主街以南的大卖场中，母亲互助团体中那位教授也是其客户之一。我收下纸条。当天下午，我顶着长及下巴的漂亮鲍勃头，和母亲一起坐在他们的初级保健医生费尔斯医生明亮的候诊室内。我取出母亲整齐装着“预立医疗委任代理人”文件的档案夹，此时我才知道，其实父亲早已同意，只要费尔斯医生一人认定他不再能自行做医疗抉择，母亲和我就能代他行使权利。

费尔斯医生的布告栏上有一篇《哈特福德新闻报》（*Hartford Courant*）意见专栏的文章，作者也是内科医生，他在文中抨击了联邦医疗保险对初级保健的低额支付。费尔斯医生把我们引入诊疗室。他从一开始就不赞成植入心脏起搏器，没想到，在我们仅有的 15 分钟看诊时间内，他说道，关机又是另一回事。

他认为："别做任何日后会让你们后悔的事。"倘使心脏起搏器停了，父亲可能会感到头晕，也有可能昏厥、摔倒、跌断髋骨，最后则必须住进医院或疗养院。他进一步强调："尽一切可能让他远离医院，别打 911。"他热泪盈眶地注视着母亲说："你们为何不等到心脏起搏器耗尽电力呢？电池或许只能再维持 5 年，时间也不多了。"

看诊时间已然结束。费尔斯医生从他的座位上走了出来，给了母亲一个拥抱。回到家后，母亲到地下室找到一个档案夹。父亲 79 岁那一年植入心脏起搏器，其电池号称有 10 年寿命，所以我们大概还有 5 年。

母亲只要心情不好就会进行冥想或打扫家里，至于我则是上网搜寻资料。那天下午，我找到倡议团体"同情与选择"（Compassion & Choices）的免费服务专线。"同情与选择"团体是毒芹会社的后继者。过去，毒芹会社率先公开提倡，重症患者有权拒绝医疗介入并选择死亡，他们甚至主张患者也有权决定自己死亡的时机。曼哈顿一名拥有护理博士学位的护理师朱迪斯·施瓦茨（Judith Schwarz）回电给我。她说，法条写得一清二楚，父亲有权请求院方撤除任何医疗行为，即便渺小如心脏起搏器的植入式装置亦然。在他无法表达后，身为父亲法定医疗代理人的母亲与我有权坚持贯彻他的心愿。至于心脏科医生，则有道德义务为父亲执行关机；若他不愿意，也必须为我们寻找一位愿意执行的医生。

不过，据我所知，在这个先进医疗科技当道的年代，拥有法律或道德权利并不等同于拥有实际执行的权力。同意安装复杂医疗仪器很简单，但要撤除仪器却难如登天。一套怪诞的全新运算法摆布着我们:最了解、最爱父亲的人费尔斯医生、母亲、我都希望父亲能自然死亡，但我们却对此无能为力；反倒是不认识父亲，也不晓得他受过多少苦的人，却积极想延长他的生命，偏偏他们又是懂得医疗专业而且有权力的人。

因此朱迪斯·施瓦茨建议我先谨慎办妥罗根医生要求的所有事项。我必须找到一名老年精神科医生，宣告父亲已丧失自行做出医疗抉择的能力。接着我应该再次请求罗根医生为父亲关机。假使他拒绝，我就该坚持请他替我们找一名愿意执行的医生。此外，我还得同时独自寻找一名更同情我们处境的心脏科医生。如有必要，我们还得上法院。

我不可能在一个月内办妥这些事。

更何况，对于每个遣词用字，我都必须仔细琢磨。据圣托马斯·阿奎那的双重效应法则以及几个世纪以来的刑法，我不能明言我想让父亲早日归西，这种写法会被解释为具有杀人意图。我必须改口宣称母亲和我希望“终结所有对父亲潜在病况的仪器干预”。我不能直言我们想做对他最好的决定，而必须含蓄表示“我们对他的意愿有深入了解。假使他能为自己发声，他所做的决定将与我们完全一样”。我不能说，我们相信有时候活着比死亡更悲惨，因为最高法院在南茜·克鲁塞一案已认定，州政府对于保障生命有绝对且正当的权益。我不能以母亲就快被照护责任所压垮为辩驳，因为母亲的痛苦在道德或法律上完全站不住脚，父亲才是病人，我们不是。

我不能显得无礼或威胁要提告。要是家庭成员表现激动或出现破坏性行为，医院里如布拉姆施泰特等生物伦理学家，就可能认定医疗代理人欠缺“决策能力”，医疗团队也可能直接无视代理人的存在，或请求法院解除惹是生非者的医疗代理人一职。假使这种情形实际发生在我们身上，父亲的医疗代理人便毫无法律效力了。

2003 年，布拉姆施泰特在《内科医学杂志》（*Internal Medicine Journal*）网络版上报告过一个案例。[5] 此案例中的病患为一名 69 岁的糖尿病妇女。她在第二次心脏四重搭桥手术后出现多发性中风与感染性休克（一种经常致命的血流感染），因而被送入加护病房，依赖呼吸机与洗肾治疗维持生命，一待就是三个星期。后来在加护病房中，她又因管线污染而遭受另一次感染。中风很明显对她造成了非常严重的伤害，导致她失去了沟通能力，而心脏衰竭这种发展缓慢却注定致死的病症，也继续折磨着她。一名担任她医疗监护人的亲属要求院方允许她死去，但据布拉姆施泰特的报告，此时这名医疗监护人“大声叫骂”，且变得“激动暴躁”。老人发生住院感染后，医疗监护人更威胁要找律师过来，还试图“开除”包括生物伦理学家布拉姆施泰特在内的所有加护病房人员。

父母得到的所有建议，这名病患都一一照做了。她已签署标准的生前预嘱，只要陷入昏迷或剩余生命短于六个月，院方便为她移除维持生命器材。只不过以医疗团队的标准来看，对于上述两种状况，她都不符合。于是，她指派三名家属在她无法为自己发声时担任医疗代理人，但对于那名满是敌意的家属是否有“决策能力”，布拉姆施泰特充满质疑。她写道：“代理人请求移除维持生命器材时吵闹不已，行为具有攻击性。此现象有可能代表一种心理投射，代理人情绪激动可能是在表达其自身价值观与喜好”，并非病患之价值观与喜好。

这篇报告并未讨论医生的情绪反应与攻击行为，也并未提及医生也有可能只是在表达其价值观与喜好。医生继续为老人进行治疗，而那名主要家属已拒绝医疗代理人一职，并表示从此刻起，她只当“旁观者与探视者”。至于第二名与第三名身为医疗代理人的家属，则对医疗团队言听计从。

垂死的老人待在加护病房中三个星期，接受了布拉姆施泰特所谓的“积极治疗”，她的病情逐渐稳定，并转往疗养院。没想到，竟在短短四天后，她再次被送回医院，出现发烧和呼吸困难症状，还发生了第二次血流感染，情况危急。这次医疗团队没再为她接上维持生命的器材，几小时内她便过世了。她的死亡合乎医院的规定：医疗团队认为她的时候到了，但不是前一次急救时，而是这一次。老人人生的最后六个星期，几乎是在费用不菲的加护病房中度过的，部分的费用可能会由联邦医疗保险支付，其余先由医院承担，再转嫁到其他病患身上，间接抬高了医疗保险费率以及难以计量的苦痛。

老人的最后几个星期，如同舍温·努兰（Sherwin Nuland）医生在《死亡的脸》（*How We Die*）一书中所述：

> 发出尖锐哔哔声的显示器、嘶嘶作响的呼吸机与活塞垫、闪动的彩色电子信号——大阵仗的现代科技剥夺了我们理应获得的死前宁静，也隔绝了少数想伴我们最后一程的亲人。[6]

我希望父亲能免于这种苦难。

我希望父亲能安息，并不是因为我觉得他应该“死得有尊严”，问题不在他的尊严。我希望他能安息，并不是因为我认为他的“生活质量”不佳，像邮购买到品质控制未能发现的变形毛衣。借用澳大利亚哲学家彼得·辛格（Peter Singer）的说法，有些人的命比其他人“有价值”，而父亲的生命，则因为深受重创而“没有价值”。对于这种观念，我无法苟同。以世俗标准来看，父亲早在我出生前就是个残疾人。只不过，与他凶神恶煞般的壮年时期相比，我对老迈无助的他的情感更为浓厚，我所表达的爱也更加深切。

我希望父亲能安息，并不是因为母亲与我冷静衡量过“持续治疗的利弊得失”，仿佛他的生死大事和比较冰箱品牌没什么不同。爱与绝望已经快把我们逼疯了。我希望他能安息，并不是因为想让他行使受宪法保障的隐私权与自主权。我希望他能安息，并不是因为他一无是处或是我有年龄歧视。我希望能有更多人用爱接纳我们一家。我希望有医生能帮助我们。我希望父亲安息，是因为我爱着他，是因为我想终结我们一家的苦难。而根据朱迪斯·施瓦茨的指示，我必须以陌生的口吻来表达自已的要求，身为女儿的悲痛情绪竟无从流露。

当前困境的始作俑者并不是我们。父亲漫长的死亡过程与母亲的苦难都是美国文化盲从拓荒者创新精神、一面倒崇拜乐观进取的后果。至于对我而言，这种心态实为一种道德犯罪，违反了宇宙的运行法则。只是，为什么受到批判的是我们？

我试着为父亲申请安宁照护，但米德尔塞克斯纪念医院一名好心的护士在电话中向我坦承，父亲只是在“走下坡”：他的病况虽严重到无法恢复的地步，却还没严重到符合联邦医疗保险安宁照护的标准。她进一步询问，父亲手上是否佩戴着康涅狄格州政府核发的不施行心肺复苏术（DNR）橘色塑料手环？她说，若没有那个手环，仅凭书面不施行心肺复苏术意愿书，急救医疗人员仍必须进行急救。[7]

我在笔记本上又记下一笔，深感自己像父亲的刽子手。直到后来我才了解，对于像父亲这么虚弱的人，不施行心肺复苏术的指令可谓善行一件。只有 8% 在医院外抢救的病患能活着出院，但出院的患者大多要住进疗养院，他们因为脑部受损太过严重再也无法自理。父亲那个年纪的病患，只有 3% 能恢复到可独立生活的程度。[8]

我在当地的分类广告网站发了一则征人启事，希望找一名看护每星期一到星期五晚上花大约 1 小时帮助父亲就寝，时薪 25 美元。乔纳森认为，只有傻子才想做这份工作。想不到，没过几天，我就找到一名住在邻镇的已婚护理系学生。我松了一口气，给自己好好放了一天假，搭乘大都会北线的通勤列车从纽黑文前往纽约，向编辑提了几个报道素材，接着便飞回了加利福尼亚州。

回到家后，我在电子信箱中发现该护理系学生的未读取信件，她因为课表时间变化必须推掉这份工作。于是，我又在哈特福德分类广告网站刊登了另一则广告，并从加利福尼亚州的书房打电话给形形色色的回复者，有些人不禁让我怀疑，他们是否刚磕完药，恍惚中被我吵醒了。好不容易，我找到一名华裔美国女性，她必须工作以抚养年幼的女儿。白天她在保险公司上班，晚上则在遥远郊区的中式自助餐厅打工。我喜欢她的声音，于是把她的电话给了母亲，所幸母亲也喜欢她。因此三天后，艾丽斯·邓便辞去自助餐厅的工作来为我们服务。

感恩节及圣诞节都过了。虽然我没有意愿担起这个责任，但我仍写了一封措辞强硬的信给母亲，明确表达是时候找个全日看护住进家里了。我也试着寻找愿意为父亲关闭心脏起搏器的医生，可惜一无所获。布莱恩与我在米尔谷的家中升起炉火，邀请他的儿子与我们的单身朋友每人带几道菜过来一起庆祝。我减了 5 磅，退出了读书会，不了解自己为何无法在文坛上崭露头角。

母亲在日记中写下了另一段文字："今天早上，我得帮他把全身上下的衣服都换掉，连床单被子也不例外。这已经是第二次了。他睡了整个早上，吃完午餐还继续睡到下午 3 点。我想，我们可以去沃兹沃斯公园散步，只是回程路上，他说他大便了。简直一团糟。好不容易才把车子清干净了。整天都是诸如此类的事，这些事真让我恨得咬牙切齿。”母亲在一张 3 英寸 ×5 英寸大小的卡片上抄下了诗人小林一茶的俳句，并将卡片用胶带粘在书桌上方的书架上：“在这个世界，我们走在地狱屋顶上，看花。”她还在冰箱上旧的中风警示信号手册旁贴上了新的磁铁，磁铁上印着改写过的温斯顿 · 丘吉尔（Winston Churchill）的名言：“要是你正在穿越地狱，就继续走下去。”

一片深邃的宁静包围着我们。

真正了解我们实际生活状况的，我觉得只有这些人：费尔斯医生；水果店老板泰迪，他的店在大街上，生意很好，母亲与其他教授的太太都在这里买水果；托妮，她仍开着那台破旧的休旅车每星期过来三次；还有当地超市的一名面包师傅，每星期他总是面带敬意，以眼神亲切迎接沉默的父亲，并接过父亲郑重递给他的面包送进切片机。

每次我从米德尔敦飞回西岸，都会为完成了一些小事而感到骄傲，又为没做完或可能即将需要处理的事感到忧心忡忡。我总期待自己能毫发无伤地回到加利福尼亚州。我希望发生在康涅狄格州的事就留在康涅狄格州，好像那些事都发生在别人家的女儿身上。这些事我几乎未对任何人直言过，除了布莱恩、两个弟弟以及偶尔参加阿尔茨海默病协会互助团体认识的一群成员，他们都是与母亲年纪相仿的我叫不上名字的女性。

我和朋友聊到家中近况，至多用几个关键词描述：中风、心脏起搏器、停机、老年痴呆症、父亲、母亲、康涅狄格州。朋友听了都觉得受不了。“我的心正碎成碎片”这种话我说不出口，但“罗根医生让我怒不可遏”说来就简单多了。谈论医疗代理人、病患对医疗自主性的权利、最高法院对南茜·克鲁塞一案的判决，都比谈论父亲沾到粪便的睡袍和母亲束手无策的暴力还来得容易。目睹双亲的痛苦本身就是一种痛苦，但大部分的时间我都不愿正视这种感觉。我想寻找像我这类远距离照护者的治疗团体，但在旧金山一带，我却一无所获。只有面对母亲罹患阿尔茨海默病的朋友诺艾尔时，我才说得出“这么做到底是为什么？”。也只有布莱恩能让我说出“我父亲的日子不多了”。我在日记中写下，自己“疲倦不堪，充满怨恨，绝望，徒留一具空壳，无力付出”。

不施行心肺复苏术手环就像危险药品申请表一样皆为一式三份。费尔斯医生稍早已填妥表格，并向州立仓库申请橘色手环。母亲带父亲去找费尔斯医生，沉默地看着他在父亲手腕系上州政府核发的那个橘色塑料手环。同一月稍晚些时候，父亲在楼梯间滑倒，他一路跌到前厅，摔断了手腕，扶着他的母亲也被他压在底下，害得母亲从臀部到脚踝到处是一片青一片紫。母亲打算安装楼梯升降椅，但拿不定主意该租还是买。后来艾丽斯告诉她，父亲的生命或许只剩六个月到一年，母亲才决定用租的。韦瑟斯菲尔德（Wethersfield）镇上医疗器材行的几个人开着小货车来到家里安装升降椅，这是死亡又更靠近父亲一步的另一个征兆。

在“同情与选择”团体的护士与我所拟订的长期计划中，另一个步骤便是劝母亲带父亲寻求米德尔敦的老年精神科医生理查德·科泰（Richard Ketai）的帮助，请他证明，母亲有权合法为父亲做医疗抉择，也有权要求关闭心脏起搏器。科泰医生写了一封信说明父亲已经无法了解、执行也无法表达其医疗抉择。他在信中这样写道：“巴特勒先生说不出当今的年份、月份、季节，即使我已将答案说过无数次，他仍旧无法作答。他说得出表和梳子两个词汇，却完全说不出笔。他否认自己身上装着心脏起搏器，也不晓得心脏起搏器为何物。他费了好一番功夫，才叫得出三名子女中的两人。”

我回到米德尔敦时正值初春。一片嫩绿犹如浓雾，徘徊在费尔斯医生办公室的窗外。母亲与我再次面对坐在办公桌后的费尔斯医生，这幅画面与父亲首度中风不久后没有两样。母亲再度提起心脏起搏器：她毫无进展。罗根医生说，他问遍了他行医的天主教医院，却找不到任何有意愿给予帮助的医生。母亲告诉费尔斯医生，她曾找过她的前内科医生，他现在是米德尔敦纪念医院生物伦理学常务委员会会长，但他表示，碍于父亲只是门诊病人，委员会无法介入此事。

费尔斯医生曾警告我们，要是没有心脏起搏器，父亲可能会头晕、跌倒、摔断髋骨。而如今，父亲的状况在持续恶化，费尔斯医生的想法也改变了。母亲曾两次呼叫急救专线，她已经虚弱到连把父亲从地上扶起来都办不到了。她也曾两次愤慨地抗拒让护理人员送父亲去急诊室。费尔斯医生说：“最了解杰夫的人是你，知道怎么做对他最好的人也是你。”费尔斯医生的眼中泛着泪光。他父亲的阿尔茨海默病日渐恶化，当时已经住进缅因州的医院。他母亲与我的母亲同样筋疲力尽。他正计划着尽快开车北上，以确保缅因州那家医院的医护人员“别碰”他父亲，也不会试图对他施行心肺复苏术。费尔斯医生说，自己是个天主教徒，但这并不代表他赞同大限已至却不愿罢手的医疗行为。

费尔斯医生明确地说：“杰夫已经失去沟通能力。他以前能告诉我哪里痛，但现在不管薇薇或我说什么，他都只是微笑表示同意。”他说，他会为我们写信证明父亲已无力自行做医疗抉择；然而，对于关闭心脏起搏器，他坦言束手无策。

一个朋友从旧金山打电话给我，我把我们正在试图做的事告诉了她，没想到她直截了当地说：“那是安乐死。”从小接受天主教教育、反堕胎的布莱恩则表示，他了解为何没有心脏科医生愿意帮助我们，因为“没人想承担后果”。我认识一名心理健康杂志的编辑，他知道有一名巴尔的摩的社工，其专业领域为高龄家庭照护，编辑给了我对方的电话。在电话上，社工直言道，我必须当家做主，我必须将父亲移送至训练有素的疗养院，即便违抗母亲意愿也得这么做。我也应该把两个弟弟找来帮忙。她似乎觉得这么做比关闭心脏起搏器更合乎道德。“我了解你和你母亲要什么，”她说道，“但你父亲要什么呢？”

她的想法令我作呕。在父亲的众多面中，我该忠于哪一个？

是第一次中风后不久，身体依旧部分健全，与我一同前往老修道院附近的沃兹沃斯公园，缓缓拖着腿散步，对我说出“不过这个！这个！”的父亲？是一年后闷闷不乐地对母亲说他“活得太久”的那位父亲？是我承诺过“如果薇薇死了，我会照顾你”的那个几乎无法言语的、我亲爱的父亲？是告诉母亲“可惜我家族的人都很长寿”的那名衰弱的84岁的老人？是于宁静中幻化为一只古老的鹦鹉的父亲？还是挣扎活到最后一个细胞倒下才会罢休的父亲？

“可惜我家族的人都很长寿。”

我几乎无法对自己叙说我们的处境，我该如何表达，才能让可怜的父亲了解？

“他费了好一番功夫，才叫得出三名子女中的两人。”

要我问亲爱的父亲，他对于自己的“生活质量”有什么想法，这么做难道不残酷吗？要我依照朱迪斯·施瓦茨建议的，问父亲他想要什么样的丧礼？问他对于持续治疗的利弊得失有什么感觉，这么做不是残酷又是什么？

“他否认自己身上装着心脏起搏器，也不晓得心脏起搏器为何物。”

我致电一名哈佛大学的生物伦理学家。他建议我运用想象力，假装有一种魔法，能召回过去清醒而威风的父亲，让他来到餐桌前和我聊上15分钟后又恢复原状。我能想见，活下去的念头只会让亲爱的父亲恐惧得直摇头，他的“生活”如今不过是慢动作的死亡。想象力对我没有帮助。我感觉得到，父亲过世后会来到我的梦中，我也会惦记着他慈爱无声的笑容。我只想融化在仅存于记忆中的父亲的怀抱里，并求他来处理这件事。我真的没办法。

在父亲 85 年的人生中，在南非时，还是学生的他就死过一次，并重生而为战争英雄；四肢健全的他也死过一次，并以截肢者、丈夫、父亲的身份重生；在他还是牛津大学博士候选人、勉强靠着残障退伍军人的津贴糊口时，他又死了一次，但这次他重生为新移民、美国公民、充满活力的卫斯理大学退休教授。我不认为有必要让他再经历另一种人生，住在疗养院中被管制进出的“痴呆护理”间，除了一串联邦医疗保险编号与床头柜上的几张相片，他的自我荡然无存。

内心深处有种感觉告诉我，尽其所能加快父亲死亡的脚步（但不包含杀人，我没那种勇气）是一种道德行为，也是一种悲哀的必然。母亲曾对我说:“我只能想到那个老派的词——性格。”

我摸索着属于我的语言，想到古老的佛家譬喻——因陀罗网（Indra’s Net），其大意为世间万事万物均息息相关。这是某个满是泥泞的湿冷的冬季，我在法国南部梅村（Plum Village）禅修中心研修《华严经》时读到的。因陀罗网是以宝珠结成的大网，包覆着整个宇宙，每个网结都悬着一颗宝珠，每颗宝珠相互映照着网上其他宝珠的影像。在无穷无尽的因陀罗网中，父亲的人生有如悬在网结上的宝珠，宝珠中映照着我、弟弟与母亲的人生，也映照着费尔斯医生与罗根医生的人生。在一片光明的永恒宇宙中，神圣能量流走于形体间，我们相互映照，彼此影响，永无止境。

父亲的心脏起搏器与我们残破的人生，在因陀罗网中继续走下去，无奈主宰这个宇宙的神并未将律法刻在石板上，而律法的诠释者，也不是那些没换过成人尿布，也没听过南茜·克鲁塞呻吟的男性教士们。我们所处的世界，绝不可能简化成仅凭死守生物伦理学教条，通过诡辩回避、空洞的言语就能运作下去。

在我们生存的世界里，不管我们是否采取行动，痛苦随时紧跟在后，有如余波般阵阵泛开。我四处张望，却不见那位耳闻苍生哭泣，便施展无边法力救苦救难、千眼千手的印度观世音菩萨。在我看来，在我们的世界里，鲜少有人写下“痛苦”一词，更遑论任何能让挚爱亲友脱离苦海的指引了。

两名女性摁了摁父母家的门铃并表明了身份。她们分别是职业治疗师与家访护士。费尔斯医生警觉到父亲跌倒频繁，便在我们不知情的状况下，将我们介绍给一个我从没听说过的“缓和医疗”项目。后来我了解到，缓和医疗是个相当新的医疗专业，着重于缓解身体与情绪的痛苦，也是美国破碎医疗系统的一线生机。经护士解释，缓和医疗将提供居家探视、一个整合的医疗团队与一名社工。与安宁疗护截然不同的是，缓和医疗并不需要医生证明父亲的生命不到六个月，其重点在于照护——病患与其家属均包含在内——而非试图治疗无可救药的父亲。这名护士给了母亲一个隶属消防队的“扶持”（lift and assist）援助专线号码，以作为 911 急救专线外的另一个选择。如此一来，母亲就能有帮手帮她搀扶起跌倒的父亲，但又不用被逼着将父亲送往急诊室。职业治疗师在家中看了一圈后，建议母亲拿掉几张小踏垫，以减少父亲跌倒的机会。她还建议母亲买一张便器椅与婴儿监控器放在父亲的卧室内。

我们终于不再孤立无援。

晚餐时，我看到父亲端详着手腕上的“不施行心肺复苏术”塑料手环。他试图以鹦鹉般缓慢的好奇心来理解手环上模糊的字样。这个时候我才意识到，从来不曾有人向他说明过那个手环。只是，我们又该说什么呢？

父母与我看完新闻后门铃便响了。艾丽斯 · 邓走进门，父亲也开心了起来。他摇摇晃晃地站起来，准备把电视推回收纳的位置，不料却遭到母亲严厉的拒绝，因为他最近曾把电视推倒。艾丽斯从容不迫地对父亲说：“你告诉我该怎么做吧，杰夫。”说完便推起电视，听话的父亲则跟在她后面一同将电视归位，又随她走到楼梯升降椅处。艾丽斯帮助父亲坐上升降椅，再次告诉他脚该放在什么位置，接着为他系上安全带，按下按钮，由升降椅护送父亲上楼。我不相信世上有天使，但我感谢任何支持艾丽斯的力量。耶稣说，泥瓦匠所丢弃的石头将成为最重要的基石。艾丽斯对待父亲的方式保留了他的尊严，也将母亲从水深火热中解救出来，让她不至于累垮。她每天晚上临走前都为父亲刷牙，送父亲上床，还不忘愉快地对他说句“晚安，杰夫”。托妮与艾丽斯是我们一家的基石。尽管她们所提供的照顾是有偿的也无所谓。她们付出热心、智慧与温柔来对待几乎是陌生人的我们，我不由得产生一种接近感谢上天的感激之情。

家中情况有所好转，母亲的健康状况却恶化了。她难以入睡。早上我试着和她讨论雇用全日看护住在家里的事，她只感到头晕目眩。坐在厨房餐桌前的她先将头埋在双腿间，接着便走入客厅，在沙发上躺了下来。

* * *

某天清晨，我趁父亲还没起床时加入了母亲的瑜伽练习。就在我们做猫牛式、上下伸展背部时，母亲说，我看起来好像得了厌食症。打从我下飞机以来，这已经是她第三次提到我有厌食症了。她再次让我的心情沉到谷底，我也再一次要求她别再说下去了。难道在她眼中我永远都不好吗？在她看来，我不是太瘦就是太胖，不是太亲密就是太疏离，不是太霸道就是太软弱，不是太依赖就是太独立，不是穿得太邋遢就是穿得太花哨。没想到，她竟对我说："凯蒂，你真的是一点幽默感也没有。"

结束瑜伽后，我上楼换掉瑜伽服，暗自将西南航空的机票提早了一天。我没打算有任何批评、指责或抱怨。我也知道，赢过母亲的唯一办法，就是别和她起争执。我告诉自己，当她开始像这样刺激我，就是在提醒我，我回家的时候到了。

上午10点左右，我最后一次带父亲去散步。我们俩沿着车水马龙的街道往马可楼修道院走，打算走到离住处一个街区远的红绿灯处。路上，父亲呼呼的喘息声大得令我担心。我建议他往回走，但他在吃力的换气间吐了一口痰，说道：“你……才是……胆小鬼。”他当时的语气我仍记忆犹新，那正是在我们的关系最紧张的那些年里他的同一种傲气。说完，他便顽固地往下走。这个中风的男人如今只是个拖着脚走在我身旁、愤怒封闭的老男孩，相较之下，过去每星期三次自行走到卫斯理大学游泳池的他，真可以说是个超级英雄。

午餐时，母亲握住我的手，对我说：“我不想要你走。”接着她便哭了起来。“我希望你能再待久一点。”我望着她泪眼汪汪的蓝眼睛，握住她的手，她看起来很脆弱，但又坦白而真情流露。我并未告诉她“我受不了你说我有厌食症”，我也没对她说出“别这样，我会留下来”。我抚摩着她的手并出声安慰她，然而我并未更改航班。

飞回旧金山的那天早晨，我在父亲门外迟疑了一会儿，最后还是决定走进房里唤醒他。当时才6点半，窗外天还没亮。父亲睁开眼对我微笑。我告诉他：“托妮待会儿要送我去机场。”但我无法判断他是否听得懂。

他说：“我该起床吗？我也要去吗？”

我回答他：“不用。”我亲了亲他的脸颊，并对他说：“再见，继续睡吧，我爱你。”

三个星期后，母亲打电话给在加利福尼亚州的我说：“回来吧。”

第五部

接纳

第14章

临终的艺术

父亲的支气管炎恶化了，但母亲并未找医生。他白天都在睡觉，晚上则在过去的主卧室里辗转反侧。偶尔起床后又会跌倒，失眠的母亲则通过婴儿监控器在客房随时留意，不时就得到主卧室将他带回床上。他得更吃力地呼吸，情绪也越发焦躁不安。某天早上，那名缓和医疗护士来到家中，她将耳朵靠在父亲发出水泡音的胸腔上听了听后，判断父亲得了肺炎。将死的迹象总算明确到符合接受安宁疗护的资格。所幸我们有缓和医疗护士的照料，父亲才逃过被人慌乱送到急诊室，最后死于加护病房的命运。护士致电医院打点好一切事宜，接着母亲便叫救护车将父亲送往米德尔塞克斯纪念医院的安宁病房。他拼了命地奋力反抗，又踢又咬，还叫护理师“滚蛋”。托妮前来探望他，她问父亲是否还认得她，父亲只是睁开眼，以哀愁的眼神对她示意。他吃完一整份晚餐，接着医护人员就为他注射了吗啡。

我抵达时，父亲安静地躺在病床上，只见液体正缓缓充满他的肺部。他不省人事，双眼紧闭，仿佛机器般困难又规律地呼吸着。

安宁病房区让人感觉温馨而祥和。安宁手册告诉我们，听觉将是父亲最后丧失的感知能力，还建议我们为他大声朗读，播放他最爱的音乐，有什么想说却还没说出口的话，也可以在此时告诉他。走廊尽头是铺着地毯的起居室，室内有沙发供家属休息，也有录像带供人观赏。除了起居室，安宁病房区也有个不隶属任何宗教的礼拜堂，其大小约莫相当于两间更衣室。此外还提供厨房、咖啡机与放满蛋糕的冰箱。

母亲跪在父亲床前，一手握住父亲的手，一手抚摩他的头发，啜泣着请父亲原谅她没耐心的脾气。父亲的泪缓缓流出眼角，身旁的护士提醒母亲："别说了，你把他惹哭了。"我始终不懂他们对彼此的爱，而这份爱，又再次让我措手不及。

心情沉痛的母亲坐在父亲身边。她恳求医生及护士增加父亲的吗啡剂量，终结他的苦难。她不断请人关闭心脏起搏器，然而直到星期六，安宁病房才致电罗根医生的诊所，无奈当天值班的医生拒绝为父亲停机，而罗根医生显然也不知道这个请求，因为他后来解释说，倘使他早知道这件事，一定会替父亲关机。父亲过世一个月后，美国心脏协会、美国心律协会与美国心脏病学会所组成的联合委员会，共同发表了一项"共识声明"，声明称，只要合乎病患意愿，关闭心脏起搏器的行为既完全合法也合乎道德；停机并非协助自杀，也非安乐死。只不过，这项声明对我们而言已经太迟了。

于是，父亲又痛苦地过了五天。

爱可以看起来很无情。我们并未给父亲提供氧气、食物，也没让他注射生理盐水，甚至连一杯水都没给他。要是都给了，他体内器官停止运作的速度就会减缓，死亡过程也就变得更加漫长。一名护士向我们解释，不吃不喝而死并不会对患者造成痛苦，我本身也曾断食数日而不觉得难受。但我谨记耶稣在《马太福音》中所说的话："因为我饿了，你们给我吃；渴了，你们给我喝。"有史以来，我从未听说原来有这么多配偶、子女被迫狠着心肠对待临终的至亲。

即便是狗，我们都不会如此对待它。

要是死亡发生在短短数日之间，我们或许比较容易，至少是比较有机会，将关注焦点放在将死之人身上。然而，若将死之人是长年以来接受人们照顾的慢性病患者，我们就很难付出同样的关注了。我受不了一直在病房里听父亲困难的呼吸声与母亲的啜泣声，因此我把母亲留在病房中陪伴他，自行前往大街上的佩尔顿药房，买了一本 *ELLE*。回医院后，我留在病房等候两个弟弟，也等候父亲咽下最后一口气。我去马歇尔商场买了两次鞋，一次是跟母亲去的，一次是自己去的。我穿着新鞋回到医院，坐在父亲床边，一边握着他的手，一边翻阅杂志。这一年，我已经 59 岁，却从来没有陪伴临终家属的经验。

很久以前，我们都知道该如何死去，也知道该如何陪伴将死之人。我们知道如何陪伴、如何死亡，是因为我们从婴儿、童年、青少年、中年，乃至老年，都曾目睹亲人死去的过程，我们无法让人死得毫无痛苦，也没有仪器能拖延死期。我们祖先的死亡并不美丽，有些人甚至死于痛苦的嘶吼之中。但几十个世纪下来，我们始终借由诉说至亲面对死亡的故事，将临终的艺术传承下去。

* * *

1226 年，40 多岁的圣方济各 * 长年病痛缠身，深感死期将至，因此他“褪去所有衣物，躺在地上，好让自己死于‘神贫夫人’的怀抱中”。死亡来得没他想象中早，门徒只好将圣方济各带回屋里，并让他躺在床上。圣方济各请求修士吟唱他所创作的《太阳颂》（“Canticle of the Sun”）。修士唱道：“赞美上帝，带来高挂苍穹的众星明月。”接着，他们又唱了圣方济各不久前写好的一段新词：“赞美上帝，带来无人能免的肉身之死。”隔日，“圣方济各苦痛稍减”，他将手放在每个门徒的额头上，“向所有在场、不在场、未来甚至是末日的弟兄”祈福。

“日落时分，万籁俱寂。”这段话出自圣方济各临终故事的其中一个版本，叙述者为维多利亚时期的一名散文家：

* 圣方济各（St. Francis of Assisi，1182—1226），他将财富视为人的累赘，崇尚贫穷，并将其拟人化为“神贫夫人”（Lady Poverty）。——译者注

> 教友凝视圣方济各的面容，渴望找出他一息尚存的蛛丝马迹，忽见鸟群来到他所栖身的屋舍，低空绕着屋顶围成一个圈，鸟语啁啾，宛如与圣方济各一同赞美上帝。[1]

如此神圣的死亡并非圣人的特权。15 世纪时，欧洲黑死病横行，甚至连能够主持临终圣礼的天主教教士都不够，因此我们的祖先绘制了一幅又一幅的临终地图。临终地图最早的拉丁文版本，是由教士所编撰的《临终的艺术》（*The Art of Dying*）。随着时代变迁，此书被改编成多种符合新教徒神学理论的版本，其中包括了《死亡艺术之书》（*The Book of Craft of Dying*）、《善终的实践》（*The Art and Craft to Know Well to Die*）与《神圣死去的规则与操练》（*Rules and Exercises of Holy Dying*）等。

《临终的艺术》非但不是掩盖死亡痛苦的一层糖衣，反而描述了我们向来陌生的情景。亲朋好友一一来到床前，依据《临终的艺术》经文，对临终者提出适当的问题，并一同进行祷告，为临终者带去信心与希望。死得毫无痛苦未必就是善终。善终应该是带着信念、勇气与接纳之心面对死亡。人在临终时也不需坚忍自制：1651 年，英国国教派神学家杰里米·泰勒（Jeremy Taylor）就曾在其著作《神圣死去的规则与操练》中写道，临终呻吟无伤大雅。

《临终的艺术》并未将临终美化得犹如人生重要成长经验的巅峰。即便早在 1491 年，此书作者就已悲叹道：“与诊治心灵的药方相比，人类更急于寻觅身体的药方。”书中并非将临终描绘成绝望的低地或无谓的苦难，而是一处超凡有力的战场。战场上，天使与恶魔都想夺取灵魂的掌控权。这场大戏中的巨星是临终者，而非医生。临终的痛楚是一连串罪恶的诱惑：动摇信念、绝望、失去耐性、追悔过去的错误、不愿告别，尤为甚者，则是恐惧死亡与地狱。临终并非只是对肉体的折磨，而是对性灵的试炼；临终的苦难是有意义的。勇者非但不与死神搏斗，反而将临终视为信仰的考验，视为伴随着天堂奖赏的人间净化过程，视为有如受洗、婚礼等家庭仪式般深刻的神圣生命仪式。家属铭记在心的遗言、忏悔过去的罪行、接受上帝的旨意、相信上帝的恩慈，都是善终的标志。

父亲的临终过程与书中的描述全然不同。他并未依照《死亡艺术之书》的建议，把“主啊！我把灵魂交付在你手中”这段祷告词重复三次。我也没有参考《临终的艺术》，询问他是否曾寻求上帝的宽恕，是否原谅那些曾经伤害他的人，是否弃绝俗世间的财富，又是否为了耶稣基督的牺牲而感谢上帝。凡此种种，都是我在他过世后才学会的。我握着他的手，几乎什么也没说。

我只见父亲紧闭的双眼与沉重的呼吸。

伊丽莎白·库伯勒-罗斯医生在她1969年的畅销书中论述道，临终者将经历否认、愤怒、交涉、沮丧、接受五个阶段，但这五个阶段未必依照上述顺序出现。要是父亲曾经历这几个阶段，那么他的体验正好是逆向而行，由起初的接受转为沮丧，再变成愤怒。

他躺在狭小、四面无窗的房间内，被囚禁在躯壳中，忍受痛苦漫长的临终过程，他那一度好辩的口吻、洪亮的嗓音，如今都被阻隔在痴呆症、失聪、中风、脑伤、肺炎与吗啡之后。就算他从那狭小的房间中放声呐喊，就算他渴望与疏离的迈克尔和解，就算他希望乔纳森能原谅他过去的忽略，就算他原谅了母亲，或是见到一束白光，看到死去的哥哥盖伊来迎接他上天堂，我也无从得知。

著名的安宁与缓和医疗医生艾拉·毕奥格（Ira Byock）建议，临终者与其至亲可对彼此述说类似下面的话："我爱你""谢谢你"；"请原谅我""我也原谅你"；"珍重，再见"。[2] 只是父亲和我，从没说过这些话。

父亲的呼吸声出奇地恼人，而且愈来愈大声，仿佛他极其卖力地做着筑墙或生孩子这类的苦工。他夜以继日地呼吸，肺中积满液体，几名好心的陌生看护在这期间过来为他净身更衣，将他打理得干干净净。母亲哭着请求他的原谅，我握着他的手。我们没什么好做的了。过去七年间，我已经以无声的方式不断对他说出"我爱你，谢谢你；请原谅我，我也原谅你"。上回回家的记忆多少抚慰了我的心。就在最后的那个早晨，我唤醒父亲，对他说："再见，继续睡吧，我爱你。"

母亲和我往返于米德尔敦静谧的街道，我们看起来和其他人毫无两样，上街买只烤鸡，摇下车窗，或单纯就是在街上闲逛。有好几个晚上，我们回到松树街的家，从电话录音机听到许多父亲的老同事的留言。留言明确传达了他们对父亲的喜爱丝毫未减，在父亲生病的这些年间，他们都希望与他联络，却多半不晓得该怎么做。或许母亲是出于羞愧难过，或许是她那新移民自立自强的心态，也或许是反射性的退却，所有想来探病的人都被她一一拒绝了。她坦言父亲已经昏迷不醒,就算来了，又有什么用?

父母当初考虑房屋坐落的位置时极为谨慎，街坊邻居无论怎么看，也看不见我们家，因此即使屋内彻夜通明，也无以昭告邻居我们正在进行古老的临终守夜。两个弟弟都还在西岸，他们正忙着把衣服塞进行李箱，采购丧礼时要穿的服装。我其实很害怕他们回来。布莱恩也曾恳求我让他飞过来帮忙，但我当时还没学会如何说“我需要你”，因此拒绝了他。

父亲是临终旅社的过客。对安宁病房的护士而言，填满现代生活中的精神空虚有如家常便饭，他们即将以极其自然的方式照料我们，扮演着相当于过去神父与亲人的角色，我由衷感激他们。一名冷静的护士向我解释，虽然父亲过世时间难以精确预料，但不过是迟早的问题。我原先还抱着一丝希望，期待父亲好转出院，未料她竟以这种温和的方式打破了我的幻想。对她而言，死亡并非紧急事故，至多是临终计划的一部分。她说,大限将近时父亲会显得手脚发青。她指点我的这幅临终画面，着实让我镇定下来。

据她所言，打了吗啡的父亲不会感觉到任何痛苦，但我不相信她。我知道，只要我们一声令下，父亲就会立刻被送入加护病房，注射大量抗生素，吊起点滴，还可能插上呼吸机，如此或许能暂时保住他的性命，让他改天再走。我一方面希望父亲早日解脱，一方面希望他等弟弟都到了再离开，我有种我们在杀死他的感觉，然而，其实我一点也不想要他离去。

过去我一直祈求他能死去，一心等待他的死期，盼望死亡降临。而如今他即将往生，我却难以置信死亡竟在眼前。

我的祖先大多不确定他们的死因，但他们都有预感自己来日无多。有时，他们预知自己将死，还会事先安慰至亲好友；假如康复无望，他们便回头求助于最古老的方法，亦即接受死亡。1876 年，信奉贵格教派的曾祖父詹姆士病倒了。他在英国乡间的农场罹患结核病，而在仅仅一个世代前，同样的疾病才导致他的父亲脊椎变形，也导致他的祖父与姑姑双双丧命。詹姆士在寄给他的母亲玛丽 · 沃茨 · 巴特勒（Mary Watts Butler）的信中写道："我不想要你们为我操心。"那年的他，才 20 岁出头，"即便我们不常想到死亡，我们终究难逃一死，幸福的大家族也难免曲终人散，这是再明白不过的事实"。詹姆士原本有个 13 岁的妹妹玛丽，她在就读贵格派寄宿学校时忽然死于伤寒。詹姆士继续写道，玛丽的死"为我们所有人提供了最好的证明。她的死宣示了人生无常，也提醒我们要提早为死亡做好准备。我相信，不久后我将与亲爱的妹妹重逢，我也相信，尽管我们会一个接一个离开人世，我们还是会一个接一个地在天堂重组这个大家庭”。医生没什么方法能治好詹姆士，只能建议他移居气候晴朗之处。他写了那封信给他的母亲后，很快便搭船前往南非，定居在沙漠地区。他后来恢复了健康，身体甚至好到成立了一家报社“米德兰新闻与卡鲁农家”（Midland News and Karoo Farmer），还娶了农家女孩莱蒂·科莱特（Lettie Collett），生了七个子女，各个长寿，令所有人惊讶不已。

我待在父亲床边。我们一家将在天堂相遇的念头并未给予我安慰。我某些佛教的教友相信，父亲会以另一种形式重生，这种想法更无法安慰我。重生与天堂对我而言，不过是小孩怕黑时用来抚慰他们的神话故事。我相信，父亲只存在于肉体仍具生命力之时；一旦肉身死去，父亲也就消失了。他只留在我们的记忆中，宛如云室中的一串泡沫。他体内的分子会进入其他生命体中，像是植物、蜥蜴、蔓长春花或无花果等，成为它们细胞的一部分，而他对我的爱，则和我一起活着，就像遭到遗弃的感觉也会一直留在乔纳森心中。我对永生的信仰至多如此了。

我只见父亲紧闭的双眼与沉重的呼吸。

心脏起搏器仍在传送微弱的电脉冲。

父亲逐渐喘不过气了，此外，如同那名护士所预示的，他的双脚开始慢慢发青。偶尔黄色的痰会从他口中流到护士放在枕头一旁的布上。我看着极端无助、痛苦无比的父亲，不由得感到一阵恐惧与厌恶，但我却说不出任何祷告词。

我留下母亲，独自前往卫斯理大学图书馆。我待在图书馆查询书目，想写一封信给米德尔塞克斯纪念医院的生物伦理学委员会，恳求他们关闭父亲的心脏起搏器。到了下午 4 点，我决定放弃写的草稿，关了电脑。我投降了。我不能继续再用“第二支箭”射自己，我必须接受无法改变的事实。我无法缩短父亲的苦难，也无法加快他的死亡。我不要再扮演斗士或医疗监护人的角色，我只想做个悲恸的女儿。

回到医院时，母亲已经离去。我握着父亲温暖的手，感受他强劲的脉搏。他的能量仍在流动，他还是我的父亲，我也还是他的女儿。我握着他的手好几个小时，最后一次让他把爱传给我。

人类学家威廉·博迪福德（William Bodiford）曾对日本禅宗的丧礼进行过研究。[3] 他在研究中提到，“宗教的目的之一，便是引导生者经历死亡”。母亲和我都渴望父亲临终的过程能够神圣庄严，讽刺的是，我们对此毫无头绪。我们都曾参加佛教的灵修活动，读过佩玛·丘卓*，会独自冥想，只是我们都不曾加入任何当地的佛教团体，而唯有不完美的血肉之躯，才能使宗教带领我们度过父亲的死亡历程。我请安宁护士帮忙介绍佛教法师，无奈米德尔敦的居民大多是非裔新教徒，或信奉天主教的

* 佩玛·丘卓（Pema Chödrön，1936— ），美国著名藏传佛教大师，其代表作包括《当生命陷落时：与逆境共处的智慧》（*When Things Fall Apart: Heart Advice for Difficult Times*）等。——译者注

波兰裔、拉丁裔、西西里裔美国人，她不认识任何法师。

一名身穿蓝色连衣裙的女性来向我们做自我介绍：她叫伊丽莎白·米尔（Elizabeth Miel），是圣公会做志愿服务的教士。我们分别在父亲病床两侧坐下。我告诉她，我的祖母是英国国教信徒。在我还小的时候，我们一家住在牛津，父母定时会去教会，而我也就读于圣米迦勒教堂（St. Michael and All Angels）的主日学校。

我在主日学校学到上帝无所不在，万事万物都逃不过上帝的法眼。我把上帝想象成一帘镶着无数鱼眼、随风飘动的透明浴帘。晚上我会跪在床前，祈求上帝显灵，他却静默不语——起码不是以我想象的方式响应我。星期六，我习惯骑着脚踏车去小溪畔的原野间，趴在湿答答的草地上，尽情吸收绿草所释放出的能量。在那片草地上，我感受到一种凌驾于家庭之上的完整。这股能量得来全不费功夫，我只需要让自己不断吸收就已足够。从很久之前，我就不再期待能在透明的风中亲见上帝发亮的鱼眼飘扬，但绿色的物体却始终滋养着我认为是灵魂的那个部分。早在我将这种仪式称为祷告前，神圣的水与泥土已经是我的信仰了。

病房中看不见任何绿色物体。

这名圣公会教士说，她愿意为父亲进行临终圣礼。我回头望了一下，担心母亲会突然走进来，于是便答应了。

教士打开一只小不锈钢罐，罐中有一片浸在橄榄油中的厚棉布，她以大拇指在父亲额头上画了一个十字，接着翻开祈祷书，念起临终祝祷词："看哪，你的仆人杰夫虚弱地躺在床上，请以永生的希望安慰他。"

我的肩膀放松了下来。我相信父亲不会介意的。祝祷词安慰了我，或许也能安慰他。

"请将他从束缚中释放出来，允许他进入你与圣父、圣灵共生共治的永恒国度，与所有圣人一同安息。"父亲饱受苦难的灵魂即将远离，甚至加入圣人的光荣行列，尽管他们不在我的信仰中，我还是欣赏这个说法。教士接着又说："愿他的灵魂安息。"

她递给我一本蓝色的小册子，封面上画着一个头戴光环的人像。她与我一起高声朗诵《圣经》中的《诗篇》第 23 章，而这段经文也在接下来好几个不能成眠的夜里抚慰了我。我们吟唱着："我虽然行过死荫的幽谷，也不怕遭害。"但我几乎不认识眼前这名教士。我哀痛的心中有个洞，我深吸了一口气将心中的洞填满，接着便有一阵暖流传遍全身。"你用油膏了我的头，使我的福杯满溢。我一生一世必有恩惠慈爱随着我。我且要住在耶和华的殿中，直到永远。"*

又过了一会儿，伊丽莎白起身，带上门离去。乔纳森到了，他把手放在父亲肩上说道："一切都没事了。"

在父亲漫长的一生中，曾有三次一只脚踏上幽冥河的渡船，所幸有运气、命运、医学将他拦了下来。20 世纪 30 年代，在

---

* 经文出自《圣经》(和合本)。——译者注

某个温暖的沙漠的夜里，还是青少年的他首次与死神擦身而过。他没追上那台偷来的车，只见红色车尾灯疾驶而去，落入克拉多克郊外草原上的沟渠里，断送了他两个死党的性命。时间来到1944年的意大利战地医院，医生挥舞着青霉素与手术刀，从战场死神的强壮臂膀中夺回了父亲的性命。下一个来到的自然死亡像只蜷缩的猫，潜伏在父亲那颗跳动逐渐缓慢的心脏中，直到心脏起搏器进入，才气冲冲地一走了之。无数个微小的死亡随之而来，父亲的神经元一个接着一个地失去记忆，也失去自由、视力、听力、平衡感以及个性。如今，最后一次仁慈却也痛苦的死亡总算姗姗来迟。死神拍打着一对翅膀，在各种人造障碍间穿梭自如，从楼上的窗户飞入。静静开启那扇窗的人是母亲。她借着拒绝提供给父亲水、食物、抗生素，完成了婚姻中既温柔又残忍的最后誓约。

隔天下午，母亲独自在父亲身边时，他的肺脏与大脑放弃了运作，停止了呼吸。

* * *

我在家中接到母亲的电话，她就像只动物一样在哀号着。父亲没等我回去就走了。但接着我意识到：他已不再受苦，也不是孤零零地离开的——他有母亲陪着。乔纳森和我赶往医院，迈克尔当时也正在哈特福德市郊的布拉德利机场（Bradley Airport）。他匆忙签好租车文件便取车前来。安宁护士则在父亲的病房门外挂上了一盏蓝色的灯。在父亲胸腔内的那个心脏起搏器，仍不停往死去的肌肉组织传送微弱的电脉冲。

我们三人沉默地坐着，没有诵诗，也没有祷告。我的手机响了，我像个傻子一样接通电话，和一名提供火化服务的男子交谈。我不确定该怎么做才能让这一刻变得神圣。悲伤使我手足无措，连说起话来都不知所云。

我们在医院待得不够久，未能目睹平静安详降临在父亲身上。不过，几小时后独自进入父亲病房的迈克尔说，他看到一股美丽的朦胧之气笼罩着父亲的脸，这股气息或许正反映了父亲脱离苦海与放下一切的喜乐。

第 15 章

身后事

在曾祖父詹姆士差一点被结核病夺走生命的 40 多年后，67 岁的他意识到自己即将不久于人世。他渐渐变得脸色苍白，无精打采，连爬楼梯都显得越来越吃力。他的问题出在心脏。医生建议他暂时别管报社经营的事，为自己放个假，每天喝一小杯威士忌对身体也能有帮助。可惜詹姆士严格奉行贵格教派的戒律，滴酒不沾，建议他喝威士忌是不可能的。医生想不出其他办法了，当时是 1923 年，心脏手术与大部分治疗心脏的药物尚未问世。于是他前往亲戚的牧羊场度假，只是度假后病况并未见好转。詹姆士写信给他在英国的家人，交代他准备将报社交接给他的儿子欧内斯特，也就是我的祖父。

某个冬日的午后，詹姆士步履蹒跚地从布利街（Bree Street）走到克拉多克的卫理公会教堂，应邀为青年互助会做演说，同时提倡禁酒。我在南非一家图书馆中查到了几封信，是他未婚的妹妹伊莉莎·巴特勒（Eliza Butler）写给英国亲戚的信。[1]信中提到，当时詹姆士坐着发表演讲，演讲结束后，一名年轻人提了一个问题，曾祖父回答他："我想演讲已经结束了。"下一瞬间，他便向前一倒，失去意识并离开了人世。

曾祖父到底是因何而死，是中风、心跳自然停止还是心脏病发，无人知晓，当时更没有人试图抢救他：心肺复苏术可是要在40年后才问世。临终、死亡、哀悼是一体的。他的遗体被镇上的救护车直接运回家中。信中并未提及殡仪馆，因此他的遗体很可能就在洗净后，以古老的方式准备下葬，整个过程的执行者也并非陌生人，而是家人或家里的仆人。他的女儿玛丽和我的祖母艾丽斯制作了花圈，并以花束装饰客厅。曾祖父躺在客厅敞开的棺木中，脸上盖了一条手帕以防止苍蝇靠近。亲人与镇上的居民纷纷前来行礼致意。伊莉莎在信中对伦敦的兄弟姐妹说道："玛丽跟在我后面蹑手蹑脚地进入客厅。我掀开手帕，看到他的面容非常平静安详，却又惨白僵硬。他的双眼紧闭，肯定是离开我们了。我不自觉脱口而出'可怜的老吉米*……'，眼泪便止不住地流下来。"没有人期待伊莉莎的哀痛会在六个月之内"完结"。在卫理公会教堂举办的葬礼之前，伊莉莎、玛丽与镇上几名贵格教派的教徒举行了一场宁静的追思会。曾祖父的灵柩由马车拉到教堂，再拉去墓地。几乎所有克拉多克的居民，甚至包括几名有色人种，一一列队跟随在灵车之后。在那个年代，

---

* 詹姆士的昵称。——译者注

一个人的死是镇上所有居民的事。教堂尖塔是克拉多克最高的建筑物，塔上的钟声响彻全镇，直达荒漠。

以钟声宣告死亡的传统可回溯至中世纪时代。钟响让死亡深植人心。伦敦大瘟疫期间，塞缪尔·佩皮斯*在1665年7月30日的日记中写道："凄厉的钟声响个不停，不是宣告死讯就是丧礼的进行，一天五到六回。"他又写道："本周伦敦市的死亡数字为7496人，其中6102人死于瘟疫；不过实际死亡人数恐怕将近1万人，之所以有数字上的差距，一方面是由于死亡人数多到不能顾及穷人，另一方面，则是贵格教派教徒之类的市民不愿让教堂为其鸣钟。"[2]

父亲的死讯刊登在卫斯理大学的网站上。

母亲从医院回到家后并没有流泪。她走进松树街的家，脱下外套，从外套挂钩上方的架子取下父亲的羊皮手套，走到车库，扔进垃圾桶中。她致电韦瑟斯菲尔德那家楼梯升降椅的所有者佩尔顿医疗用品公司，对他们说："把你们的设备拉走，愈快愈好，我一秒钟都不想多看到它。"

垂死折磨临终者，死亡却折磨活着的人。

母亲走进客厅，取走锻铁户外椅上的防水垫。那张椅子是在父亲无法从沙发上起身后搬进屋里的，如今她又将椅子搬回

---

* 塞缪尔·佩皮斯（Samuel Pepys，1633—1703），英国政治家、日记作家，代表作有《佩皮斯日记》（*The Diary of Samuel Pepys*）。——译者注

了阳台。她取下黑色伸缩缎带上的安全别针。也就是这条伸缩缎带，将父亲蓝白格纹的餐巾改造为最优雅的围兜。她接着进入主卧室，抽出父亲床垫上的防水塑料垫，也丢掉我从残障目录上为父亲购得的那把长柄梳。

我听到一声重击。一只棕色的小鸟撞上前厅的玻璃窗，折断了脖子，静静躺在蔓长春叶子下方。母亲由前门走出去，抓起那只鸟的爪子奋力一掷，将鸟丢入斜坡下的树林深处。她回到屋内，重重地摔上门后哀号："杰夫，我告诉过你，不可以死得比我早！"

在父母光鲜亮丽与争吵不休的婚姻表面下，埋藏了我从未真正了解的深层的东西。他们看似一对金童玉女，参加派对，前往缅因州度假，更远赴意大利锡耶纳观赏帕里奥（Palio）赛马节，说着只有彼此能懂的笑话。母亲生性吹毛求疵又爱颐指气使，父亲偶尔也会受不了而破口大骂"你这个疯婆子！"。经年累月下来，他退居至楼下书房埋首于工作。我本以为他们之间仅存的一点爱意早已消失殆尽，徒留责任、疲惫、愤怒、恐惧与依赖。

父亲有个放在楼下的军绿色档案柜，过去收藏着 20 世纪 90 年代克拉多克苜蓿芽产量记录。母亲离世后，我在档案柜中发现了父亲写给母亲的信。那些信是 60 多岁的他前往南非进行研究访问时寄出的，信中充满懊悔与柔情。当时母亲曾威胁要离开他，因为那时的他太常将母亲视为理所当然。我从没写过这种信，我也从不曾珍藏布莱恩写给我的信。我在母亲书桌的抽屉里找到了父亲中风前写给她的纸条。她珍藏那些纸条，还在纸条上画了戴帽或身着条纹上衣的笑脸当作签名。我记得 20 世纪 80 年代，父亲在洒入厨房的阳光下，欣赏母亲梳着她那又长又湿的白发，那时他对我说："你不觉得她很美吗？"虽然在我眼中，当时的母亲只不过是个六旬老妇，和如今即将到那个年纪的我一样，早已年华老去。我同时找到了父亲写给母亲的生日贺词，那是他几乎记不得母亲生日时费力挤出的只言片语。

我从不曾听出父母之间谱出的爱恋旋律；我也从没像他们爱着彼此那样爱过。七年来，我一直对布莱恩保持着距离，只因我觉得他配不上我。此时我才开始了解，过去的自己有多么无知。

我沉默不语，心痛地望着母亲像只无头苍蝇般在家中冲撞，翻箱倒柜。我去车库捡起那双被她丢在垃圾桶里的羊皮手套，想趁父亲的私人物品全被她胡乱扔掉前感受父亲最后的存在。那双手套已经被埋在厨余之下，臭气熏天。乔纳森扮了个鬼脸对我说："你还真想要这双手套啊。"他说，他对父亲的忽视早已释怀，也早把怨恨交托给上帝。他很感激自己能及时赶到医院，见父亲最后一面，却又不至于太早抵达，否则就得和我们一起愁眉苦脸地守在临终床前。我把发臭的手套放回垃圾桶，走进父亲的盥洗室。我在盥洗室中找到了沾满头皮屑的黑色塑料天美时防水表。这块表是我为了让他去卫斯理大学游泳池进行水中康复而买的。我将表收入口袋中。

到了日落时分，母亲差不多将父亲生病六年半以来的痕迹全数清除了，只留大门入口处那个移至下方的挂钩，以及原来的挂钩移下后两个被填上墙粉的洞。

母亲始终记得杰西卡·米特福德（Jessica Mitford）发表于 1963 年的畅销书《美国人的死亡之路》（*The American Way of Death*），米特福德在这本书中深刻调查并嘲讽了美国的殡葬产业。母亲甚至不愿交给殡葬师一套衣服，好让父亲穿着火葬。我们坐在餐桌前讨论火化合约时，母亲对殡葬师说："我们都应该赤裸裸地归去。"最后，是迈克尔请母亲再三考虑，问她是否愿意凝视着丈夫的尸体包在透明塑料袋中，随之落入熊熊烈火，她才同意让步。我们交给殡葬师的服装是圣诞节时我送父亲的蓝色棉质衬衫与一条裤管磨破的卡其裤。母亲签了合约，向殡葬师问及父亲生前所戴的一枚戒指，签了支票，就把他送走了。殡葬师离开后，母亲告诉弟弟和我，她不要任何追悼仪式。虚情假意的悼词令她毛骨悚然。

她引用殡葬师及作家托马斯·林奇（Thomas Lynch）的话说："死者根本不在乎。"

我反驳她道，可是活着的人在乎。

殡仪馆安排将父亲的遗体从医院太平间运往长岛海湾一带位于旧塞布鲁克镇（Old Saybrook）上的天鹅殡仪馆（Swan Funeral Home）。我们无须像曾祖父的亲戚一样，亲自为父亲净身或着衣。在父亲之前，殡仪馆还有几具遗体需要火化，因此父亲的遗体会先被冷藏保存，而弟弟与我则在这段时间着手筹备告别式。

我们并未以“生命礼赞”（celebration of life）来定义父亲的告别式，因为我们很清楚，自己正在哀悼父亲的死。我们也没有聘请司仪，任凭一个不认识父亲的人净说些无关痛痒的话。我下载了自助告别式流程，我们三姐弟就依照时下常用的方式，以一些后现代元素拼凑出了告别式，节选我们喜爱的诗歌、音乐，还加入了来自贵格教派与十二步骤戒瘾疗程的公开分享传统。几名陌生人看护着父亲遗体，我们播放出日本尺八的乐音，与此同时，200 人——多半是父亲卫斯理大学的旧识——鱼贯进入大学的褐石教堂内。

托妮与我们的家人坐在第一排，艾丽斯 · 邓决定和女儿静静地坐在后面。迈克尔，那位遗传了母亲优雅神态的演员，穿着黑色套头上衣与黑色牛仔裤主持告别式。他朗读了迪特里希 · 朋霍费尔*的作品，并邀请众人一一上台，依惯例请他们追思父亲在他们的记忆中最美好的一面，缅怀他们对父亲的敬爱之情。

一名教职工的太太是虔诚的基督徒，她说，她的小儿子曾问道，我父亲是否会在天堂与他失去的手臂重逢。托妮觉得“巴

---

* 迪特里希 · 朋霍费尔（Dietrich Bonhoeffer，1906—1945），德国牧师与神学家，因反纳粹行动入狱，并于 1945 年死于绞刑。——译者注

特勒先生”正从天堂远眺人间的我们，再也不用受苦了。还有父亲那名英俊的学生本 · 卡顿，他过去常来拜访父母，就像他的儿子。本 · 卡顿仍记得维修我家屋顶的往事，当时父亲就在一旁帮他；他也记得父亲叙述自己在意大利受伤后，放眼望去那些血淋淋的脚印。这些英勇事迹父亲一说再说不知多少次，只是父亲从未像对本叙述的那样对我说过，说他面对大量涌出的鲜血，计算自己还有几分钟可活。

乔纳森是最后一个起身的。他穿着一套泡泡纱材质的浅色西装，搭配一件深色衬衫及宽领带。那件西装是他前一天在服饰店以母亲的信用卡购买的。他直言自己是家中的“坏孩子”，既没上大学又以驾驶卡车为生。乔纳森还记得，小时候在地下室的木工房帮父亲用旧木工工具制作客厅书架。这些旧工具都是在 20 世纪初铸造的，产地正好位于离米德尔敦不远处的梅里登。这套工具是父亲从他的父亲欧内斯特手中继承来的；如今，乔纳森则在他加利福尼亚州的木工房中继续使用着。

乔纳森朗读了鲁德亚德 · 吉卜林*的诗作《如果》。礼拜堂飘荡着鬼魅般的哨声，那首经典曲调《波基上校进行曲》（“Colonel Bogey’s March”）出自父亲喜爱的英国战后电影《桂河大桥》。在告别式末尾，我吟诵了一首莎士比亚的挽歌。对非信徒而言，这是首完美的圣诗，韵律磅礴，言简意赅，传达

---

* 鲁德亚德 · 吉卜林（Rudyard Kipling，1865—1936），英国作家与诗人，诺贝尔文学奖得主，其代表作包括儿童文学作品《丛林之书》（*The Jungle Book*）与诗作《如果》（“If”）。——译者注

出平实真切的慰藉：

莫再怕骄阳炙热
莫再怕寒冬凛冽
你俗世重担已尽
领取工资归乡去
才子佳人，扫烟囱者
迟早皆化为尘土。*

我们请来一名卫斯理大学的音乐教授，她站在阳台上，举起小号吹出安息号。在我看来如同天使的夜间看护艾丽斯在教堂里留下一束白色的鲜花与一张纸条，纸条上的字句呼应了她每晚对父亲的告别语：“晚安，杰夫。”

殡仪馆把父亲的骨灰交给我之后，我带着那个棕色骨灰盒进入马可楼修道院的树林间。父亲中风后不久，我曾在这座树林中问他，活着是否还有意义；六年后，也是在同一座树林里，我带着他进入浓密的树丛间，抖掉他内裤上的粪便。那时还是阴冷的4月底。

15世纪日本法师莲如上人在其《白骨章》（“White Ashes”）[3]一文中曾写道：“人生如浮云！如今世间，常保百年身形者有几

* 出自莎士比亚《辛白林》（*Cymbeline*）一剧中的悼亡挽歌。——译者注

人？先走一步，是他人或是我，是今日死或明日死，皆不得而知。”在美国，净土真宗这个佛门派别经常在丧礼中朗诵这段文字。

> 有此一说：人生稍纵即逝，仓促更甚树根或草尖露珠。是故朝为红颜，夕成白骨；无常风起，双眼忽闭，一息不存，红颜失色，桃李容姿不复。

莲如上人写道："肉身化作夜半轻烟，徒留骨灰，伤悲难以言语。”我在溪边打开父亲的骨灰坛，抓出一把骨灰抛入回旋的流水中，目睹沉重的骸骨沉没，轻盈的尘粉顺流而下，犹如在水面蒙上一层白纱。

父亲骨灰中的骸骨与粉尘中掺杂着不寻常的金属线圈，或许是曾经通往他心脏的导线吧。

父亲过去曾希望葬在卫斯理大学校园西边的印第安山墓园。早在他中风的几十年前，他就已经指给我看过他想立墓碑的地点：地点就在山坡下，仅隔一条树藤街的对面，就是卫斯理大学的新生餐厅，与被称为“西方墓园”（West Burying Ground）的小的移民坟场。我们一家向来习惯漫步印第安山。此处是万帕诺亚格族印第安人（Wampanoag）的最后一处防御地。我们会阅读 18、19 世纪墓碑上的文字，墓碑上写着波兰人、英国人、爱尔兰人的姓名与其出生地：科克（Cork）、布里斯托尔（Bristol）、多尼戈尔（Donegal）。至于最晚抵达美国的西西里裔美国人，则葬在大街另一侧较新的天主教墓园中。

每次回家，我都免不了与父亲一起拜访印第安山上的内战纪念碑。那是一座位于斜坡上的矮石碑，眺望着往日 66 号公路。纪念碑上竖立着一尊身着花岗岩灰军装、戴着鸭舌帽的年轻人雕像，傲视整片满载死者姓名的短小墓碑。身兼史学家与退伍军人的父亲喜欢这样的墓碑。他本身也想留下一块刻着他生平细节的墓碑，好让后人能够借由墓碑拼凑出米德尔敦历史的样貌与镇上一波波的移民潮。

然而，母亲坚持火化。她有绝对的权利坚持她的主张，毕竟，亡者是不会在乎的。此外，反正用不了多久，就没有任何巴特勒家族的人会来米德尔敦扫墓了。乔纳森搭机离开后，母亲、迈克尔和我走上印第安山，将父亲的部分骨灰埋葬于此。

我们登上山头时已接近中午，天气晴朗怡人。我带了一把小铲子，父亲的骨灰则装在一个塑料的密封袋中。母亲跌坐地上哭了起来。这是父亲死后，她头一回哭泣。她开始对父亲说起话来，说话的方式有如父亲仍神采奕奕地活着，亲密得有如当下只有他们夫妇两人。

我将铲子插进土里，母亲大喊："凯蒂，别那样刺！"她拿走铲子，小心翼翼地翻起土壤，仿佛泥土与青草有生命似的。她依旧哭着对父亲说话，她从密封袋中取出部分骨灰放入土中，接着再将土壤盖回去，并在周围放上一圈雏菊。

母亲站起来放声大哭，她想立刻回家。可是我不想。我还想到内战纪念碑那里再多撒些骨灰，一思及父亲在此与众兵为伍就让我不自觉感到安慰。内心满是悲愤的我逃到纪念碑附近的一棵树下，把头埋在膝间哭了起来。迈克尔找到在树下的我，温柔地将我带回车上。我还是凯蒂，母亲仍是薇乐莉。我们并未超越自我。直到生命尽头，我都需要母亲的原谅，就如同母亲也需要我的原谅一样。

过去我期盼父亲的死会使母亲与我一跃而上，进入充满救赎与慈爱的国度。然而，那位曾低声念着“别越吵越严重了！”的男人，如今只是我神经元中的记忆，是几叠书信、一橱柜的旧衣、一本没写完的书，以及一些骨灰，埋在山丘上，躺在河床里，遗留在那个棕色骨灰盒里。他不再畏惧炙热骄阳，不再畏惧著作会被假想中的评论家批评得一无是处。他不再企求与迈克尔和解，也无法再说出让母亲光彩动人的赞美之词。

第六部

恩典

第 16 章

母亲的决心

父亲死后，我和母亲近 11 个月没再见面，相隔两地各自感受自己的悲伤。她抱怨生活空虚，失去意义，而托妮的感觉也和她差不多。母亲一再向我强调，父亲非常以我为荣，他非常爱我。她对我说：“我们两人把你父亲照顾得多好啊。你的聪明才智配上我的实用技能，我们真是最佳团队。”

我兀自让白发自然生长。旧金山当地的心理健康中心提供免费的创伤辅导，辅导分为六个阶段，我从头哭到最后。父亲的死在我身上留下了印记，即使我并未身穿黑衣，我依旧希望显露出父亲离世的哀恸之情。我阅读关于心脏起搏器历史的书，试图了解发生在我们身上的事，又读了更多关于医疗制度的书。我向《纽约时报杂志》(*New York Times Magazine*)提出构想，撰写一则与父亲之死相关的报道。创伤的画面无时无刻不萦绕在我的心头：母亲对父亲怒吼，迈向死亡的父亲，我们在印第安山墓园中的争执。圣诞节我没回家。母亲对父亲所做的一切让我佩服得五体投地。我知道我不可能像她，把父亲照顾得如此无微不至；我也了解，她会残酷对待自己深爱的男人是出自痛苦。但我还是感到愤怒。

来年 1 月，为了庆祝自己 60 岁的生日，我用里程数兑换了一张前往巴厘岛（Bali）的机票，佯装是父亲留给我的一小笔遗产（他的全数资产自然归母亲所有）。巴厘岛上的圣泉寺（Pura Tirta Empul），我已经来参访过数次，寺中有许多由椰子树所围绕的室外庭园。接近入口处有个狭长的方石缸，石缸中不断有泉水自神明头像的喷泉口注入。我在圣泉寺待了一整天，身穿湿透的印度尼西亚纱笼与巴厘岛的传统服饰——长版白色上衣可巴雅（kebaya）——并在石雕喷泉头像旁供奉鲜花与熏香。我把头伸到喷泉头像下方，让泉水一遍又一遍地冲洗全身直至透凉。我呢喃“请净化我吧”，仿佛过去七年来都睡在充满二手烟的房间里似的。来到圣泉寺后，父亲的死所带来的不洁与厌恶感，终于从我的骨子里彻底清除。

我茫茫然从水中走出，换上干衣服。圣泉寺的庭院中满是岛上善男信女组成的队伍，他们头顶着堆得像尖塔般的鲜花素果，有些人则扛着被称为巴龙（barong）的神像，那尊神像让我想起中国人过新年时的舞龙。我坐在人群中，听着印度尼西亚乐器甘美兰（gamelan）柔和的声响。那是生意盎然且神圣的一天。

我在乌布（Ubud）的一间酒吧，隔着半个地球观赏奥巴马总统首次宣誓就职。酒吧里满是澳大利亚人与巴厘岛人的欢呼，目睹美国人选出一名棕色皮肤的总统令他们惊奇不已。在一间放满老式阴极射线管显示器的网吧中，我收到《纽约时报杂志》编辑的电子邮件，她说她有兴趣了解父亲的故事、心脏起搏器以及医疗业过度治疗的不当的经济诱因。

母亲哪儿也没去，径自待在米德尔敦上。她回了 200 封慰问信，到卫斯理大学的健身房进行重量训练，还向一名新邻居学习太极拳。她交了几个新朋友，大多是丧偶、离婚或单身的女性。她决定前往南非拜访一位最得她欢心的教女，也想养只暹罗猫。她以木棍和麻绳自行做了一张猫抓板，还问我是否能在她死后继续为她照顾猫。尽管我对猫过敏，我仍然谎称没有问题。不久后，她在家中昏倒，但她并没有通知我，只提到她决定不去非洲也不养猫了。

她申请装了生命线公司（Lifeline）的救援服务，只需按下一个钮，就能呼叫急救人员。她也去过费尔斯医生的办公室，签妥了文件，伸出脚，系上专属于她的不施行心肺复苏术橘色塑料脚环。

“自从杰夫的身心健康开始恶化，”她在日记上写道：

> 我知道我得做出困难的决定，我必须让他死去，不能以抗生素或其他方式来延长他的生命。而如今，我的心脏既然出问题了，我就得想个最好的办法来面对走下坡的身体。一想到住在退休之“家”，我便油然升起一股恐惧感。

和一群等死的老人住在一起，即便是住在红木退休之家，也不是我想要的死法。

她又重读了一遍《最后的希望》(*Last Wish*)，作者贝蒂·罗琳（Betty Rollin）讲述了她帮助病入膏肓的母亲服用过量药物致死的故事。母亲告诉我，她想把塑料软管接到汽车的排气管上。她在日记中写道："我有机会能及时远走高飞，而且我一定会这么做。我必须和迈克尔和乔纳森好好沟通，才不致由凯蒂一肩担起照顾我的责任。"于是，我赶紧飞回东岸。

父亲过世将近一年后的春日，母亲与我顶着暴雨前往波士顿的长木区（Longwood Area）。此区拥挤的街道、电车线路以及围绕着哈佛大学医学院的医学大楼交织成错综复杂的迷宫。我们之所以来到此地，还得从稍早说起。当时母亲与我在卫斯理大学的室内运动场一起健走，但我发现她无法一口气走完一圈，中途得停下来休息。我感到震惊不已。几十年来，母亲一直有心脏杂音的问题。心脏杂音是二尖瓣无法正常闭合的迹象，但这个毛病从没对她造成任何麻烦。然而，多年以来累积的操劳，已使得母亲的心脏瓣膜增厚，衰弱到了极限。她的二尖瓣在一生中已开合了将近30亿次[1]，如今更为软弱松弛，表面还包覆着一层老化骨骼弃之不用的钙质。

动身前往波士顿前，我们已经先行向米德尔敦地区医院的心脏科医生（并非罗根医生）问诊。医生判断说，母亲的主动脉瓣膜已经硬化、变窄。他敲着笔记本电脑，告诉她去耶鲁-纽黑文医院置换人工心脏瓣膜。他介绍了一名他信任的外科医生，并为母亲写下了那名医生的电话号码，一副目前就只有这个办法的样子。

我并没有跟那名外科医生联系。我上网查询，得知前身为布莱根医院的波士顿的布莱根妇女医院（Brigham and Women's Hospital）在微创瓣膜置换手术领域可谓首屈一指。当时的我认为，母亲若能以这种方式置换瓣膜，她的胸骨或许就不用被人从胸口的颈静脉切迹（jugular notch）一路锯到肋骨底端的剑突（xiphoid process）处。

母亲对布莱根妇女医院的印象不错。1971 年，她便是在此接受了第二次乳房切除手术，那次手术还很可能救了她一命，而当时她的主治医生就是外科手术先锋摩尔医生。没想到，等母亲和我再次回到布莱根妇女医院时，摩尔医生只是个令人景仰却充满不安的回忆。

自 1981 年起，摩尔医生过了 68 岁后，便不再进行外科手术。他在 80 多岁时曾罹患军团病（Legionnaire's disease），经历两次疝气手术，并移除了一个良性胰腺肿瘤。他得以存活，主要拜抗生素与他经过大量研究所得的安全手术技巧所赐。不久后，摩尔医生出现瓣膜关闭不全与心脏衰竭等病兆。尽管布莱根妇女医院为高龄心脏手术领域的翘楚，但他的主治医生认为他并不适合接受手术，因而只让他接受药物治疗。无法正常呼吸的他活得处处受限，过着一天不如一天的日子。

2001年深秋，就在父亲首次中风的一个月后，摩尔医生在波士顿郊区韦斯特伍德镇（Westwood）家中的书房中举枪自尽，当年他88岁。[2]他的死亡充满血腥，很老派，却也留下了极大的创痛。摩尔医生从他一手打造的先进医疗体系中夺回生死大权，他要自行掌控死亡的方式与时间，挽留最后的尊严。我怀疑母亲也想要一样的死法。

我们抵达医院时，我既紧张又心事重重，这并不仅是因为滂沱大雨落在挡风玻璃上。从米德尔敦出发后，我们经过马萨诸塞州高速公路收费站不久，母亲就猛地在有车辆通行的右侧车道上停下了车，一副全然无视于危险似的要我接手驾驶。我匆匆坐上驾驶座之际，回头看见一台缓缓加速的大卡车自后方收费站驶出。这起事件让我首度怀疑，母亲是否开始心神不宁了。

早先我曾寄给母亲一篇《纽约时报》刊载的文章，标题为《拯救了心脏也许意味着失去记忆》（"Saving the Heart Can Sometimes Mean Losing the Memory"）。[3]该篇文章指出，病患在心脏搭桥手术后半年接受记忆与其他思考技能测验，测验结果表现不佳的患者比例介于10%~50%之间。其他相关研究则显示，此类心智障碍将持续数年。美国的医生有时将这种现象称为"泵头"（pump head），因为一般认为，会发生"泵头"现象的病患多数曾在手术中使用人工心肺泵。就算进行人工关节置换或其他重大的手术，病患也可能产生类似的心智退化。有些医生怀疑，外科手术时，血管中最粗的主动脉会经历夹住与放开的过程，这个动作可能导致主动脉内部一层脂肪与钙质破裂，无数细小凝块因而如暴风雪般大量流出，随着血液进入大脑，造成大脑损伤。除了细小的凝块之外，夹住动脉也可能促使较大的凝块移位：许多研究显示，在接受心脏手术的病患中，约有 2%~5% 会并发中风。

我还有些没说出口的恐惧。我在加利福尼亚州有个交情很深的朋友克里斯蒂。那年早些时候，医生仓促决定为她已 87 岁高龄的母亲进行瓣膜置换手术，克里斯蒂则极力说服母亲克服心理障碍，接受手术。未料此举竟让日后的她后悔不已。因为她的母亲在手术后数次往返于医院与疗养院，经过三个月的恐怖折磨才离开人世。这起手术的震撼太大了。

我们由阴暗忙乱的正门步入布莱根妇女医院，这里就像一处看起来杂乱无章、永远在改建中的现代机场。我们搭上电扶梯，与一条人行天桥交错而过，进入雄伟的夏皮罗心血管中心（Carl J. and Ruth Shapiro Cardiovascular Center）。心血管中心内三层楼高的窗户令人神清气爽，宛如置身大教堂内，唯一衰败的景象是病患：他们病情严重程度不一，有些人坐在软垫椅上，有些人坐着轮椅，更有些人拖着氧气瓶吃力走动着。

* * *

我们坐在一间没有窗户的看诊室等着。然后，一名外科医生走了进来并问我们为什么来这里。母亲回答他说："来问问题。"如今的她对医生早已失去信心，也不再是个毕恭毕敬的病患。她和我一样不再认为医生能提供疗愈的结果，也不敢再将生命贸然托付给他们。她的内科医生费尔斯大概是唯一的例外。对我们而言，医生不过是一群分工精细的专业技师，我不禁有所感触：在过去，我们或者信赖医生的使命感，或者相信医疗的治愈作用不仅止于金钱交易或反射性的缺损修补；然而如今，这些珍贵的信念已不复存在。

布莱根妇女医院的外科医生对我们说，年龄——当时母亲已经 84 岁——并不构成障碍。20 世纪 50 年代，心脏瓣膜手术仍然充斥着风险与实验性，因此医生也很有默契地不对 50 岁以上的病患动刀。然而到了 70 年代，高效的心肺仪器问世，搭配上可靠的联邦医疗保险支付以及更安全的手术技术，接受心脏瓣膜手术的病患年龄逐渐攀升。而在母亲与我来到布莱根妇女医院的 2008 年，在该院置换心脏瓣膜的病患中有四分之一高于 80 岁。

外科医生非常直截了当：母亲若不接受心内直视手术，死于两年内的概率高达五成。倘若她从手术中存活下来，便很有可能活到 90 岁——对她这个年纪的女性而言，这是很正常的预期寿命。有任何风险吗？医生只是耸耸肩。康复时间至少需要 6~8 个星期，有 5% 的中风概率；此外，他在我的暗示下承认，手术后有可能留下心智退化的后遗症。

母亲接着拉起裤管，露出她脚踝上的橘色塑料环——那个不施行心肺复苏术脚环。一见到脚环，医生顿时退缩了。一旦母亲戴着那个脚环，他就不愿意进行手术。那个脚环的存在，对他的医疗团队不公平。无论如何，只要她在手术中昏迷不醒，他们就会对她进行急救，让她待在加护病房中渐渐恢复。此时，母亲的眼泪几乎夺眶而出，她说:“假如我中风了，就让我死吧。”医生却反问她，假如是轻微中风——按医生当时的说法是“大脑一侧犯了个小毛病”——难不成要放弃?

我隐忍着一句话也没说。我来这里是为了帮她取得她所需要的信息，支持她所做的任何决定。要是她在手术后智力受损，我也会带她去加利福尼亚州的红木之家，尽己所能地照顾她，一如她当年照顾父亲直至连自己的健康都赔了进去一样。这个想法让我心惊胆战。

这位外科医生要母亲上楼进行心脏超声波检查。我则趁机去候诊室给乔纳森打电话，以发泄我的恐惧。一个半小时后，母亲从诊室出来，穿上外套。她爽快脱口而出的就是“不要”。那坚定的口吻，一如她当年请我关掉父亲的心脏起搏器那般明确。“我不要动手术。”

第 17 章

老李树折腰

母亲将她最后的春天与夏天都用来修缮房屋了，托妮也过来帮助她整理父亲的书柜。书柜子里有些父亲生前为写书收集的资料，可惜在完成之前他就过世了。那些资料全被母亲丢了，只留下他们 60 多岁时父亲写给她的情书。她告诉托妮，她不想把一堆烂摊子留给子女。

母亲在日记中写道："我必须与迈克尔和解。他拒绝来看我，让我好伤心。他拒我于千里之外，连一通电话也没有。就算我打给他，他也总是急着挂掉。这样一点也不好。"最后，迈克尔总算打电话给她了，也提出要回来看她，但他要母亲帮忙付租车费用，母亲不愿意，迈克尔转眼竟动怒了。她在日记里写下了迈克尔那些令她无比受伤的话语，接着再补上一句："我必须努力学习宽恕。我觉得孤苦无依。无法宽恕只会毁了自己。"她寄了关于宽恕的 DVD 给我，希望我能转交给迈克尔，可是我不敢。

她在日记中提及父亲的口吻，流露出一种在她照顾父亲的时候所表达不出的柔情：“我沉浸在思念老杰夫的悲伤里，那个我认识的他——他的机智、同情心，还有他那纯粹的活力——天哪，我真的好想他。”

5月的某个星期一，她在日记里写下：“四周一点声音也没有。整个早上我都在杰夫的书房中，整理出一箱又一箱的研究资料，这些都是我那可怜的老伴苦心收集而来的。”母亲的胸痛恶化了，呼吸起来更加困难。她写道：“我很想整理花园，把我荒废的心血结晶好好整理一番。没了花园，这间屋子实在毫不起眼。但现在我也只能随它去了。接受、接受、接受、接受。”

7月时，母亲找了另一名心脏科医生咨询，希望寻求其他医生的意见。对方是罗根医生联合医疗团队的伙伴。他判断母亲可能有严重的冠状动脉疾病，加上瓣膜僵硬，关闭不全，因此建议她接受另一种侵入性较低的手术，利用植入支架来撑开心脏中部分阻塞的动脉；这个手术可能对减缓胸痛有所帮助。同时医生也建议她考虑一种实验性的瓣膜置换手术，手术方式是通过静脉传送人工瓣膜。“我一提及中风风险，”医生在病历记录中写道，“她立刻产生了反感，丝毫不愿意针对手术做更进一步的讨论。她再度表明，她只要缓和医疗。”这位医生认为，布莱根妇女医院的医生让母亲产生了无谓的恐慌。

我寄了一本《迪恩·欧宁胥医生的逆转心脏病计划》（*Dr. Dean Ornish's Program for Reversing Heart Disease*）给母亲，书中提倡纯素、脱脂饮食。我进一步在网上查到，米德尔塞克斯纪念医院有正念减压冥想课程，课程是以乔·卡巴金的学说为基础设计的，母亲正好每天早晨都会播放卡巴金的 CD。我也在米德尔塞克斯纪念医院意外发现一个“心脏护士”课程。“心脏护士”课程能帮助她应付身体不适的症状，讽刺的是，在所有问诊的医生中，没有任何一人向她提起过。我说服母亲同时加入这两个课程。乔纳森很久以前的女朋友、过去母亲视为女儿的那个小桃子，当时已经是一神普救教会（Unitarian-Universalist）的教士。她特地从佛蒙特州前来探望母亲。

我没有回去。

我该对母亲更好的，然而一切都太迟了。

母亲的心脏护士打电话给我，极力建议我说服母亲重新考虑手术。护士提到，除了心脏的问题外，母亲全身上下都很健康。我打电话给老年科医生丹尼斯·麦卡洛，他是美国慢疗领域的先驱。麦卡洛医生说：“84 岁还很年轻。”我放心不下，于是又致电费尔斯医生。

费尔斯医生说：“我想我对你母亲的了解够深，我也敬重她。她不希望冒险做手术后却只得到健康走下坡的结果，或是被迫住进疗养院。我想，要是这件事发生在我的母亲身上，我也会做同样的决定。”我打电话给母亲说：“你确定吗？外科医生说你可以活到 90 岁。”

“我不想活到 90 岁。”

我哭着说：“那我会很想你，你不只是我的妈妈，你更是我的朋友。”

这一年的8月，母亲心脏病发。那个周末我正好不在家。母亲找不到我，便从医院打电话通知迈克尔，因此我是从迈克尔口中听说这个消息的。迈克尔当时在电话里给了她沉稳的情感支持。他告诉我，母亲希望能通过他来传达所有的信息，显然，比起我积极解决问题的能力，母亲极需要的，其实是迈克尔冷静的同理心。母亲还在住院。她在加护病房待了几天后已经转入观察病房。此时我接到米德尔塞克斯联合心脏内科的来电，联络我的是另一位医生，她才刚接管母亲的病情，对方极其不愿意放弃治疗，他们极欲力抗死亡，拼命想做点什么，无论什么都好，借此展现他们对病患的关怀。他们积极得几乎令人难以抵挡。

母亲的心导管检查报告出来了。心导管检查是一种侵入性检查，会对患者造成压力，故检查本身即带有风险。其检查过程是将一条长管由腹股沟贯穿至心脏，并在动脉施打显影剂，而后拍摄X光片。检查结果出来是坏消息：母亲心血管中窄化最严重的部位难以安装支架。

由于母亲无法安装支架，医生考虑为她进行冠状动脉搭桥手术，同时置换两个心脏瓣膜。在她健康状况仍良好时，接受心内直视手术的存活概率高出许多，但她拒绝了。如今的她如同在抹油的滑道上直接冲往一连串“孤注一掷”的手术。这些手术痛苦万分，危机四伏，每一项都将增加她的死亡概率，万一运气不好，她很可能死于加护病房中。联邦医疗保险支付的手术费用为8万~15万美元，倘使手术进行得不顺利，费用还可能更高。[1]在参与联邦医疗保险的病患中，超过三分之一的人在生命中的最后一年接受手术，另外，近十分之一的手术发生在人生中的最后一个月，而死于加护病房者则占了五分之一。[2]据估计，过度医疗每年耗费美国医疗体系约 1580 亿 ~2260 亿美元。[3]

我带着满腔怒火再次提醒一脸震惊的医生，母亲在心脏病发前就已经拒绝了手术，我不认为如今还有任何理由让她接受手术。后来我发现，这种直觉的反感实际上有其医学根据：一项重要的研究统计得出，年过 80 岁的病患如果同时接受瓣膜置换与搭桥手术，他们在医院内的死亡率高达 13%。[4]另一项规模较小的研究，除了以相同的研究方式证实了 13% 的医院内死亡率，同时观察到另外 40% 的病患在出院后将被送往疗养院。[5]

我打电话给仍躺在医院病床上的母亲。

“我想我们正在做……”我语塞了。

“垂死的挣扎。”母亲把我没说完的话接了下去。她相当平静。

“放弃希望并不容易。”她说道。

四个小时后，她回电话给我：“你帮我把缝纫机送给真正在缝衣服的人。那是很高级的机型，整台机器都是金属制成的，不含塑料零件。那样的机型现在已经找不到了。”

我对她说：“但是我想自己留下。”

“可是凯蒂，你又不会缝纫。”

“你说得没错。”我同意。

隔天我又打给母亲。“我准备好了，”她如此说道，仿佛浑然不觉迈克尔未解的心结，“现在的我和孩子们都相处融洽。”她听起来对生命充满热情。她还说，她找到那本线圈装订的手作书了，那是我送她的 80 岁生日礼物，并补充道：“那本书满是你的心意，可是啊，凯蒂，以前我却不懂得珍惜。”

她继续说道：“好好珍惜布莱恩。”

我问她：“你的意思是……我不要自视过高，对他好一点？”

“这正是我的意思。我很喜欢他。他为你做的一切让我喜欢他。”

一位禅宗大师曾写道：

> 老李树折腰，
> 霎时绽放出一朵花、两朵花，
> 三朵、四朵、五朵，万花缤纷……
> 盘旋回绕，群芳幻化为
> 狂风、暴雨、落雪，普降大地。[6]

母亲就像那棵老李树。乔纳森到医院接母亲出院，同时带回一罐随身氧气瓶。检查结果显示，母亲的心脏严重受损，已符合安宁疗护的条件。此时的她自行走上楼都会昏倒。乔纳森监督厂商前来安装了楼梯升降椅——这是死亡将至的预兆——我的父亲与布莱恩的父亲也曾用过同样的设备。小桃子又来探望了母亲。我曾在旧金山地区的安宁疗护机构寻求咨询服务，一得知必须自费，当下打消了念头。我的身份之所以不符合联邦医疗保险的支付范围，是由于临终的母亲住在东岸，她并非当地任何一家安宁机构的病患。

一个星期后，乔纳森回去继续卡车驾驶的工作，我也忙着赶稿，迈克尔于是再次放下几十年来的自我防御机制，飞回东岸陪伴母亲。母亲为他下厨、洗碗，然后他们又吵了一架，起因太经典又太熟悉——迈克尔还想吃烤鸡，但母亲觉得他吃得够多了。两人的争执激烈到迈克尔打电话给我，要我帮他订即刻起飞的班机回加利福尼亚州。我跟他说没问题，但我同时请他再待几个小时。在一名安宁社工的居中协调下，两人总算愿意再度展开对话，而且是一场充满关怀的恳谈。迈克尔告诉母亲，他始终痛苦于童年以来就剑拔弩张的亲子关系，他这一说就是好几个小时。待迈克尔说完，母亲说道："我完全不晓得有这回事，但我已经无法补救这段关系，我能做的只有倾听与认同。"

母亲重新立了遗嘱。她在一张 3 英寸 ×5 英寸的卡片上写下了海伦 · 凯勒（Helen Keller）的名言："世上最美好的事物看不见也摸不到，只能用心感受。"安宁护士帮她剪去一头美丽的银白长发，因为她已经虚弱到无法自行淋浴或洗头发。心痛过于强烈时，她服用洋地黄或舌下吗啡喷剂。然而，母亲所需要的照护远高于还在辛苦工作的儿子所能提供的，至于经费不足的安宁疗程，其照护服务的时数也很有限。

母亲需要有人随侍在侧。她需要我，但她并没有说出"我需要你"；而我要不是个傻瓜、工作狂，就是个不愿面对现实的人。我居然没想到要飞过去探望她。没人以道德义务的理由对我耳提面命，但换作活在维多利亚时代的曾祖父詹姆士，很可能会教训我一顿。

邻居的孩子为母亲带来一只蝉，她看着蝉破茧而出，并为皱巴巴、湿答答的蝉翅拍下了她此生最后一张照片。她又拿出美工笔，写下一首宋代无门慧开禅师的诗作，作为布莱恩的生日礼物：

春有百花秋有月，
夏有凉风冬有雪。
若无闲事挂心头，
便是人间好时节。[7]

接着，母亲在一小张纸上画下了她的最后一幅圆相图，并在图下方写道："用于我的告别式"。

我坐在加利福尼亚州花园的无花果树下，感到恩典如醍醐灌顶般从天而降。我心中有个声音说："你的母亲即将往生，现在是神圣的一刻。"我得到编辑的支持，决定放弃即将完成的一篇报道飞往康涅狄格州。此时电话响了，是迈克尔从松树街打来的。他说，他和母亲还没聊完，他们还有更多的结要解开。迈克尔希望有更多的时间可以与母亲独处，至于母亲，根据迈克尔的说法，也想要多一点的时间。我打电话给父亲住在米德尔敦的老同事。他说母亲依旧精力充沛，她甚至还从沙发上起身，拖着氧气瓶为他调了杯马丁尼。母亲还可能活上好几个月呢！

因此我对迈克尔让步，忽视自己内心的声音，将机票延期了。

三天后，我才刚从书店回到家，就马上打电话给母亲。那天去书店是为了听一名学生举行新书朗读会。新书主题为茶道，活动过程中，我不断想起母亲。我记得，她打着圈将滚烫的水倒入心爱的日本铁茶壶，温过壶后便将水倒出，加入新煮好的热水及茶叶，随后盖上壶盖，把茶壶装入她亲手缝制的靛青色保温套中。我也记得，她聚精会神地为父亲与我摆上细致的白骨瓷杯，接着又在白色盘中将六片姜饼排成扇形。我还记得，不管日子过得多不顺遂，我们每天都还是会聚在餐桌旁，待茶叶泡开，共度欢乐时光，如此单纯地活着。至于接下来的品茶仪式，则使我们同时达到放松与警醒的境界。

只可惜，过去的我防卫心太重、太笨拙，唯恐遭到她的批评，也阅读了太多女性主义的书，始终不曾向她学习这套沏茶、品茶的艺术。

我一股脑地和盘托出这些话。是她，能把一顿饭好好吃完而不分心看报纸；是她，就算和丈夫处不好，也能在清晨起床冥想；也正是她，化同情为行动，遵守结婚誓约，照顾她深爱过的男人。

我好不容易说完，只听到她虚弱地说："可是凯蒂，你就是你，你有你擅长的事。"

接着她又说："时间不多了。"

那天晚上，她止不住地呕吐，救护车把她送往医院，迈克尔则开着她那台白色轿车尾随在后。他们抵达安宁病房后，母亲对迈克尔说："别给凯蒂和乔纳森打电话，他们只会惊慌失措地赶过来。"

13 世纪复兴日本禅宗的佛学大师永平道元曾如此描述死亡："谓生时，生外无物，谓灭时，灭外无物，是故生来但生，灭来使向灭，无厌无愿。"*

母亲的死就像那样。

她对安宁护士说，她要停止吃喝，她不想活下去，也不想再回家了。她的心脏护理师来到床边，说她希望母亲不会太痛苦，大不了就像是开车时被凸起的路面震了一下。母亲却回答她说："我的感觉是像一场大雪崩。"她干呕，喘不过气来。她取下那对锤击质感的银耳环说："这些垃圾我都不要了。"此时，她让迈克尔打电话通知乔纳森和我。可是待迈克尔打电话回来，母亲已经断气了。迈克尔痛哭失声。

母亲的死可能是因为服用了太多吗啡，可能是因为她体内的钾离子含量太少，心导管检查的压力太大也可能是因素之一，连她从沙发上起身为访客调马丁尼都很有可能是她的死因之一。不过到了最后，原因是什么似乎都不重要了。

年龄、疾病和死亡把母亲带走了。六年来不停歇的照护导致她心脏钙化受创而死。她享年 84 岁，直到生命尽头都神志清晰、生活自理。她从医生手中取回了身体的主导权；她并未按照医

---

* 译文来自何燕生译注的《正法眼藏》，该书由宗教文化出版社于 2003 年出版。——译者注

生的安排，而是以自己选择的方式离开了。她从绑架她丈夫的那个支离破碎的医疗体系中夺回了自己的道德权利，如战士般壮烈成仁。她的临终过程充满痛苦与混乱，和完美丝毫沾不上边。但临终的本质就是难以驾驭。母亲勇往直前，正面迎向死亡。乔纳森说，母亲是胜利归去。

我原本想和母亲的遗体一起待在安宁病房中，或是最后一次带她回松树街的家，将她放入棺木，并在棺木四周摆上蜡烛，停灵于客厅中，就像曾祖父詹姆士的家人当时为他做的一样。我想以甜茶为母亲净身，仿照她的朋友、禅宗法师伊桑·多尔西在 20 世纪 80 年代以甜茶为许多死于艾滋病的年轻男子洗净遗体。我也想效仿 19 世纪住在茅屋中的那些赤贫的爱尔兰农人，以他们不拘小节的方式来照料母亲的遗体。

可是麻木之下的我们对任何仪式都毫无头绪。医院按表操课，病患需要床位，照料遗体不在联邦医疗保险的支付范围内。殡仪馆有自己的规矩，州政府也是。在康涅狄格州，遗体依法只能交给殡葬师。待我的班机降落，母亲已经被送入医院地下室的冷冻库中。太平间的职员整个周末都在催我们移走母亲的遗体，此情此景有如八年前，我们在出院规划师的催促下，必须将中风的父亲迅速转送至康复中心。

我们姐弟三人决定把母亲送到长岛海湾那间殡仪馆。一年半前，父亲的遗体就是在此化为骨灰。我们还得威胁殡仪馆，说我们要另找一家殡仪馆来处理母亲的遗体，他们才愿意在火化前让我们陪伴母亲 10 分钟，并将花朵放入她的瓦楞纸棺木中。

火化依旧是工业流程，而非神圣仪式中的一个环节，因此我们必须将神圣的感觉偷渡至火化流程中。将第一铲土撒上棺木是土葬仪式中的一环，但把火点着在火葬中并不具任何象征意义。火葬场上没有人朗诵“尘归尘，土归土”，也没有我在巴厘岛见过的美丽意象。我曾在巴厘岛目睹当地人将尸骨放入一只木牛的肚腹中。那是只漆成黑色的木牛，巨大且笨重。死者的亲属与村民将木牛扛在背上，沿街行进至公园。公园中四处点着火烛，还能听到为人群演奏的甘美兰音乐。

我们可以将百合花放入母亲的瓦楞纸棺木中，但这么做依旧无法美化她的死。我们请殡仪馆为她穿上那件深红色的丝质越南长衫，可是有人却把衣服给前后穿反了。长衫的布料在母亲残缺的胸口上被扯出怪异的线条，她精心结成的盘扣也掉在颈后，没有扣起。由于遗体如今已变得僵硬，也无法再把衣服转回正面了。母亲嘴角歪斜，头发被削短，皮肤灰白。我敬畏了一辈子的美丽高雅全消失了。她的耳垂与手腕空无一物，过去一向戴着的银质耳环和手镯，都在我的手腕耳际间摆荡着。这是我有记忆以来第一次不觉得她可怕。

对于父亲的死，我平静地接受了，而面对母亲的死，我却无法如此释怀。对我来说，父亲走得太晚，而母亲又走得太仓促，尽管她本人并不这么认为。我的告别还没结束，我希望得到她的原谅，甚至希望时光倒流，在她生命的最后一年中更尽心尽力地照顾她。无奈时间只能向前，无法倒转。我们都尽力了。

我们各自以独特而笨拙的方式表达出对彼此的爱。她不是完美的母亲，我也不是完美的女儿。母亲的死并不完美。我的人生也不可能完美。

纸箱里徒留少了母亲优雅气息的一具躯壳。乔纳森、迈克尔和我隔着透明玻璃窗，凝视纸箱滑入烈焰之中。隔天，殡仪馆就会将一个棕色塑料骨灰盒送往松树街的家中。在父母所共度的 61 年生命里，其中有 45 个寒暑是在此相爱相守，走过不完美而平凡的人生。母亲的白色骨粉与碎骨间不见任何金属物质。

我会在母亲的告别式后飞回西岸，学着对布莱恩说出“我需要你”与“我爱你”，不再羞于在他面前展现我 60 岁的身体，听他赞赏我的美，就像母亲在我这个年纪时父亲曾为她做的一样。几十年前，某次母亲与我前往塔撒加拉时，她在半路上买了一件日式棉质浴衣。我将一直穿着这件旧衣，穿到整件浴衣破烂不堪为止。我还会穿上父亲临终前，她在马歇尔商场买的那双鞋，尽管她的脚小我半号，我还是要穿，穿到脚上长出鸡眼才肯罢休。

我将许下誓言，未来不会等死到临头才说出“我爱你”“谢谢你”“请原谅我”“我也原谅你”“珍重，再见”。我会处理母亲的资产，取下她的照片与挂在壁炉上的枯枝环，把她的缝纫机交给乔纳森，再把一条她与父亲使用过的毯子给迈克尔。那是条母亲用靛青色碎布缝制成的拼布毯。我也将在抽屉中找到母亲的丝质内衣，直到那一刻我才总算了解，为何母亲总是把暖气开得那么弱还不怕冷，一旁的我却老是冷得受不了。我会将她松树街的美丽房子卖给一对夫妻。那个丈夫会在地下室摆上莱诺火车模型，而父亲当年埋首撰写的那本未完成的书，也在同一间地下室。我将分配母亲的遗产，那些遗产是因她没让父亲住进疗养院才为我们保住的。我们三姐弟还会向已逝的父母争宠，抢些如今看起来微不足道的遗物。我也即将发现，因为我只是个凡人，所以不管大事小事，直到我走进坟墓那天，都需要寻求他人的谅解。我的心将变得柔软，我也会对布莱恩许下承诺，就如同当年的我在父母漫长的临终过程中对他们立下承诺一样。

待母亲的第一个忌日来临，我会借用犹太教的追思仪式，到超市的犹太用品区买一支可燃烧 24 小时的忌辰蜡烛*，然后将蜡烛与一瓶花同时摆在一尊木佛像旁。这尊佛像来自泰国，是多年前母亲送给我的。我会摆上父母的照片，其中一张拍摄于本 · 卡顿的婚礼上，母亲看起来光彩动人，另一张是她在她心爱的花园中耙树叶，一旁的父亲则挥舞着租来的吹叶机，笑得合不拢嘴。我会以在他们弥留之际不晓得的方式将美与仪式带入对他们的回忆中。我会在记事板上钉上一张母亲与我在床上

* 犹太教的传统仪式，教徒在忌日点亮可燃烧 24 小时的蜡烛以追思亡者。——译者注

拥抱的照片，记起她温柔地叫我“小可爱”，也不会再对认为她从没爱过我这种想法耿耿于怀。我会哭泣，但我不再害怕爱她或思念她，不再害怕走向她，因为我知道人生就像一枚闪亮的铜币，这枚铜币代表着爱与接受不圆满，而我的眼泪与悲伤不过是铜币美丽的反面。我会和刚中风的 80 岁老邻居保持密切联系，一旦时候到了，我将随时准备好去帮助他们夫妇俩。我不会再将全部生命埋首于工作中，不再让恐惧阻止我去爱人。我会珍惜布莱恩，取出心中的玻璃碎片，不再故作冷酷坚强。我会忠于自我。

我当初自松树街带回家膜拜的那些物品——多到一辈子穿不完的瑞士棉睡衣、母亲亲手绣花的紫色缎带、她没用完的发胶、西维斯（CVS）* 润肤霜——终将失去魔力，回归物品的本质。我会走出那段晦暗不明的时光，抛下父母与我共同生活许久的临终地带。我不会再让自己像是手持七弦琴的俄耳甫斯 †，试图带领母亲的幽魂脱离冥府，或是妄想以歌声让她从地底升起，进入光亮之中。孝顺女儿的身份已然结束，我会再度重生为目前仍无法定义的某种成人。每周六早晨，我都会为布莱恩煮杯咖啡，加热奶精，也为自己沏一杯绿茶，再带着《纽约时报》

---

* 美国药妆连锁店。——译者注

† 在希腊神话中，俄耳甫斯（Orpheus）为了拯救死去的爱妻前往冥府，并以精湛琴艺打动了冥王。冥王破例允许他将妻子带回人间，但他特别提醒俄耳甫斯，回到人间前绝不可回头看走在后方的妻子。然而，就在两人即将抵达人间时，兴奋不已的俄耳甫斯忘情地转过头去，致使妻子再度被打回冥府，天人永隔。——译者注

回到卧室；我们会这样躺在床上好几个小时，享受这段奢侈的亲密时光。春天来到时，我也会走上山，与三五好友共度欢乐时光，心境更为豁达，比过去任何一刻都更感激人生中剩余的时光。

我在父母的遗物中找到一张由托妮拍摄的照片，那时她刚来家里工作。照片中的我用双臂圈住父母肩头，一副要保护他们的样子，我的棕发闪闪发亮，笑容灿烂，看起来累坏了的母亲并未直视镜头，父亲则戴着中风后就没拿下来过的那副面具，他的神情仿佛受到惊吓而一脸茫然。如今我已经老了将近 10 岁，满头白发，每想到父亲晚年受尽无谓的折磨，我就难过得直摇头，并喃喃说着“可怜的杰夫”。许多自己起了头却没完成的事让我感到遗憾，其他我认识的孝顺儿女大多也有类似的感觉。但不管是尝试关闭父亲的心脏起搏器，还是成功击退决定延长母亲生命的医生，我都问心无愧。最后我也将了解，许多在外人看来冷酷无情的行为，有时出发点其实是爱。

这一切都即将发生。

第七部

走向光明

第 18 章

适得其所的死亡方式

临终者与重症患者所组成的游说团体发挥创造力，出其不意地成为社会中的疗愈力量。

——伊万·伊利奇（Ivan Illich），

《医疗的报应》（*Medical Nemesis*）

2010 年，父亲已经过世两年，母亲离开也快一年了。那年的父亲节，布莱恩与我邀请朋友到家中，在后院的无花果树下共进早午餐。6 月底的星期日天气晴朗，绿意盎然，《纽约时报杂志》刊登了我为父亲与他的心脏起搏器所撰写的文章，我担心读者会觉得母亲和我看起来很无情。

在我们吃早午餐期间，我的电子邮箱收到了大量邮件。中午打开电脑时，《什么伤了父亲的心：心脏起搏器如何摧毁家庭生活》[*]已成为《纽约时报》网站转发次数最多的文章。等到周末一结束，我已经收到超过1700位读者的回复。他们不是直接写电子邮件给我，就是在《纽约时报》网站上发表评论。除了全美各地，我还收到来自澳大利亚、印度、爱尔兰、意大利、沙特阿拉伯以及荷兰的回复，而读者的身份涵盖医生、护士、老人以及家有高龄父母的婴儿潮一代。单凭反响的热烈程度就足以说明，如今医学界对死亡的制式回应已引起深深的不安。某意大利心脏科医生的留言足以总结许多人的回应："你父母的遭遇非常骇人，你母亲的决定非常正确。"那场面犹如原本无声的盛大谈话首度公开，而我正侧耳窃听。

一位来自明尼苏达州的护理师在发给我的电子邮件中写道："我很少看报纸，更别提《纽约时报》了。写信给你让我有点难为情。"她向我述说道，她乐于照顾80岁以上的老人，但也同时目睹了他们"苦于病痛，失去尊严，还失去生活质量。每天总听到有人对我说'我只想死，我这辈子已经活够了'"。

她在信中提到，有个家庭最近跟她所服务的机构说，他们同意让年老且罹患晚期痴呆症的父亲植入心脏起搏器，因为医生告诉他们心脏起搏器将改善父亲的记忆与生活质量。"我觉得很心寒。"那名护士继续说道：

---

* 原文标题为："What Broke My Father's Heart: How a Pacemaker Wrecked Our Family's Life"。——译者注

> 我无法对他们如实传达自己真正的想法，因为相关手续都已办妥，他们也已经被误导了……我觉得非常沮丧，为何有些医生无法坦然接受死亡与临终，往往他们太过恐惧于讨论这个自然的过程，只想着要救活所有人，也不提供其他选择。

一位来自马来西亚的女士说，要是我和两个弟弟能给父母提供更多帮助，他们就不用受尽痛苦。一些医生认为，我将他们丑化成了唯利是图的形象，这个说法对他们来说并不公平；他们甚至辩驳道，许多过度医疗肇始于家属无法接受现实，坚持治疗，医生唯恐诉讼缠身而被迫照办。即便如此，过度医疗的趋势也令某些医生深感困扰。一名来自得克萨斯州的外科医生在《纽约时报》网站上留言说："每当看到身边不必要的医疗介入，我都相当不安，然而这些医生不是坏人，他们只不过习惯以反射性方法来处理琐碎的问题，而不是明确治疗的终极目的是什么。"另一名来自费城的医生补充道：

> 我的父母和许多我所照顾过的病患都曾受困于这个迷宫中。我是个医生，同时也为人子。20年前，在几乎没有任何引导的情况下，我费尽全力想知道，人生中自然且无可避免的一部分究竟何时才能得到认可。感谢你写下这篇动人的文章，泪水化解了所有的疑问。

一名女性叙述了她患有早期痴呆症的79岁的亲戚接受了髋关节置换手术，没想到手术后竟出现了始料未及的后果。“她在麻醉过后意识未曾恢复，没想到医生却向我们直言：‘的确如此。有些病患在手术后再未恢复认知能力。’谢谢你传达给我们这个信息。好个知情决定（informed decision）啊！”

另一名读者则试图拒绝让住在疗养院的痴呆母亲植入心脏起搏器。“外科医生来电威胁说，他准备将案子呈交医院的伦理委员会，如此一来，我就必须和伦理委员会交涉。”她在信中写道：

> 这个医生表现得异常愤怒无礼，引发了我的罪恶感，接下来的事，你都知道了。我很不情愿地让他为母亲进行了手术。昨天是母亲的89岁生日。她已经不认识我了。她不会穿衣服，包着纸尿裤，头发几乎掉光了，脸上爬满令人不敢直视的老人斑，脚踝肿胀，身高1米7却只有49公斤。我当初究竟是为了什么让她植入那个心脏起搏器的？

* * *

一个月后，我接到一通从加利福尼亚州中部打来的电话，来电者是我原本不认识的瑜伽治疗师贝拉·麦克劳德（Bella McCloud）。过去两年来，贝拉一直全职照顾患有痴呆的父亲。她与先生的重组家庭共有四个孩子。起初她将父亲带来家中同住，但照护父亲的一切对家人造成了太大压力，她逼不得已与父亲搬到附近自己的一栋双层公寓。从此以后，父亲开始在夜间多次醒来，在整间公寓上下走动寻找厕所，她的睡眠也因此一直被打断。有时，完全不清楚状况的老先生还会直接尿在厨房地板上。心力交瘁的贝拉知道，自己无论是体力与精神都快撑不下去了，她唯一的出路，是将父亲安置在经验丰富的护理机构，而他们为了不让他四处走动，很可能会对老先生施打镇静剂，甚至将他捆绑起来。回到一年之前，贝拉曾对父亲的心脏科医生提及关闭心脏起搏器一事，除了拒绝她之外，医生还给了她矛盾又故弄玄虚的回答：心脏起搏器不能关，一旦停机，她的父亲可能立即死亡；另一方面，心脏起搏器也没必要关，因为只要时候到了，心脏起搏器也没办法让他一直活着。

贝拉随后在网络上读到了我的文章。她打电话给她父亲的初级保健医生，接着两位女性便相约在医院急诊室见面，准备安排父亲住院。就在初级保健医生对院方表示"我们要将心脏起搏器停机"后，她遭到从业以来的首次质疑。此案被移交到医院的生物伦理委员会。委员会与贝拉、初级保健医生及其他相关人士进行了多次广泛交流后判定，关闭心脏起搏器"仁慈且富有同情心"。

目前贝拉正着手将这段经历写成回忆录。在当时，她父亲越来越常提及死去已久的亲人。她曾与父亲聊过一次，谈话内容大致如下：

你想念（已经过世的）父母吗?

想。

你想念（已经过世的）太太吗？

想。

你想和他们在一起吗？

想。

你知道怎么做才能和他们在一起吗？

不知道。

你想要我帮你吗？

想。

贝拉是父亲依法指定的医疗代理人。她将父亲带回双层公寓。心脏起搏器制造商派来的一组人到了，在一番犹豫后他们还是关闭了心脏起搏器。贝拉与女儿把客厅里的两张床推到面向海洋的窗前并在一起。那天晚上，母女两人勾着贝拉父亲的手，头靠着头，睡在他的身旁，陪伴逐渐衰弱的老先生。心脏起搏器关机的一星期又一个小时后，老先生安详辞世了。他是在女儿的家中、在她的怀抱里、在爱的环绕下辞世的。幸好贝拉过人的勇气才能扭转过度医疗所带来的伤害，使她的父亲得到我们的祖先心目中可贵的“善终”——带着亲人的关怀，在家中，以接纳的心态迎向死亡。对生物科技时代而言，贝拉父亲的亡故展现出一种新的临终艺术：具备足够的洞见勇敢抵抗“快疗”所坚持的绝不放弃治疗的本质，并表达对死亡的尊重。

最好的决定就是慢疗——一种共同的决定，将整个家庭成员的痛苦纳入考虑，而不是将焦点放在反射性地修补器官或延长生命。慢疗为承受病痛重担的家庭带来力量，而不是像英雄般提供医疗介入，最后却独留病患家属收拾残局的医生。慢疗坦然接受贝拉父亲的痴呆症与心脏病已进入晚期。慢疗并非让累垮的女儿独自做出决定，而是在更大的道德社群支持与认可下采取的医疗方式。慢疗是家庭与医疗院所之间少见的协调合作所缔造的成果。慢疗代表的是一种独特的关怀、美丽与神圣。

这是一条可行的死亡之路。

布莱恩与我不久后目睹了另一起死亡。这起死亡让我惊觉，美国临终问题的严重程度远不仅止于医疗界的不当经济诱因。临终的问题根植于我们的文化，我们非得死到临头，否则不愿与死亡有任何牵扯。布莱恩有个死党叫戴维，当时 59 岁，身强体壮，是科罗拉多河的导游，同时专精于被称为“顺势疗法”（homeopathy）的另类医疗方式。某日他因癫痫呕吐而骤然病倒。经医生诊断，他罹患了一种致命的皮肤癌，癌细胞已转移到肝脏、肠胃、脾脏等许多脏器。此外，光是他的大脑就可能存在 11 颗肿瘤。我们胆战心惊地见证了戴维拒绝所有安宁疗护的提议。不管康复的机会有多渺茫，他都坚持治疗到底。他先接受了为期数周的全脑放射治疗，接着便是一场孤注一掷的神经手术。在戴维准备进入手术室前，首次见到他的神经外科医生表示，手术对戴维产生帮助的概率是否达五成都无法保证，他还承认手术有可能致使戴维的病情更加恶化。尽管如此，戴维仍坚持手术。进入手术室前的他能说话、走路、写电子邮件、替自己做决定，未想手术后的他却连一个句子也说不出口。他包着尿布，无法行走，就连善终所需要的情绪表达也无法完成。诊断出癌症九个星期后，戴维就在这种无以为继的状态下离开了人世。

接着再来认识另一种让人生不如死的医疗常态，受害者是84岁的玛格丽特·沃尔夫（Marguerite Wolff），也是记者迈克尔·沃尔夫（Michael Wolff）的母亲。玛格丽特会不期然昏倒已有一阵子了，待她从辅助生活之家被带往医院接受心脏瓣膜手术时，记性已经差到生活无法自理。她不会算数、看时间，也无法准备感恩节大餐。手术后，她拥有一颗修补得完美无瑕的心脏，但她严重焦虑到像个精神病患，还经常漫游、打人，记忆力和语言能力也迅速下滑。没多久，她就因为需要太多看护人力而被辅助生活之家请了出去。她的子女在曼哈顿为她租了一间公寓，并付费请24小时的看护来照顾她。自此，她开始出现癫痫症状，无法言语，无法行走，她充满无尽的愤怒，因为原本能引领她走向慈悲死亡的古老通道——缓慢衰竭的心脏——已经完全无法通行。“对于这件事，我们兄弟姐妹必须要负全责。”沃尔夫在2012年的《纽约杂志》（*New York*）上发文检讨，他们几乎未经深思便同意了手术而不愿面对母亲的死亡：“我们连一次都没想到要说出‘这个老人已经84岁，痴呆症越来越严重，你居然还想帮她进行大的心脏手术，你难不成疯了吗？’”

再来看一名退休工程师肯尼思·哈里斯·克里格（Kenneth Harris Krieger）的例子。他的死亡方式与如今大多数人没什么差别。2011 年夏天，88 岁的他患有的痴呆症已经严重到连怎么耙树叶都记不得了。后来他发生了原因不明的血流感染。在《圣荷西水星报》（*San Jose Mercury News*）担任科学记者的女儿莉萨将他从辅助生活之家送至急诊室。克里格希望自然死亡，也签过不施行心肺复苏术同意书，但对于完成父亲心愿在现实层面所代表的意义，莉萨却毫无心理准备。她从未了解过缓和医疗或安宁疗护，而且她孤立无援。大家忙着照顾身为患者的克里格，却没有人认为莉萨也需要关心。当时的她仍无法接受死亡。

莉萨的父亲在斯坦福医院（Standford Hospital）接受治疗。斯坦福医院是心脏移植领域的先锋，驰名全美。医生咨询过莉萨的意见后，认为克里格的不施行心肺复苏术同意书并未限制他们将他送入加护病房，为他插上呼吸机，好让抗生素有足够的时间发挥效力。他们为克里格施打镇静剂，莉萨却再也没见过清醒的父亲。

抗生素治疗并未奏效。2012 年 2 月，莉萨在《圣荷西水星报》发表的文章中提到，进入加护病房后的每项决定都让病况“愈演愈烈”：另一种药物，另一种问题，另一种疗法，另一种测试，另一种器官衰竭，另一种天价药物。最后，克里格罹患了坏死性筋膜炎（necrotizing fasciitis），严重的链球菌感染导致他长出坏疽，但此时莉萨拒绝让父亲做最后一搏，放弃以手术移除坏疽，于是克里格便在住院10天后离开了人世。莉萨的父亲10天来接受的痛苦治疗费用高达323,000美元，其中包括每天25,000美元的加护病房床位费，还有只是一日剂量就要价48,000美元的免疫球蛋白（大部分支出都是由斯坦福医院承担或转移成本）。莉萨的父亲最后被转入安宁病房，直到死前再未恢复意识。

莉萨不如我幸运，无法在最后时刻和父亲告别。她持续将父亲弄巧成拙的临终遭遇、预立医疗意愿书、缓和医疗写成一篇又一篇铿锵有力的文章。她父亲的临终过程并不罕见：慌乱进入急诊室，毫无心理准备的家属，数十万美元的公共与私人资金付诸流水，不顾病患已罹患痴呆症，也无视其不施行心肺复苏术的同意书，至于从不曾与病患及其家属接触的医生，则忙着指派各种徒劳无功的治疗方式，却从不正视老人即将死亡的事实并说出真相。更漫长、更昂贵、伤害更大——这一切便是快疗之下的临终景象，会把这个过程视为“善终”的人，应该很少吧。

向医学要回死亡选择权的行动，好比20世纪70年代重新取回生产权的自然产运动，已随着我们这类家庭的公然反抗而展开。安宁疗护与缓和医疗逐渐增加，此外，愈来愈多的医生，特别是老年医学科、初级保健、重症照护、胸腔科、心脏科、肿瘤科等领域的医生，开始奉行“慢疗”的医疗方式，尽管他们未必会使用“慢疗”这个术语。

然而，这场临终抢夺战中有一股强大的经济力量严阵以待。先进医疗科技的保险支付一旦配置不当，反而会成为各式各样的医疗折磨。这些支付将用来补贴医院中亏损的急诊室，支付业务代表的房屋贷款、外科医生的第二个甚至第三个住所，以及西门子或圣犹达持股人的分红。除非医生与医院在妥善减少医疗介入的情况下，也能与不当提供过度医疗获得同样的报酬，否则情况便无法有所改变。

一名医生向我坦承，假使他在缓和医疗服务机构轮班只依赖联邦医疗保险支付，年收入将仅约 4 万美元，这笔费用实际上是他在大学医院做研究工作的薪资。肿瘤科医生就算花一个多小时，对忧心如焚的家属认真说明癌症已经转移，再做一轮化疗仍希望渺茫，也几乎得不到任何补贴。反观某些医生径自对病患使用未经测试的药物，不但药性猛烈、药效不明，有时还未必是最好的治疗方式，可是他们的平均看诊时间短，获得的报酬却成反比地高出许多，甚至还能从所开的药方中赚取加价。对心脏外科医生与医院而言，与健康状况较佳、长期存活概率较高的病患相比，为罹患多种重症的晚期患者进行同样的手术，或许是在其生命最后一个月做出最后一搏，他们从联邦医疗保险取得的报酬更多。

财政限制左右医生的诊断方式，这个说法通常会使医生备感受辱。然而，有如房贷利率降低便能提升住宅自有率般天经地义，经济奖励与惩罚措施——加上对临终感到不安、畏惧诉讼、害怕“死亡专家组”的指控与执业失败的感觉——迫使专科医生只有在病患死前几天才让病患转往安宁病房。基本上，就是用尽所有昂贵的治疗方式仍未见起色时，受尽苦难的病患才会被丢到安宁病房注射吗啡。如此一来就能解释，为何半数接受安宁疗护的病患，都在短短 18 天内便离开了人世，尽管实际上，无论在身体、心灵、情绪与各种实际方面，他们都应该得到长达半年的安宁照护。

改变联邦医疗保险的支付结构或许能改善当前的问题。或许在未来的某一天，联邦医疗保险会提出“计划”：只要病患自愿不做垂死挣扎，省下 35,000 美元除颤器费用，不接受徒劳无功又让身体衰弱不堪的脑瘤手术，拒绝花 5 万美元只能多换到几个月病痛缠身的化疗，拒绝 30 万美元的加护病房之死，或一个 50 万美元的体外心脏泵，就能得到最长可达两年的居家照护与缓和医疗。说不定，我们将以更谦虚的态度看待英国的国家医疗体系——对晚期老年病患提供更好的居家支持，但对推迟死亡的药物与疗程，只要每年高于 5 万美元即不予支付。说不定哪一天，我们会鼓起勇气承认医院内死亡已为常态，并迫切要求制定一套可比拟英国“利物浦临终病人照护路径”（Liverpool Care Pathway for the Dying Patient）的人道规章。或许有朝一日，我们除了 911、急诊室到加护病房这段残酷的最后旅程之外，还能拨打“811”专线，呼叫缓和安宁照护的机动医护小组到家中安慰惊慌失措的家属，抚平临终病患的疼痛。

若是没有医生和家庭照护者从基层开始行动，提倡“慢疗”——在生命的终点提供人道、务实、妥当，但不一定很便宜，偶尔还比较费时（但并非滥用科技）的医疗照护——上述改变就不可能发生。矫正过度医疗的方法并不是少做治疗，而是妥善的照护。假使身体的病痛已经无法治愈，同时需要疗愈的还有家庭——以及灵魂。

就在照护危机愈来愈加剧的同时，民间家庭照护者发起的行动，或许可为家庭照护争取更多资金，也或许就能与健康照护产业中由医院、医生、药厂、仪器及保健产品制造商组成的强力游说团体相抗衡。1998—2011 年间，药厂与保健产品制造商在游说上花掉了 23 亿美元，并促使它们成为对国会议员影响力最大的团体，通过国会对联邦医疗保险与联邦主管机构施压，制定出符合游说者利益却可能对患者造成危害的法规。

游说无形的力量使联邦医疗保险制度基本上得以维持不变，其支付结构惠及医疗界各方势力，却不包括一线医生与初级保健医生。也正因为这个不可说破的理由，为了制定更多联邦医疗保险决策，2012 年，医疗改革法案允许另设一个独立于国会的专业委员会。此举被政敌抨击为将老人的命运交到“不知名的官僚”手中——不像现况，老人的命运如此安稳地落在财团、商业说客与其国会同盟手中。

如有人敢公开谈论让现代死亡回归人性化的议题，就要准备好承受下列指控：提倡医疗配给与“死亡专家组”，崇拜凯沃尔基安医生[*]，歧视长者、痴呆患者或残疾人士。然而，使用“配给”（rationing）一词，其实就是不愿面对当今临终方式提高医疗费用、徒增痛苦的现实。至于“死亡专家组”的说法，则意图掩盖人类死亡率依旧是百分之百的真相。诋毁凯沃尔基安医生，就是忽略掉许多人认为他正在解决的问题——我们的临终自主权已因为过度医疗而丧失。歧视的指控无法掩盖许多人认为痴呆症比死亡更悲哀的事实。最可能被插上鼻胃管并接受延长生命与痛苦的治疗方式，其实正是没有近亲的痴呆症患者。承认 80 岁老人的身心恢复力均无法与年轻人相比，并非年龄歧视；承认马拉松选手的体力最后仍将以无数不可逆的方式崩坏，无论运用多少现代科技也无法抵挡，也非年龄歧视。

民间慢疗倡导团体势力渐长有迹可循。2011 年，“同情与选择”团体于纽约州推动一项法案，要求医生据实对晚期病患提供安宁缓和疗护的相关信息与咨询。尽管此法案遭到美国医学会强烈反对，最后仍以压倒性优势获得通过。然而，在美国的医疗制度能迎头赶上其他发达国家，成为全民普及的公立制度前，无论是我们自己想得到善终，或是让赋予我们医疗决定权的人得以善终，都依旧是困难重重。

当然我们都不想死，不想和自己所爱的人道别，肯定更不

---

* 凯沃尔基安医生（Dr. Kevorkian，1928—2011），美国病理学家，因支持安乐死、协助 130 多位晚期病患结束生命，而被称为“死亡医生”。——译者注

想当那个对医生说“够了”的人。这个时代的我们并非唯一有这种想法的人，我们的祖先和我们一样都不想死。16 世纪的版画作品将死神刻画为狞笑的骷髅。它抓住农人、学徒、妇人或商人的手腕，硬是要他们与其共舞。虽然所有的人都抗议说自己手上还有比死亡更重要的事，但最后，我们仍必须与死亡共舞，一切不过是迟早的问题。

假使我们提早开始准备与死神共舞，这支舞也许就能跳得更优雅一些。假使我们能找到方法，让自然死亡再度成为神圣且熟悉的过程，或许我们就可能重拾面对死亡的勇气。要是我们不这么做，医疗科技将继续在临终时与我们的恐惧、无知串通，并从中获利。除非我们创造出一种新的生命仪式，远在死亡来临前就做好准备，否则我们将逃不出利用恐惧进行剥削的商业手法，对死亡能无限延迟的暗示也毫无抵抗力。

临终是神圣的，尽管面对最艰难的情况也能让死亡神圣起来。我认识一名年轻的缓和照护医生，她将疗养院的职员聚在一名临终病患床前，高声朗诵玛丽 · 奥利弗 * 的诗篇。对身旁没有亲属的病患而言，此举代表着世俗的祝福，让他能带着尊严安详辞世。我还知道一名小儿肿瘤科护士，她会在孩子陷入漫长而痛苦的临终折磨时把父母带到一旁，并告诉他们，他们必须让孩子知道“你可以放心走了”。那名护士告诉我，孩子在父

* 玛丽 · 奥利弗（Mary Oliver，1935—2019），美国诗人，以书写自然著称，曾获普利策奖。——译者注

母道别后通常都能平静离开，而这些家庭也得到了难以计价的疗愈，仿佛回到从前人们将护士称为“姊妹”的年代，当时的护理工作不只是专业,还是一项圣职。即便是毫无宗教信仰的人，也都渴求在临终尽释前嫌，与所爱的人和解。

除此之外，也该向充满同情心的医护人员致敬。在时间压力与行政组织阻碍了对死亡的接受、讨论与尊重时，他们仍然辛勤付出。将来大多数人都不太可能死于家中，因此我们也最好承认，不管愿不愿意，加护病房与普通病房都将同时被视为送终与治疗的场所。征求家属同意移除维持生命设备的会议室是一条神圣的通道，也是放手的仪式举行地。这些地点应该像待产室与产房一样美丽，墙上挂着拼布壁画，摆着摇椅，布告栏也比照经常放上新生儿照片的妇产科，贴满该区死去老人的照片。医护人员吃剩的午餐不该留在此处，医生排班表也不该出现在墙上。即便在这个世俗而宗教多样的文化中，我们还是能通过裱框的诗篇，或宇宙、莲花等任何带有神圣意味的照片，表达对受创家庭的关怀。

祖先们理想中的善终是在没有医疗介入的情况下自然死亡。善终不需要专家的存在。善终发生在家里，不会突然到来，也不会徘徊逗留。祖先与我们一样，都希望在亲友环绕下死于熟悉的环境中，在急需帮助时能得到安全与温柔的照护，盼望有人聆听、用心记住他们最后的遗言，他们想表达爱与原谅，也想听到有人爱他们、原谅他们。对善终的向往极可能是我们与生俱来的本能：南北战争时期，这种本能一度强烈到让战场上的士兵倾全力重塑象征性的善终，一旦在异地面临死亡，就将母亲或姊妹的相片立于胸前。

我们有许多祖先是虔诚的信徒，他们会在临终时表达对上帝的信念，并接受上帝的旨意，忏悔此生犯下的罪过，让心灵做好上天堂的准备。在有效的止痛药尚未普及之前，善终未必能平静无痛苦。我们的祖先常言“临终痛苦”与“临死挣扎”不是没有理由的，但他们坦然面对死亡，没有人会佯装死亡并不存在。

对我们的祖先而言，勇敢死去意味着接纳死亡。反观今天，只要稍微读过讣闻就能察觉，现代的我们分成两派阵营，其中一派“在家人环绕下安详辞世”，另一派受到敬佩，因其不屈不挠“奋勇抗癌”，与伪装成各种面貌的死亡奋斗，至死方休。

母亲的死为我展现了另一种勇气。这股勇气，我希望各位读者也能感同身受。她的启示，直到人生尽头，都将伴随着我。

第 19 章

迷宫地图

我希望及早知道的事：自然死亡不再是理所当然的死亡方式。假使你希望自己与所爱的人能自然死去，就得自行找出自然死亡的方法，而寻找的过程也将远比想象中困难。只是签署必要文件或告知亲友自己不愿插管并不够，因为早在有人慌张呼叫 911 将你送往急诊室之前，你就必须做出重要的决定。到了那紧急关头，每向“恶终”更接近一步，每次同意让医生做最后一搏的治疗，每个虚假的希望，看起来都像爱与关怀的表现。

当今最普遍的临终途径终将使人丧失对死亡的掌控权。这条路最初有如宽敞的高速公路，匝道入口照明充足，通行顺畅，还有指示终点方向的误导性交通标志。驶上高速公路一阵子后，路上的车速逐渐加快，出口匝道却愈来愈少，身为驾驶人的你还可能发现，自己已经被导向这条路上的唯一停靠点——绝不言死的加护病房。在生命的最后一刻，陌生的医生会摆脱同意移除维持生命设备的道德重担，并将其加诸在你的亲属身上。

另一方面，通往自然死亡的道路就没那么容易找到了。这条路的入口可能杂草丛生，你还必须运用道德指南针去寻找，而指引你的力量，则是勇气、爱与任何你能聚集起来的互助团体。你将必须放下否定与希望，诚实面对自己的恐惧。假使你想给自己或所爱的人一个机会，得到我们祖先所崇尚的善终，这就是你要付出的。这一路上你可能会感到孤独，但你绝对不是孤军奋战。

临终时采取慢疗是一段接纳的历程。慢疗非但不保证死前毫无痛苦，其痛苦反倒鲜明易见。你必须动身寻找接纳之路的时间将远早于预期，可能早在死亡真正来临的许多年前就必须上路。这些启示，都是父母走过死亡幽谷的漫长旅途带给我的亲身体会。

目睹父母从独立转为依赖，从思考死亡乃至于面对临终，这段护送的历程，是可能长达数年的精神磨难。在父母身体首次出现异样，你首度发觉他们显露死亡征兆的那天，你就必须开始寻找接纳的途径。他们身体所透露出的征兆可能是首度中风，也可能是第一次跌倒、第一次严重的糖尿病并发症，或是相当明确的致命疾病诊断，如肾衰竭、肺气肿、胰腺癌或已经转移的癌症。这个征兆也可能是父母在回家时迷路了，或者是因为忘了关煤气炉而烧坏了烧水壶。假使到了这个地步，暗示着你的父母已进入人生的最后一个阶段，暂时永生的幻象已经破灭。尽管你无法掌控他们的生死，你依旧能对他们离去的方式产生影响。

你的任务就此展开，再迟一刻也不行。你不能等到有人说“你妈妈快走了”才开始为死亡做准备。这句话很可能从来都不会有人对你说，有的只是永无止境的治疗。

接纳始于对现实敞开心胸，认清所爱的人即将步入生命终点。无论以何种方式，诗歌、书信或祷告，尽可能使这段路程传统、神圣而美丽。为你的“老”朋友举办一次生日派对，当下就把真心话说出来，留到最后只会成为丧礼中的追悼词。请父母写信给你，并在信中叙述他们想留给你的精神遗产。同时你也得提醒自己，死亡这场生命仪式是人生的一部分，在你之前的无数人都曾经历过。你应该开始寻找说出“我爱你，谢谢你，请原谅我，我也原谅你”的方法；也别忘了给父母写封信，一如我给父亲写信那般，细数他曾经为我付出的一切。即便你的父母拒绝谈论临终，上述这些方式也不会因此难以实行。

只要及早行动，一旦告别时刻来临——这天可能来得比预期早，也可能姗姗来迟，而且一路上还必须做出许多周全的决定——你就已经做好准备。或许你无法解除父母的痛苦，无法使他们恢复健康，但你将有能力疗愈你们的亲子关系，并帮助每个人做好面对死亡的准备。

或许你已经说过再见，就算是在做最艰难、最寂寞的决定时，心灵也能更加沉静。长久以来，惯于强调奋斗的美国世俗文化总将“付出更多”作为爱的定义：更快的车、更多礼物、更多治疗。但或许有朝一日，努力提倡“少做”的价值将成为最有爱的事。

第20章 新的临终艺术

在护送父母、伴侣或朋友等度过人生最后一段的旅途上，有六个截然不同、偶尔也可能重复循环的阶段：虚弱、退化、失能、衰竭、弥留、伤逝。每个阶段都是一道生命仪式，也都有其身体与情绪上的课题。这些课题包括降低对医疗的期待，尽可能延长独立生活的时间与失能的发生时机，在现实与情绪上处理临终者的依赖问题，为死亡做准备，临终陪伴，以及哀悼。

以下为临终六阶段可能面临的重要课题。

第一阶段：虚弱

父母年纪越大、越虚弱，体内危及生命的症状会越多，你必须越谨慎地面对需要全身麻醉或住院的疗程。医院里充满危险，即使对年轻力壮的人也不例外。

如今，医疗代理决策的本质已经有所转变，减少医疗有时反而能达到更好的效果，重点在于判断力。

我们必须尊重人体的报酬递减法则。年过八十之后，独立生活的能力会逐渐丧失，身体复原力下降，由治疗获得健康的概率逐渐降低，医疗结果呈现负面的风险也日益增加。髋关节置换、心内直视手术、全身麻醉都将对认知退化造成极大风险。因此，与其冒着心智丧失的风险，不如与生理限制共存。总有一天，老人出院后的身体状况只会持续恶化，不会再有好转迹象。

别忘了随时将自己的期望从不切实际的“治愈”转变为“关怀”。尽可能提供安慰与欢乐，并尽可能拉长独立生活与行动的时间，但不要想方设法延长生命。凡是能够减轻痛苦的治疗方式，如局部麻醉下进行的疝气手术，或置入能缓解心脏疼痛的心脏支架，都可纳入考虑。至于心脏除颤器或搭桥手术等治疗或许能延长生命，却无法改善生活质量。对老年人而言，看似再轻微的治疗方式都应当被视为重大决定。学习对医生说“不”或“再等等”；衡量治疗所带来的好处及其风险与负担；详细询问相关优缺点与可能的替代方案。倘若诊断结果，如乳房 X 光检查，并不会改变未来的治疗计划，则大可忽略。让父母把生命的最后几年浪费在预约看诊上，非但毫无意义且令人疲惫，实在没有必要。

第二阶段：退化

承认医疗已无法治愈自己所爱的人，并不等于提倡忽略治疗。你必须延后患者失能发生的时机，但不要延后他的死期。请职业治疗师到家中进行康复疗程，若保险不支付则考虑自费承担。原则上，对保持独立生活的能力而言，即便看似微不足道的小事，都可能带来极大的益处。例如，平衡训练可预防跌倒，防跌倒训练可避免受伤；此外，防失禁训练、语言治疗、互助团体、改良式瑜伽、刺激脑力的相关课程以及规律的运动也都能有所帮助。假使痴呆症患者生活过得愉悦，又有良好的社会互动，退化速度将比孤独忧郁的患者来得缓慢。加装安全扶手，取走脚踏垫。此外，虽然我知道接下来要说的话会被当成耳边风，我还是得说：你必须在还不需要帮助时就寻求帮助，或对他们伸出援手，倘若等到你或你的父母陷入崩溃边缘，一切都已太迟。求助手足与邻居一起加入照护的行列，愈早愈好。妥善利用帮助来延长独立生活的时间，雇一名高中生负责接送或进行日常采买，都可能延长父母在家中生活以及与朋友共聚的时光。

第三阶段：失能

一旦家中有离开帮助便无法生活的人，家庭成员的地位便会彻底翻转。将父母送到辅助生活之家或雇用中介的费用势必较高，聘请独立执业的居家看护相对便宜，但也需要比较多的时间进行管理。在调查辅助生活之家与生活照护社区时，必须特别谨慎，因为看起来最光鲜亮丽的机构未必经营得最好，而赡养地点一旦决定后就很难改变。《纽约时报》原记者简·格罗斯（Jane Gross）在其回忆录与照护指南《甘苦的季节》（*A Bittersweet Season*）中主张，一家辅助生活之家必须拥有优秀熟练的护理部门，否则不适合入住。假如你的父母向来有自我中心倾向、暴力行为或药物滥用等问题，并因而导致亲子关系陷入紧张，无论你希望让父母住进自己家里或搬去与他同住，务必三思而后行。每到这种时候，婴儿潮一代最重视的“界线”一词就很管用了。

照护者关怀

你必须切记，临终过程是一场漫长的马拉松，而非一鼓作气的百米冲刺。长期照护者总是在筋疲力尽、混沌的失落、愤怒、内疚与经济问题中挣扎。他们经常会出现失眠、抑郁、焦虑、肩颈疼痛等症状，且容易罹患疾病，早死的风险也较高。典型的照护者往往把自己逼到崩溃边缘才不得不求助，但我们必须从双向同情的角度来思考：除了为病患着想，也要为自己着想。

你必须放下身段——我一直希望当初自己能这么做——愈早求助，所能得到的支持也愈多。定期与兄弟姐妹见面或联络，列出待办事项并分配各自的工作。迈克尔往往是母亲宣泄情绪的倾听者，而我则负责医疗规划与实务上的社工工作，担任医疗代理人等。乔纳森则包办了物流与人力资源，在不可避免的冲突出现时作为与托妮沟通的桥梁，也在母亲购买新车时给予帮助。住得远的子女可以出钱，而住得近的子女则多出点力。

在某些家庭中，某名成年子女牺牲了十多年的时间与收入照顾父母，但父母过世后，当初在大老远处只出一张嘴，什么也没做的兄弟姐妹，却继承了一样多的遗产。有时是一个手足（通常是不太积极照顾父母的那位）会私底下向年迈的父母要钱，或干脆直接领走父母的存款。

你必须厘清谁是照护者、谁是支持团队，并将财务决定权交给花最多时间从事照护的人。你也必须让兄弟一起担起照护责任——我真希望当时能更直接地对两个弟弟表达这件事——若经济无虞，可考虑公开将照护费付给承担最多照顾责任的手足，或是让这名手足继承较多的遗产。金钱方面的问题最好能在台面上谈妥，不要在父母过世许久后仍积怨于心。

矛盾心态是照护工作的一部分。找个朋友、伴侣、咨询师、社交媒体社团、互助团体等让自己抒发情绪。

认清自己的极限，力求不圆满。尽你所能去做，但也要懂得拒绝。与其在过度付出后离开，不如始终如一地提供少许帮助。美国国家老龄区域机构协会（National Association of Area Agencies on Aging，网址为 www.n4a.org）在各地区的成员为低收入家庭提供临时的照护服务。

第四阶段：衰竭

在父母进入安宁人员所谓3~10日的“弥留”时期前，他们的身体可能会在几个月甚至几年间严重衰竭，卧病不起。此时，多多倾听父母所说的话与其弦外之音。当你听到“不要再带我去医院”或“我活得太久了”，通常意味着话中有话。会这么说的人，是否表示他宁可离开人世，也不要再住院或回到疗养院？什么情况会让他们觉得自己活得有意义？即便死亡还要好几个月才会来临，你也要让自己在情绪上做好准备。有些安宁疗程针对“期待中的失落”提供工作坊，即使亲人并非安宁病患亦可自费参加。你也可以考虑让亲人加入缓和医疗疗程，并开始针对本书后续详述的法律文件展开讨论。

缓和医疗非但不是死亡导向的治疗方式，反而致力于提升慢性病患者的生活质量与舒适度，而这些慢性病多半是危及生命、终将致命的宿疾。对重症病患而言，缓和医疗在其生命中的最后几年（相对于几个月）可提供许多安宁照护的好处，其中包括会亲自登门拜访的医疗小组，并将焦点放在尽可能维持身体机能与控制症状上。许多医院目前都已为住院患者提供缓和医疗病房。门诊型（护士家访）的缓和医疗则愈来愈受欢迎。不过，若需要缓和医疗服务，最好主动向医生提出，毕竟主治医生未必会为病患安排缓和医疗，此决定完全取决于医生个人的医疗哲学。在美国，纽约州之外的医生均没有道德或法律义务将病患的治疗方式改为缓和医疗，因此你必须毫无顾忌地提出要求。就我的经验来说，医生与家属经常会高估病患所剩下的时间。

加入缓和医疗并不用医生书面证实患者来日无多，病患也无须放弃根除性治疗。接受缓和医疗的病患也可转到安宁疗护，因为这两种治疗理念类似：优先考虑病患的舒适感、重视共享决策、对医疗目标有清楚认知、对病患家庭提供整合支持、实行实用主义、限制对病患造成负担的医疗介入（安宁疗护为缓和医疗的一种，两者均属于“慢疗”，但缓和医疗的种类并不仅限于安宁疗护）。在某些情况下，缓和医疗比起相对积极的治疗反而能让患者活得更久。2010 年刊载于《新英格兰医学杂志》的一篇研究发现，与接受标准肿瘤治疗的病患相比，接受早期缓和医疗的肺癌病患较少住院，也较常拒绝侵入性治疗；他们较少感到忧郁，并拥有较好的生活质量，存活时间更多出 2.7 个月。[1]

假使你察觉父母或配偶已到达人生中最后一个下坡，请勇敢提出缓和医疗或安宁疗护的请求，而且愈早愈好。若要符合安宁疗护的资格，你需要一名站在同一阵线、愿意签署声明文件的医生，说明病患的生命至多只剩下六个月，希望放弃所有根除性治疗，并只接受症状处理、疼痛控制与“舒适疗法”（万一你改变心意或重拾健康，你还是能退出安宁疗护，待日后有需要再加入）。某几种癌症与明确的晚期诊断最容易取得安宁疗护的资格，但那些身体状况“走下坡”、心脏衰竭或痴呆症患者也有机会加入。医生往往会高估病患所剩余的时间：我父亲在死前 10 天才得到安宁疗护的许可，而母亲则是在死前 30 天。如有需要，你可咨询所在地的安宁机构，他们或许能向你推荐价值观相近的医生。

第五阶段：弥留

要是病患在疗养院进入死亡阶段，疗养院的标准流程通常是呼叫 911，并对垂死的病患进行暴力的心肺复苏术，只不过疗养院的居住者（与其他虚弱无法自立生活的老人）仅 3% 能被心肺复苏术救回来，更不用说许多当场被救活的人最多也就活了一个星期。你可以为家属确认疗养院是否提供安宁疗护。不幸的是，有时联邦医疗保险会强迫人在熟练的护理服务与安宁疗护间做抉择：你只要愿意自费，当然能两者兼顾。不施行心肺复苏术同意书再加上州政府认可的手环，通常意味着接受现实与对患者的恻隐之心。

“不送医”同意书对患者同样也可能是一种恩惠。许多疗养院的标准流程是将临终病患送往医院，但有时反而会让病患在最后几个月不断来往于医院与疗养院（即所谓的“人球”）。这个处置方式与病患的平静安适毫无关联，反倒是出自荒诞的医疗支付体制与畏惧诉讼的心态。经医生签署的维持生命治疗医嘱（Physician's Orders for Life-Sustaining Treatment，简称 POLST）可减少这种风险。另外我想再强调一次，加入安宁疗护或缓和医疗，疗养院便不用再担心“来自皮奥里亚的外甥”以医疗疏忽为由提告，临终病患遭到粗暴对待的可能性也就大为降低。

安宁疗程会提供家访护士、社工人员、志愿者及其他形式的家庭与病患支持服务。然而，由于安宁疗护的财务状况日渐吃紧，单靠他们提供的实质护理服务已不足以使病患保持舒适，故仍须另外聘请全职家庭看护或帮佣。

接着则要聊聊痴呆症。痴呆症是绝症，而且患者通常会死于悲惨之中。别让痴呆症拖得太久。插上鼻胃管会造成患者不适，停止饮食是自然无痛的传统死亡方式。许多警觉性很强的老人若得了不治之症会自愿停止饮食，这是少数几种合法又有效终结生命的方式。感染的痛苦可通过止痛药而非抗生素来控制。不让痴呆症患者自然死亡看似一种关爱，却绝非仁慈。请想想自己的行动是为父母与世界减少了痛苦，还是带来更多痛苦？你必须安慰自己：最有可能在死前被插上鼻胃管、接受抗生素治疗的人，都是没有家人陪伴的痴呆症患者。拒绝治疗往往才是爱的表现。

临终并非紧急事故。急诊室、911 急救系统、加护病房的设立都是为了避免自然死亡，因此在与这些机构打交道时都务必格外谨慎。“我需要缓和医疗咨询”“是否可以请你为我转到安宁疗护”“我只需要舒适疗法”“我很重视生活质量”，很可能会是本书最重要的几句话。

第六阶段：伤逝

很久以前，大多数人都是在同一个城镇中出生、死亡，哀悼是一场社区活动，而非心理诊断结果。维多利亚时代的寡妇必须至少穿黑衣服丧一年，有时甚至是一辈子。第一次世界大战伤亡惨重，战后的几十年间，从都市到乡村的民众一年一度在街上一字排开，为阵亡将士共同默哀 5 分钟。

我儿时所居住的英国仍处于第二次世界大战被德军轰炸的废墟中。当天参加丧礼的人会一直将黑布条绑在外套袖子上。在不算太久远之前的那个年代，哀悼并没什么好难为情的。20 多岁时，我住在旧金山北滩，看着格林街（Green Street）上缓缓行进的铜管乐队走在华人的送葬行列前，也看到覆盖着鲜花与照片的黑色灵车。我不由得想到，假如我们能更直接地谈论死亡，更重视死亡的神圣价值——而非单纯颂扬“生命的神圣”，假装死亡并不在大自然或上帝的计划之中——一旦死亡来临，我们或许能以更有智慧的方式应对，也能将后事处理得更完满。

现今的社会不鼓励公开表露哀悼之情，这让远离父母与出生地的人特别难受。最爱自己的朋友未必认识父母，而重视父母的人通常不认识我们。然而，在生命的各个重大转折点上——当我们度过人生的各道关卡：出生、婚姻、青壮年，到生命的尽头则无可避免将失去尘世的人格与所爱的一切——我们往往渴望仪式与社群。

葬礼与告别式将通过共同哀悼赋予你疗愈的力量。回头寻找旧日的传统，改造成你需要的形式，并从中得到力量。别被求一个“完结”的想法困住，也不需要急着将告别式称为“生命礼赞”，或告诉吊唁者别落泪。父母死后，我所感觉到的复杂情绪（哀伤、遗憾、愤怒、麻木、失落、歉疚、疲惫、懊悔、极需独处、易怒、如释重负），通过各种仪式，特别是主持父母的告别式，回复慰问信，每年燃起忌辰蜡烛追思父母，而从无形化为有形。

在我所认识的人中，大多数曾帮助父母度过最后一程的人，不是遗憾当初做得太少或太多，就是摆脱不掉父母因死亡来得太早或太晚所受的痛苦。请你一定要原谅自己，你已经尽力了，别让自己受困于“善终”的念头。

安宁疗程提供伤逝团体与咨询服务，有些国家的心理健康协会会提供哀伤咨询服务。如果你不符合免费申请资格，也可自费参加。我发现我所在地区的此类咨询服务效果极佳，值得我自费参加。

推荐资源

以下是我认为有用的书籍与相关资源。

照护与医疗代理决策

Bailey, Elizabeth. *The Patient's Checklist*. New York: Sterling, 2011. 此为一本发人深省的照护者指南，是关于如何自我保护的，可在照顾住院病患时降低风险。

Byock, Ira. *Dying Well: Peace and Possibilities at the End of Life*. New York: Riverhead Books, 1997. 此为一本关于临终情绪主题的指南。

Coste, Joanne Koenig. *Learning to Speak Alzheimer's: A Groundbreaking Approach for Everyone Dealing with the Disease*. New York: Houghton Mif.in, 2003.

Dunn, Hank. *Hard Choices for Loving People*. Lansdowne,

VA: A & A Publishers, 2009. 作者汉克 · 邓恩为安宁牧师。此书虽然篇幅不长，却字字如金，为医疗抉择提供道德与实务上的医疗决定框架，涵盖缓和医疗、心肺复苏术、鼻胃管、抗生素、呼吸器、洗肾、静脉输液等。

Gross, Jane. *A Bittersweet Season: Caring for Our Aging Parents—and Ourselves*. New York: Alfred A. Knopf, 2011. 此书是关于联邦医疗保险、联邦医疗补助、疗养院、辅助生活之家的指南。作者简·格罗斯也于《纽约时报》开了“新高龄”（New Old Age）博客（http://newoldage.blogs.nytimes.com.），并在博客中分享了《关怀老人》（“Caring for the Elderly”）一文，为高龄照护提供巨细无遗的资源索引（http://www.nytimes.com/ref/health/noa_resources.html）。

McCullough, Dennis. *My Mother, Your Mother: Embracing “Slow Medicine,” The Compassionate Approach to Caring for Your Aging Loved Ones*. New York: HarperCollins, 2007. 此书主要为关于身体机能由退化至死亡期间的最佳医疗照护指南，作者为达特茅斯医学院（Dartmouth Medical School）原老年医学科医生。

Moyers, Bill. “On Our Own Terms.” 此为曾于美国公共电视台《前线》（*Frontline*）节目播出的四部曲纪录片，主题是关于美国的临终照护，影片于美国各大图书馆及奈飞（Netflix）网上皆可找到。

照护者关怀

Boss, Pauline. *Ambiguous Loss: Learning to Live with Unresolved Grief*. Cambridge, MA: Harvard University Press, 1999.

Hargrave, Terry. *Loving Your Parents When They Can No Longer Love You*. Grand Rapids, MI: Zondervan, 2005. 此书是关于家庭照护的绝佳指南，从一位基督教心理治疗师的角度撰写。

Jacobs, Barry. *The Emotional Survival Guide for Caregivers*. New York: Guildford Press, 2006.

Kabat-Zinn, Jon. *Full Catastrophe Living*. New York: Delacorte Press, 1990.

Lao-tzu. *Tao Te Ching*. Translated by Stephen Mitchell. New York: Harper & Row, 1988. 即老子《道德经》。

Satow, Roberta. *Doing the Right Thing: Taking Care of Your Elderly Parents Even if They Didn't Take Care of You*. New York: Penguin, 1995. 此书同样是关于家庭照护的绝佳指南，从一位纽约心理分析师的角度撰写。

政府支持

美国联邦政府的《家庭和医疗休假法》（Family and Medical Leave Act）保障劳工请无薪假照顾家属的权益，无须担心因照护而失去工作。加利福尼亚州与新泽西州的保障则更进一步，对于因照顾患病父母或其他亲属而必须告假的劳工，政府会以类似失业保险支付的方式提供每年数周的“有薪家庭照护假”。华盛顿州也有类似的法案，但仅适用于子女照护。而华盛顿哥伦比亚特区则规定，雇主必须提供部分有薪家庭照护假。由加利福尼亚州就业发展局（Employment Development Department）所执行的照护方案其慷慨程度领先全美：有薪照护假每年至多可长达 6 周，且照护假不需要一次请完，家属接受照护的地点不限于加利福尼亚州本地，通过电话提供照护也是经过认可的照护方式。

在大多数州，因经济能力不足而接受联邦医疗补助的老年人，可通过“参与者支配式服务国家资源中心”（National Resource Center for Participant-Directed Services）支付家庭看护费用。如需相关信息，请参见美国退休人员协会照护资源中心（Caregiving Resource Center）的《如何为照顾父母取得经济援助》（“How to Get Financial Help for Taking Care of Mom, Dad”）。（网址：http://www.AARP.org/relationships/caregiving-resource-center。）

民间组织

在美国退休人员协会网站的“家庭与家人”（Home and Family）标签下，可找到照护资源中心网页，网页中有许多非常实用的照护信息与文章可供参考。（网址：http://www.AARP.org。）

当地阿尔茨海默病协会的信息可通过电话簿查询。阿尔茨海默病协会为各种痴呆症患者的照护家庭提供互助团体。(网址:http://www.alz.org,电话:1-800-272-3900。)

家庭照顾者联盟(Family Caregiver Alliance)提供教育课程,并致力于为一个广泛受到忽视的利益团体提供立法呼吁支持。(网址:http://www.caregiver.org;地址:785 Market Street, Suite 750, San Francisco, CA 94103;电话:415-434-3388,1-800-445-8106。)

先期缓和疗护中心(Center to Advance Palliative Care,简称CAPC)的网站针对一般家庭设计,简明易懂。网站中包含对缓和医疗的说明,并列出了各城市与各州的缓和医疗资源。(网址:http://www.getpalliativecare.org;地址:1255 Fifth Avenue, Suite C-2, New York, NY 10029;电话:1-212-201-2670。)

美国国家安宁与缓和医疗组织(National Hospice and Palliative Care Organization)可为民众推荐当地的安宁疗护机构,在其网站上也可找到缓和医疗、联邦医疗保险支付范围、如何谈论临终医疗的话题等相关信息。(网址:http://www.nhpco.org;地址:1731 King Street, Suite 100, Alexandria, Virginia 22314;电话:1-800-658-8898。)

"同情与选择"团体提倡死亡选择权,并推动医助自杀合法化,对希望撤除或拒绝治疗却遭有关单位拒绝的家庭提供免费咨询。我曾申请用过"同情与选择"的服务,觉得相当有帮助。(网址:http:// www.compassionandchoices.org;地址:P.O Box 101810, Denver, CO 80250;电话:1-800-247-7421。)

推荐阅读

若想了解我们已失去的死亡方式与死亡的今日样貌，我推荐以下书籍：

Aries, Philippe. *Western Attitudes toward Death from the Middle Ages to the Present*. Baltimore: John Hopkins University Press, 1974.

Brownlee, Shannon. *Overtreatment: Why Too Much Medicine Is Making Us Sicker and Poorer*. New York: Bloomsbury, 2007.

Nuland, Sherwin B. *How We Die: Reflections on Life's Final Chapter*. New York: Vintage Books, 1993.

相关法规

在法律上，你有权为自己或以法定代理人的身份拒绝医疗行为，也有权要求撤除医疗处置。有些家庭甚至在叫了救护车后，还是不顾医生指示，执意让家属离开加护病房。你的医疗自主权胜过医生对希波克拉底誓言中“行善原则”的认知。许多医生可能会将“行善原则”误认为一律积极救治，毫无例外（同时病患也须配合治疗）。因此，如果医生不愿采取你希望的医疗方式，便有义务介绍其他愿意给予帮助的医生。倘若医生与你的意见不一致，就另找一位。此外，若你代表无法表达意愿的病患提出任何请求，这些请求依法都必须是你对病患意愿的理解，而非你主观认为对他们最好的处置（只有在病患意愿未知的情况下，才能依其“最佳利益”提出请求）。

备妥必要的法律文件通常是善终最重要的一环，只可惜善终并非这么容易达成。不过无论如何，备妥法律文件还是踏出了第一步。

不施行心肺复苏术同意书

不施行心肺复苏术同意书是由病患与医生共同签署的，确保你有权自然死亡，不需接受心脏除颤器电击或心肺复苏术急救。这些急救方式在医院外进行后病患的存活率极低，效果并没有听起来那么神奇。再者，假使你在慌乱之下拨打了 911，即便签过不施行心肺复苏术同意书，急救团队还是会试图把你或你的亲属救活，除非你另外拥有州政府核准的不施行心肺复苏术识别证明，通常是官方发放的塑料手环。尽管各州法规不尽相同，但美国医疗警报基金会（Medic-Alert Foundation）所售卖的不急救金属手环已获得全美认可。（网址：http://www.medicalert.org；电话：1-888-633-4298。）

预立医嘱（“生前预嘱”）

一份过时且流于制式但仍聊胜于无的文件，许多律师均可受理。生前预嘱的目的在于拒绝维持生命的治疗，但仅限当事人陷入昏迷或剩余生命不足六个月时适用。对处于灰色地带的医疗事宜与仪器使用，如痴呆症、抗生素、鼻胃管、心脏起搏器等，如欲在生前预嘱中有更明确的指示，则需咨询专长为老年医学事务的律师，或专精于缓和医疗或老年医学的医生。加利福尼亚州旧金山“善医”（Good Medicine）联合医疗咨询团队的珍妮弗·布罗考医生（Jennifer Brokaw）即为此领域驰名全美的专家。

维持生命治疗医嘱（POLST）

维持生命治疗医嘱由医生与病患共同签署，并打印于醒目的粉红色纸张上。对医生与医院而言，维持生命治疗医嘱的效力大过生前预嘱及不施行心肺复苏术同意书。维持生命治疗医嘱的内容更为明确，涵盖了呼吸机、无必要的转院与住院、鼻胃管、抗生素、静脉输液等项目。维持生命治疗医嘱的表格上亦可勾选“限采用舒适疗法”。

加利福尼亚州维持生命治疗医嘱表格可在线下载，网址为 http://www.capolst.org。

加利福尼亚州爱心护理联盟（Coalition for Compassionate Care of California）网站对医疗法律文件有详细的介绍。（网址：http://www.coalitionccc.org/advance-health-planning.php。）

莉萨·克里格于《圣荷西水星报》网站上所编辑的“临终成本”（Cost of Dying）网页，对预立医疗计划有简明扼要的介绍。（网址：http://www.mercurynews.com/cost-of-dying。）

医疗监护权

假使你不再能为自己做医疗抉择，“预立医疗委任代理人”授权书将授权你信任的人为你做决定。这份授权书只是起点，就如同其他法律文件，授权书无法代替你表达意愿，也无法在审慎的家庭会议上取得共识。除非所有家庭成员看法一致，否则医生往往会为了避免诉讼而无视“医疗代理人”的决定，尽可能地积极救治。

一旦沟通破裂

医院的世界自成一体，其管理层支离破碎，派系林立，而且经常不存在所谓的管理。院方基本上提供手术室、护理服务及诊断服务，而医生则使用医院设施，并有如独立契约人一般进行单独收费。如果汽车维修厂的架构像医院一样，你从维修散热器的机械工人手上接到一张账单，修刹车和天窗的技师也会另外给你一张；此外，你还会再收到一张维修场地费与吊车费账单。在这样的组织中，每人各司其职，却不见任何管理者。

这种医疗体制通常导致照护服务零散，也带来太多只专注于修复单一器官的专科医生，但却缺乏全面性的治疗计划。相比之下，缓和医生可帮助提供整体性的治疗方案。医院中的病患联络处、医院社工、安宁医生、驻院专科医生、生物伦理学家等部门，也可以帮助你在这令人费解的医疗文化中找到一条生路。假使院方对亲属所提供的照护太多、太少或方式不对，你可以要求生物伦理学或缓和照护等咨询服务。有些医院也提供匿名生物伦理学服务专线。

心脏起搏器与心脏除颤器：关机的法律与道德权利

由美国心脏协会、美国心律协会及美国心脏病协会所任命的专业团队已发表声明指出，关闭心脏起搏器或心脏除颤器既非自杀，也非安乐死。声明全文出处如下，如有需要，可请医生阅读：

Lampert, Rachel, et al. "HRS Expert Consensus Statement on the Management of Cardiovascular Implantable Electronic Devices (CIEDs) in Patients Nearing the End of Life or Requesting Withdrawal of Therapy."*Heart Rhythm*. 7, no. 7 (July, 2010): 1008-1026. 此文章可于美国心律协会网站的"临床指南及文件"(Clinical Guidelines and Documents)页面下载。(网址：http://www.hrsonline.org/Practice-Guidance/Clinical-Guidelines-Documents/Expert-Consensus-Statement-on-the-Management-of-CIEDs。)

恶终

对死亡尚未做好准备的人，可参考以下报道或图书：

Krieger, Lisa. "The Cost of Dying: It's Hard to Reject Care Even as Costs Soar." *San Jose Mercury News*, Feb. 5, 2012. http://www.mercurynews.com/cost-of-dying/ci_19898736. 莉萨·克里格在此文中详细叙述了她 88 岁的父亲在加护病房 10 天、花费 323,000 美元的死亡历程。

Windrum, Bart. *Notes from the Waiting Room: How to*

Survive a Parent's End-of-Life Hospitalization. Boulder, CO: Axiom Action, 2008. 此书的内容编排稍显混乱，但自 60 页起有不少宝贵的实用建议。

Wolff, Michael. "A Life Worth Ending: The Era of Medical Miracles Has Created a New Phase of Aging, as Far from Living as It Is from Dying. A Son's Plea to Let His Mother Go." New York, May 20, 2012. http://nymag.com/news/features/parent-health-care-2012-5. 心脏瓣膜置换手术修补了作者母亲的心脏，却导致她的痴呆症恶化。

伤逝

美国有许多安宁疗程会提供伤逝团体与咨询服务，子女在父母往生后一年内可免费参与，其余丧亲人士也可自费参与，疗程通常采用分级方式收费。另可参阅：

Safer, Jeanne. *Death Benefits: How Losing a Parent Can Change an Adult's Life—for the Better*. New York: Basic Books, 2010.

注 释

文前页

1. “I Fell,” by Makeda, Queen of Sheba, translated by Jane Hirshfield, from Jane Hirshfield, ed., *Women in Praise of the Sacred.* (New York: HarperCollins, 1994).

前言

1. Anton Chekhov, *Peasants and Other Stories* (New York: New York Review of Books, 1999), 328. 出自短篇小说《农民》(*Peasants*)。
2. 超过一半以上的住在疗养院的痴呆病患会在生命的最后两周内被注射抗生素。参见：Erika D'Agata and Susan L. Mitchell, “Patterns of Antimicrobial Use among Nursing Home Residents with Advanced Dementia,” *Archives of Internal Medicine* 168, no. 4 (2008): 357–62.
3. 参见：Lake Research Partners and the Coalition for Compassionate Care of California, *Final Chapter: Californians' Attitudes and Experiences with Death and Dying* (Oakland: California Health Care Foundation, 2012), 1, accessed September 23, 2012, http://www.chcf.org/publications/2012/02/finalchapter-death-dying.
4. “Underlying Cause of Death 1999–2009 on CDC WONDER Online Database,” Centers for Disease Control and Prevention, National Center for Health Statistics, released 2012.

5. Lisa Krieger, "The Cost of Dying," *San Jose Mercury News,* February 5, 2012, accessed September 23, 2012, http://www.mercurynews.com/cost-of-dying/ci_19898736.

6. 此譬喻引自丹尼尔·笛福在《鲁宾逊漂流记》中对伦敦大瘟疫半虚构的刻画。参见：*A Journal of the Plague Year* (London, 1722).

7. Gerald F. Riley and James D. Lubitz, "Long-Term Trends in Medicare Payments in the Last Year of Life," *Health Services Research* 45, no. 2 (2010): 565–76; and "Medicare," Congressional Budget Office, accessed August 16, 2012, http://www.cbo.gov/topics/retirement/medicare.

第1章　一只乌鸫飞过来

1. Sherwin B. Nuland, *How We Die: Reflections on Life's Final Chapter* (New York: Knopf, 1994), 65.

2. Richard Tames, *Penicillin: A Breakthrough in Medicine* (Chicago: Reed Elsevier, 2000), 20.

3. 此譬喻改编自：Dennis McCullough, *My Mother, Your Mother: Embracing "Slow Medicine," the Compassionate Approach to Caring for Your Aging Loved Ones* (New York: HarperCollins, 2008). 感谢他的授权使用。

第2章　恩典之年

1. National Alliance for Caregiving and AARP, *Caregiving in the U.S. 2009* (Bethesda, MD: NAC and AARP, 2009).

2. Medicare Payment Advisory Commission, "Report to the Congress: Medicare Payment Policy (March 2012)," 282, http://www.medpac.gov/chapters/Mar12_Ch11.pdf.

3. Paul Walsh, ed., PDR 56 Edition 2002 *Physicians' Desk Reference* (Montvale, NJ: Medical Economics/ Thomson Healthcare, 2002), 3194.

4. National Alliance for Caregiving and AARP, *Caregiving in the U.S. 2009* (Bethesda: NAC and AARP, 2009). 此数据与上文的数据略有差距。

5. Mark Merlis, "Caring for the Frail Elderly: An International Review," *Health Affairs* 19, no. 3 (2000): 141–49.

6. 也存在一些例外，比如少数州项目及联邦医疗方案有针对贫困家庭病患照护的补助计划。详见"推荐资源"部分。

7. June R. Lunney, Joanne Lynn, and Christopher Hogan, "Profiles of Older Medicare Decedents," *Journal of the American Geriatrics Society* 50, no. 6 (2002): 1108–112.

8. I-Fen Lin and Susan L. Brown, "Unmarried Boomers Confront Old Age: A National Portrait," *Gerontologist* 52, no. 2 (2012): 153–65.

9. 给作者的邮件，来自：Public Affairs Specialist Ellen Griffith, Centers for Medicare and Medicaid Services, May 2, 2012.

第3章　生命仪式

1. Senate Special Committee on Aging, *Long-Term Care Report,* 107th Cong., 2d sess., 2002, S. Prt. 107–74.

第4章　残酷的希望

1. Sherwin B. Nuland, *How We Die: Reflections on Life's Final Chapter* (New York: Knopf, 1994), 53.

2. Alberto Dolara, "Invitation to 'Slow Medicine,' " *Italian Heart Journal Supplement* 3, no. 1 (2002): 100–101.

3. Alberto Dolara, "Avoiding Haste in Clinical Cardiology," *Acta Cardiologica* 60, no. 6 (2005): 569–73.

4. Interview with Francesco Fiorista, April 2012. See also Francesco Fiorista, " 'Fast Medicine' and 'Slow Medicine,' " *Italian Heart Journal Supplement* 3, no. 6 (2002): 685.

5. Dawn Stacey, et al., "Decision Aids for People Facing Health Treatment or Screening Decisions," *Cochrane Database of Systematic Reviews* 10 (2011): 38, doi: 10.1002/14651858.CD001431.pub3.

6. Mick P. Couper, "Medical Decisions in America: the Patient Perspective," PowerPoint presentation, Foundation for Informed Medical Decision Making Research and Policy Forum, Washington DC, January 28, 2009.

7. T. J. Mattimore, et al., "Surrogate and Physician Understanding of Patients' Preferences for Living Permanently in a Nursing Home," *Journal of American Geriatrics Society* 45, no. 7 (1997): 818–24.

8. Eldrin F. Lewis, et al., "Preferences for Quality of Life or Survival Expressed by Patients with Heart Failure," *Journal of Heart and Lung Transplantation* 20, no. 9 (2001): 1016–24. See also Lynne W. Stevenson, et al., "Changing Preferences for Survival after Hospitalization with Advanced Heart Failure," *Journal of the American College of Cardiology* 5 (2008): 1702–8, doi:10.1016/jacc.2008.08.028.

9. Jim Dwyer, "Distortions on Health Bill, Homegrown," *New York Times,* August

25, 2009, accessed May 28, 2012, http://www.nytimes.com/2009/08/26/nyregion/26about.html?ref=betsymccaugheyross.

10. 对于父亲如不植入心脏起搏器能活多久没人说得准，故此处尚有争议。许多心脏科医生主张心脏起搏器可以改善生活质量，但通常不会延长生命；但另外有些医生发现，一旦心脏随着年龄退化，身体出现新症状，某些病患会“对心脏起搏器产生依赖性”，并很可能在停机后突然死亡。（以父亲为例，他生前最后两年被诊断出阵发性房颤，心脏传导阻碍也更加恶化。）这种现象似乎相当明显，而某些研究也显示，植入心脏起搏器的病患有更加长寿的迹象。相关研究请参见：Ann G. Coumbe et al., “Long-term follow-up of older patients with Mobitz type I second degree atrioventricular block,” *Heart,* October 19, 2012, accessed December 5, 2012, http://www.heart.bmj.com. 鉴于第 18 章与其他本书未提及的案例，我选择采用父亲内科医生与心脏科医生的预测。他们两人均相信，父亲若不植入心脏起搏器，将只剩下一到两年的生命。

11. James Walsh, “Secrecy on Medical-Device Prices Hurts Buyers, GAO Says,” *Minneapolis Star Tribune,* February 11, 2012. Includes an interview with Curtis Rooney, President, Healthcare Supply Chain Association.

12. Barry Meier, “As Their Use Soars, Heart Implants Raise Questions,” *New York Times,* August 2, 2005, accessed May 9, 2012, http://www.nytimes.com/2005/08/02/business/02device.html?pagewanted=3&_r=1.

13. Government Accountability Office, Medicare: Lack of Price Transparency May Hamper Hospitals’ Ability to Be Prudent Purchasers of Implantable Medical Devices (2012), GAO-12–126, 26.

第5章　维持生命设备的问世与死亡改造

1. 关于心脏医疗科技的问世，主要参考：Kirk Jeffrey, *Machines in Our Hearts: The Cardiac Pacemaker, the Implantable Defibrillator, and American Health Care* (Baltimore, MD: Johns Hopkins University Press, 2001)，尤其是其中的第二章。关于布莱根医院的相关资料则来自：Renee Fox, *Experiment Perilous: Physicians and Patients Facing the Unknown* (Glencoe, IL: Free Press, 1959); Renée C. Fox and Judith P. Swazey, *The Courage to Fail: A Social View of Organ Transplants and Dialysis* (Chicago: University of Chicago Press, 1973); and Atul Gawande, “Desperate Measures,” *New Yorker,* May 5, 2003, 70–81. 阿图·葛文德（Atul Gawande）在《纽约客》的这篇报道叙述了布莱根医院的黑暗年代，我也因此注意到日后摩尔医师的自杀事件。

2. Kirk Jeffrey, *Machines in Our Hearts: The Cardiac Pacemaker, the Implantable Defibrillator, and American Health Care* (Baltimore, MD: Johns Hopkins University Press, 2001), 36; P. M. Zoll, “Resuscitation of the Heart in Ventricular Standstill by

External Electric Stimulation," *New England Journal of Medicine* 247 (1952): 768–71; P. M. Zoll, "Development of Electric Control of Cardiac Rhythm," *Journal of the American Medical Association* 226, no. 8 (1973): 881–86.

3. David C. Schechter, "Background of Clinical Cardiac Electrostimulation VI: Precursor Apparatus and Events to the Electrical Treatment of Complete Heart Block," *New York State Journal of Medicine* 72 (1972): 954. Jeffrey, *Machines in Our Hearts,* 53.

4. Interview with Seymour Furman by Earl E. Bakken, Minneapolis, MN, August 14, 1980, Pioneers in Pacing Video Series, Bakken Museum and Library; Seymour Furman, "Attempted Suicide," editorial, *Pacing and Clinical Electrophysiology* 3(1980): 129; quoted in Jeffrey, *Machines in Our Hearts,* 54.

5. Fox and Swazey, *Courage to Fail,* 202–3; Deborah Illman, ed., "Pioneers in Kidney Dialysis: From the Scribner Shunt and the Mini-II to the 'One-Button Machine,' " *Pathbreakers: A Century of Excellence in Science and Technology at the University of Washington* (University of Washington, 1996), accessed April 30, 2012, http://www.washington.edu/research/pathbreakers/1960c.html.

6. W. B. Kouwenhoven, et al., "Closed-Chest Cardiac Massage," *Journal of the American Medical Association* 173, no.10 (1960): 1064–67; Diana Berry, "History of Cardiology: Desmond Julian, M.D." *Circulation,* 115(22) (2007):113–14.

7. Interview with Nicolas Tilney, MD, December 2011.

8. J. J. Collins and Dwight Harken. "The Legacy of Mitral Valvuloplasty," *Journal of Cardiac Surgery* 9 (1994): 210; cited in Nicholas Tilney, *A Perfectly Striking Departure* (Sagamore Beach, MA: Science History Publications, 2006).

9. W. Gerald Rainer, "Pioneer Interviews: Dr. Dwight Harken," Cardiothoracic Surgery Network, July 4, 2004, http://www.ctsnet.org/sections/residents/pioneerinterviews/article-1.html. See also Stephen Westaby and Cecil Bosher, *Landmarks in Cardiac Surgery* 147(Oxford, England: Isis Medical Media Ltd., 1997).

10. Dwight Harken, "Fifteen-to-Twenty-Year Study of One Thousand Patients Undergoing Closed Mitral Valvuloplasty," *Circulation* 48 (1973): 357–64.

11. Atul Gawande, "Desperate Measures," *New Yorker,* May 5, 2003, 70–81.

12. Paul Ramsey, *The Patient as Person* (New Haven, CT: Yale University Press, 1970), 238.

13. "Surgery, the Best Hope of All," *Time,* May 3, 1963, accessed December 20, 2011, special issue available at http://www.time.com.

14. Atul Gawande, "Desperate Measures," *New Yorker,* May 5, 2003, 70–81.

15. Francis D. Moore, *A Miracle and a Privilege: Recounting a Half Century of Surgical Advance* (Washington, DC: Joseph Henry Press, 1995), 161.

16. James Fogerty, *Converzatione* with Manuel Villafaña, "Pioneers of the Medical Device Industry in Minnesota Oral History Project," Minnesota Historical Society, St. Paul, Minnesota, November 20, 1997, 68.

17. Wayne G. Miller, *King of Hearts: The True Story of the Maverick Who Pioneered Open Heart Surgery* (New York: Times Books, 2000), 62, 148.

18. Interview with David Rhees by Earl Bakken, "Pioneers of the Medical Device Industry in Minnesota Oral History Project," Minnesota Historical Society, Fridley, Minnesota, August 28, 1997.

19. 威尔森·格雷特巴奇（Wilson Greatbatch）经常被误认为是心脏起搏器的发明者，但其实他是在第二年才发明了另一种植入式心脏起搏器。参见：Jeffrey, *Machines in Our Hearts,* 96–105. 另外，作为对照，也可参见：Barnaby Feder, "Wilson Greatbatch, Inventor of Implantable Pacemaker, Dies at 92," *New York Times,* September 28, 2011, accessed September 24, 2012, http://www.nytimes.com/2011/09/28/business/wilson-greatbatch-pacemaker-inventor-dies-at-92.html.

20. Janet Moore, "Pacemakers: Still Ticking at Age 50," *Minneapolis Star-Tribune,* September 28, 2008, accessed May 1, 2012, http://www.startribune.com/business/29828484.html.

21. William Colby, *Unplugged: Reclaiming Our Right to Die in America* (New York: AMACOM, 2006), 62–66.

22. Joyce James, *Dubliners* (New York: Random House, 1954), 7.

23. Elie Azoulay, et al., "Risk of Post-Traumatic Stress Symptoms in Family Members of Intensive Care Unit Patients," *American Journal of Respiratory and Critical Care Medicine* 171 (2005): 987–94.

24. Renée C. Fox and Judith P. Swazey, *Spare Parts: Organ Replacement in American Society* (New York: Oxford University Press, 1992).

25. Shinmon Aoki, *Coffinman: The Journal of a Buddhist Mortician,* trans. Wayne Yokoyama (Anaheim, CA: Buddhist Education Center, 2002), 52–53.

26. J. D. Hill, et al., "A Randomized Trial of Home-Versus-Hospital Management for Patients with Suspected Myocardial Infarction," *Lancet* 311, no. 8069 (1978): 837.

27. H. G. Mather, et al., "Myocardial Infarction: A Comparison between Home and Hospital Care for Patients," *British Medical Journal* 1, no. 6015 (1976): 928.

28. "Emergency Activity and Critical Care Capacity," U.K. Department of Health, accessed June 24, 2012, http://www.dh.gov.uk/en/Publicationsandstatistics/Statistics/Performancedataandstatistics/EmergencyActivityandCriticalCareCapacity/index.htm.

29. "Health Forum, 2010 American Hospital Association Annual Survey of Hospitals,"

American Hospital Association. 并非所有受访对象都完成了问卷中的这一部分，因此实际的加护病床比例可能更高。

30. William St. Clair Symmers, "Correspondence: Not Allowed to Die," *British Medical Journal* 1 (1968):442.

31. Francis D. Moore, M.D., *A Miracle and a Privilege: Recounting a Half Century of Surgical Advance* (Washington, D.C.: Joseph Henry Press, 1995), 237.

32. Diane E. Meier, Stephen L. Isaacs, and Robert Hughes, *Palliative Care: Transforming the Care of Serious Illness*(San Francisco: Jossey-Bass, 2010), 24.

第6章　父亲敞开的心房

1. Terri G. Monk and Barbara G. Phillips-Bute, "Longitudinal Assessment of Neurocognitive Function in Elderly Patients after Major, Noncardiac Surgery," *Anesthesiology* 101 (2004): A62; J. Canet, et al., "Cognitive Dysfunction after Minor Surgery in the Elderly," *Acta Anaesthesiologica Scandinavica* 47 (2003):1204–10.

2. Eileen Boris and Jennifer Klein, "Home-Care Workers Aren't Just 'Companions,'" *New York Times* Opinion Pages, July 1, 2012.

3. Guy Butler, *Stranger to Europe: Poems 1939–1949* (Capetown, South Africa: A.A. Balkema, 1952).

第7章　康复无望

1. Phone interview with Mark Kander, Director of Health Care Regulatory Analysis for American Speech-Language-Hearing Association, May 31, 2012.

2. Robert Pear, "Settlement Eases Rules for Some Medicare Patients," *New York Times,* October 22, 2012.

第8章　达摩姊妹

1. "Alzheimer's Drugs: Summary of Recommendations," *Consumer Reports,* accessed September 29, 2011, http://www.consumerreports.org/health/best-buy-drugs/alzheimers.htm.

2. Katie Thomas, "Drug Dosage Was Approved Despite Warning," *New York Times,* March 23, 2012, B1–B2.

3. Jane Gross, *A Bittersweet Season* (New York: Random House, 2011), 159.

4. Adrienne Rich, *Of Woman Born: Motherhood as Experience and Institution* (New

York: W. W. Norton, 1995), 236.

5. Mary Main and Judith Solomon, "Discovery of an Insecure-Disorganized/Disoriented Attachment Pat-tern," in *Affective Development in Infancy,* ed. Berry T. Brazelton and Michael W. Yogman (Westport, CT: Ablex Publishing, 1986), 95–124.

6. Stephen Mitchell, trans., *Tao Te Ching* (New York: HarperPerennial, 1988), 47.

第9章 倾颓的宫殿

1. David H. Schroeder and Timothy A. Salthouse, "Age Related Effects on Cognition between 20 and 50 Years of Age," *Personality and Individual Differences* 35 (2004): 393–404.

2. Interview with Timothy Salthouse, Department of Psychology, University of Virginia, Charlottesville, September 10, 2012.

3. Timothy Salthouse, "Consequences of Age-Related Cognitive Declines," *Annual Review of Psychology* 63 (2012): 201–226, 211.

4. John H. Morrison and Patrick R. Hof, "Life and Death of Neurons in the Aging Brain," *Science* 278(1997): 412–16.

5. J. Bischkopf, et al., "Mild Cognitive Impairment—A Review of Prevalence, Incidence and Outcome According to Current Approaches," *Acta Psychiatrica Scandinavica* 106, no. 6 (2002): 403–414.

6. Atul Gawande, "The Way We Age Now," *New Yorker,* April 30, 2007, 50–59.

7. Steven Austad, *Why We Age* (New York: John Wiley & Sons, 1997), 134.

8. Leonard Hayflick, *How and Why We Age* (New York: Ballantine, 1994), 135.

9. Interview with Steven Austad, September 21, 2011.

10. Austad, *Why We Age,* 8, 52–69, 123–45.

11. Andrew Pollack, "Cheaper Drug to Treat Eye Disease Is Effective," *New York Times,* April 28, 2011.

12. "Risk Factors for Dementia and Cognitive Decline," Source Document, National Health Service of Scotland, October 2003, accessed September 29, 2011, http://www.healthscotland.com/uploads/documents/dementia_LR.pdf.

13. "Alzheimer's Association—Boomer's Report," Alzheimer's Association, accessed September 29, 2011, http://www.alz.org/boomers.

14. "Alzheimer's Association—Boomer's Report."

15. "Health and Retirement Study," University of Michigan Institute for Social Research and U.S. National Institute on Aging, published in *Alzheimer's & Dementia,* http://

www.alzheimersanddementia.org/; cited in Marsha King, "U.S. Dementia Rates Are on the Decline—Memory Loss Isn't Inevitable," *Seattle Times,* February 21, 2008, accessed September 26, 2011, http://seattletimes.com/html/health/2004193111_dementia21m.html.

16. Maria M. Corrada, et al., "Dementia Incidence Continues to Increase with Age in the Oldest Old: The 90+ Study," *Annals of Neurology* 67 (2010): 114–21.

17. Benedict Carey, "At the Bridge Table, Clues to a Lucid Old Age," *New York Times,* May 21, 2009, accessed September 30, 2011, http://www.nytimes.com/2009/05/22/health/research/22brain.html?pagewanted=all.

18. Judith Graham, "It Comes as a Shock," *New York Times,* Science Times section, September 25, 2012, D7.

19. Jane Hirshfield, *Come Thief* (New York: Alfred A. Knopf, 2011), 19.

20. "Enchanting Ruin: Tintern Abbey and Romantic Tourism in Wales—Romanticism and Ruins," University of Michigan, accessed August 30, 2011, http://www.lib.umich.edu/enchanting-ruintintern-abbey-romantic-tourism-wales/ruins.html.

第10章　急流奔腾

1. Pauline Boss, *Ambiguous Loss: Learning to Live with Unresolved Grief* (Cambridge, MA: Harvard University Press, 2000), 17.

2. "Yale–New Haven Hospital Profile," *U.S. News & World Report,* accessed September 14, 2012, http://health.usnews.com/best-hospitals/yale-new-haven-hospital-6160400.

3. "How Safe Is Your Hospital?" *Consumer Reports,* August 2012, accessed September 25, 2012, http://www.consumerreports.org/cro/magazine/2012/08/how-safe-is-your-hospital/index.htm.

4. Bart Windrum, *Notes from the Waiting Room: Managing a Loved One's End-of-Life Hospitalization* (Boulder, CO: Axiom Action, 2008), 20.

5. Statistics from the American Geriatrics Society and Sharon Inouye, MD, of Harvard Medical School, cited in Pam Belluck, "Hallucinations in Hospital Pose Risk to Elderly," *New York Times,* June 20, 2010, accessed September 25, 2012, http://www.nytimes.com/2010/06/21/science/21delirium.html.

6. Pam Belluck, "The Vanishing Mind: Children Ease Alzheimer's in Land of Aging," *New York Times,* November 25, 2010, accessed September 25, 2012, http://www.nytimes.com/2010/11/26/health/26alzheimers.html?pagewanted=all.

第11章　魔法师的学徒

1. Melvin Echols Peterson, et al., "Differences in Level of Care at the End of Life According to Race," *American Journal of Critical Care* 19 (2010): 335–43.
2. Lewis M. Cohen, *No Good Deed: A Story of Medicine, Murder Accusations, and the Debate over How We Die* (New York: HarperCollins, 2010).
3. Interview with Katrina Bramstedt, January 2007.
4. Paul S. Mueller, et al., "Deactivating Implanted Cardiac Devices in Terminally Ill Patients: Practices and Attitudes." *Pacing and Clinical Electrophysiology* 31, no. 5 (2008): 560–68.

第12章　救命的生意

1. 我关于"医疗街"爆炸性成长及其后续衍生的丑闻的资料，主要参考：Kirk Jeffrey, *Machines in Our Hearts: The Cardiac Pacemaker, the Implantable Defibrillator, and American Health Care* (Baltimore: Johns Hopkins University Press, 2001)，再以"明尼苏达州口述历史计划"（Minnesota Oral History Project）中对早期创始人进行的口头访谈记录做补充（其中许多场访谈是由 Kirk Jeffrey 负责的）。
2. Kirk Jeffrey, Interview with Anthony J. Adducci, "Pioneers of the Medical Device Industry in Minnesota Oral History Project," Minnesota Historical Society, Roseville, Minnesota, August 9, 2000, 15–28.
3. David Rhees, interview with Manuel Villafaña, "Pioneers of the Medical Device Industry in Minnesota Oral History Project," Minnesota Historical Society, Plymouth, Minnesota, January and May, 1998, 35.
4. Kirk Jeffrey, interview with Anthony J. Adducci, 20.
5. Stephen Westaby with Cecil Bosher, *Landmarks in Cardiac Surgery* (Oxford: Oxford University Press, 1998), 155.
6. James Fogerty, Conversations with Manuel Villafaña, "Pioneers of the Medical Device Industry in Minnesota Oral History Project," Minnesota Historical Society, St. Paul, Minnesota, November 20, 1997, 70.
7. David Rhees, interview with Ronald A. Matricaria, "Pioneers of the Medical Device Industry in Minnesota Oral History Project," Minnesota Historical Society, Little Canada, Minnesota, April 21, 2000.
8. Sandeep Jauhar, "Out of Camelot, Knights in White Coats Lose Way," *New York Times,* January 31, 2011, accessed September 17, 2012, http://www.nytimes.com/2011/02/01/health/01essay.html.

9. Paul Starr, *The Social Transformation of American Medicine* (New York: Basic Books, 1982), 359–60.

10. Testimony of Howard F. Hefferman at Hearing before the Senate Special Committee on Aging, September 10, 1982. *Fraud, Waste and Abuse in the Medicare Pacemaker Industry,* 31. Transcript reprinted from the collection of the University of Michigan Library. HP. Lexington, Ky. 2012.

11. Jeffrey, *Machines in Our Hearts,* 200–201.

12. Henry Greenberg, "In Praise of Sudden Death," *Annals of the New York Academy of Science* 382 (1982):181–82.

13. James S. Todd, Letter to Editor, "Do Practice Guidelines Guide Practice?" *New England Journal of Medicine* 322 (1990): 1822–23.

14. Arthur Owens, "How Much Did Your Earnings Grow Last Year?" *Medical Economics,* September 5, 1988, 161.

15. Interview with cardiac surgeon who spoke on condition of anonymity. June 2011.

16. Centers for Medicare and Medicaid Service, "Health Care Industry Market Update," December 5, 2003; cited in Reed Abelson, "Possible Conflicts for Doctors Are Seen on Medical Devices," *New York Times,* September 22, 2005, accessed September 25, 2012, http://www.nytimes.com/2005/09/22/business/22devices.html?fta=y.

17. "CABG DRG Counts, 2003 CY100% MEDPAR Short-Stay Files," Centers for Medicare and Medicaid Services. 此数据只是关于医疗器材相关的心脏手术的统计，为我计算得出。

18. "The North America Medical Instruments & Equipment Sectors: A Company and Industry Analysis," (2004), Mergent, 8–14, accessed July 15, 2011, http://webreports.mergent.com.

19. Kenneth N. Gilpin, "MARKET INSIGHT; Is It a Drug or a Device? Nowadays, Maybe Both," *New York Times,* May 25, 2003, accessed December 12, 2012, http://www.nytimes.com/2003/05/25/business/market-insight-is-it-a-drug-or-a-device-nowadays-maybe-both.html.

20. Robert Pear, "White House Alters Plan to Make Large Cuts in Hospitals' Medicare Payments," *New York Times,* August 3, 2006, accessed September 25, 2012, http://www.nytimes.com/2006/08/03/washington/03medicare.html.

21. P. B., "Lobby Shops," *National Journal,* 22 April 2006, accessed via LexisNexis.

22. Stephen J. Ubi, "AdvaMed: Ensuring Medical Innovation for All," Medmarc, accessed June 20, 2011, http://www.medmarc.com/Life-Sciences-News-and-Resources/Articles/Pages/Ensuring-Medical-Innovation-for-All.aspx#.

23. "OpenSecrets Lobbying Database," Center for Responsive Politics, accessed June 24,

2012, http://www.opensecrets.org/lobby/index.php.

24. Medical supplies manufacturing and sales 2006 campaign contributions, MapLight, accessed June 22, 2012, http://maplight.org/us-congress/contributions?s=1&start=01%2F01%2F2006&end=12%2F31%2F2006&office_party=Senate%2CHouse%2CDemocrat%2CRepublican%2CIndependent&election=2004%2C2006%2C2008%2C2010%2C2012&business_sector=Health&business_industry=Pharmaceuticals%2FHealth%20Products&business_id=H4100&source=All.

25. Pear, "White House Alters Plan."

26. Stephen J. Ubi, "AdvaMed: Ensuring Medical Innovation for All," Medmarc, accessed June 20, 2011, http://www.medmarc.com/Life-Sciences-News-and-Resources/Articles/Pages/Ensuring-Medical-Innovation-for-All.aspx#.

27. 多尼吉安提及的所有费用均可见于：United States *ex rel.* Charles Donigian v. St. Jude Medical, Inc. (D. Mass. January 19, 2010),Third Amended False Claims Act Complaint, 17, 18, 28, 32–33.

28. "Minnesota-Based St. Jude Medical Pays U.S. $16 Million to Settle Claims that Company Paid Kickbacks to Physicians," U.S. Department of Justice News Release, January 20,2011.

29. "Code of Business Conduct," St. Jude Medical, accessed December 12, 2012, available at Code of Business Conduct page at http://www.sjm.com/.

30. "ACC/AHA/HRS 2008 Guidelines for Device-Based Therapy of Cardiac Rhythm Abnormalities: A Report of the American College of Cardiology/American Heart Association Task Force on Practical Guidelines," *Circulation* 117 (May 15, 2008): e405–e6.

31. "Heart Rhythm Society & Foundation FY11 Revenues from External Sources," Heart Rhythm Society,accessed April 19, 2012, available at http://www.hrsonline.org/. 我也参考了 ProPublica 的突破性调查报告，详见：Charles Orenstein and Tracy Weber, "Financial Ties Bind Medical Societies to Drug and Device Makers," *USA Today,* May 5, 2011.

32. United States *rel*. Charles Donigian v. St. Jude Medical Inc.179 *and was a member*: "Fortune 500: St. Jude Medical Snapshot," CNNMoney, accessed September 25, 2012, http://money.cnn.com/magazines/fortune/fortune500/2011/snapshots/10595.html.

第13章　停机

1. Susan J. Mitchell, "A 93-Year-Old Man with Advanced Dementia and Eating Problems," *Journal of the American Medical Association* 21, no. 298 (2007): 2527–36.

2. Center for Excellence on Elder Abuse and Neglect, University of California at Irvine, "Research Brief: Facts You Need to Know," National Center on Elder Abuse, February 2012.

3. Jane Hirshfield, "Stone and Knife," in *American Poetry Review* 38, no. 5 (September/ October 2009), http://www.aprweb.org/issue/septemberoctober-2009.

4. Amanda K. Damjanovic,et al., "Accelerated Telomere Erosion Is Associated with a Declining Immune Function of Caregivers of Alzheimer's Disease Patients," *Journal of Immunology* 179, no. 6 (2007): 4249–54.

5. K. A. Bramstedt, "Ethics in Medicine: Questioning the Decision-Making Capacity of Surrogates," *Internal Medicine Journal* 33, nos. 5–6 (2003): 257–59.

6. Sherwin Nuland, *How We Die* (New York: Vintage Books, 1994), 254.

7. 唯一在美国不同州得到医务辅助人员明确认可的不施行心肺复苏术的识别物，是医疗警报基金会（Medic-Alert Foundation）发行的手环。以康涅狄格州为例，不施行心肺复苏术的相关法规指令可参见：http://www.ctacep.org。也可参见“推荐资源”部分。

8. 根据 2010 年一项针对超过 95,000 例施行心肺复苏术病例的研究，引自：Ken Murray, "Why Doctors Die Differently," *Wall Street Journal,* February 25, 2012. 并参考首次发表于 Zocalo Public Square 的一篇文章。

第14章　临终的艺术

1. Anthony Froude, *Short Studies on Great Subjects* (London: Longmans, 1884), 2: 99; cited in Frances Comper, ed., *The Book of the Craft of Dying and Other Early English Tracts Concerning Death* (London: Longmans, Green, and Co., 1917), xx.

2. Ira Byock, *Dying Well: Peace and Possibilities at the End of Life* (New York: Riverhead Books, 1997), 140. 夏威夷原住民传统中传达宽恕和解的仪式被称为“荷欧波诺波诺”（Ho'oponopono）。在现代版“荷欧波诺波诺”的诵词中也有类似的片段。

3. William M. Bodiford, "Zen in the Art of Funerals: Ritual Salvation in Japanese Buddhism," *History of Religions,* Vol. 32, No. 2 (Nov., 1992): 146–64.

第15章　身后事

1. Letters of Eliza Butler, Butler family papers, Corey Library, Rhodes University, Grahamstown, South Africa.

2. Samuel Pepys, *The Diary of Samuel Pepys,* ed. Henry B. Wheatley (London: George Bell & Sons, 1893), entries for July 30, 1665, and August 31, 1665, available in an

online edition, accessed July 25, 2012, http://www.pepysdiary.com/.

3. Rennyo:16 (Hakotsu no Gobunsho.) *Letters in the Five Fascicle Collection (Gojo Gobunsho)* in *Shinshu Shogyo Zensho,* Vol 3.(Kyoto: Oyagi Kobundo, 1941), 513–14. Translated into English by Hisao Nagaki.

第16章　母亲的决心

1. Arthur E. Weyman and Marielle Scherrer-Crosbie, "Marfan Syndrome and Mitral Valve Prolapse," *Journal of Clinical Investigation,* 114, no. 11 (2004): 1543–46.
2. 对摩尔医生晚年的叙述，主要取材自阿图·葛文德的详尽报道，参见：Atul Gawande, "Desperate Measures," *New Yorker,* May 5, 2003, 70–81.
3. Sandeep Jauhar, "Saving the Heart Can Sometimes Mean Losing the Memory," *New York Times,* September 19, 2000, accessed September 26, 2012, http://www.nytimes.com/2000/09/19/science/saving-the-heart-can-sometimes-mean-losing-the-memory.html?pagewanted=all&src=pm.

第17章　老李树折腰

1. 此数据为巴尔的摩圣阿格尼斯医院心脏科保险理赔专家黎贝卡·圣佐内（Rebecca Sanzone）医生的估计。本书也参考了 2009 年美国联邦医疗保险针对相关医疗处置支付医院的中值。联邦医疗保险的支付金额会依地区与是否有并发症有很大差异。
2. Alvin C. Kwok, et al., "The Intensity and Variation of Surgical Care at the End of Life: a Retrospective Cohort Study," *Lancet* 378, no. 9800 (2011): 1408–13.
3. Donald M. Berwick and Andrew D. Hackbarth, "Eliminating Waste in US Health Care," *Journal of the American Medical Association,* 307, no. 14 (2012): 1513–16.
4. K. P. Alexander, et al., "Outcomes of Cardiac Surgery in Patients Aged >/= 80 Years (Results from the National Cardiovascular Network)," *Journal of the American College of Cardiology* 35(2000): 731–38; cited in Jonathan E. E. Yager and Eric O. Peterson, "Cardiac Surgery in Octogenarians: Have We Gone Too Far or Not Far Enough?" *American Heart Journal* 1147, no. 2 (2004): 187–89.
5. Mohamed Y. Rady and Daniel J. Johnson, "Cardiac Surgery for Octogenarians: Is It an Informed Decision?" *American Heart Journal* 147, no. 2 (2004): 347–53.
6. Eihei Dogen, "Plum Blossoms" (Japanese: "Baika"), *Moon in a Dewdrop,* ed. Kazuaki Tanahashi (San Francisco: San Francisco Zen Center, 1985), 114.
7. Wu-men Hui-kai, "Case 19," *The Gateless Gate* (Chinese: *Wu-men kuan*; Japanese:

Mumonkan). Stephen Mitchell, trans., *The Enlightened Heart: An Anthology of Sacred Poetry* (New York: HarperPerennial, 1993), 47.

第20章　新的临终艺术

1. J. S. Temel, et al., "Early Palliative Care for Patients with Metastatic Non-Small-Cell Lung Cancer," *New England Journal of Medicine* 353 (2010): 733–42.

参考书目

Aoki, Shinmon. *Coffinman*. Anaheim, CA: Buddhist Education Center, 1993.

Ariés, Philippe. *The Hour of Our Death*. Translated by Helen Weaver. New York:Alfred A. Knopf, Inc., 1981.

———. *Western Attitudes Toward Death from the Middle Ages to the Present*.Translated by Patricia M. Ranum. Baltimore: The Johns Hopkins University Press, 1974.

Austad, Steven N. *Why We Age: What Science Is Discovering About the Body's Journey through Life*. New York: John Wiley & Sons, Inc., 1997.

Bailey, Elizabeth. *The Patient's Checklist*. New York: Sterling, 2011.

Bakken, Earl E. *One Man's Full Life.* Medtronic, 1999.

Beaty, Nancy Lee. *The Craft of Dying: The Literary Tradition of* Ars Moriendi *in England*. New Haven, CT: Yale University Press, 1970.

Bennett, Amanda. *The Cost of Hope*. New York: Random House, 2012.

Bevan, Joseph Gurney. *Piety Promoted: In Brief Memorials and Dying Expressions of Some of the Society of Friends, Commonly Called Quakers.* London, United Kingdom: Darton and Harvey, 1838.

Boss, Pauline. *Ambiguous Loss: Learning to Live with Unresolved Grief*. Cambridge, MA: Harvard University Press, 1999.

Brownlee, Shannon. *Overtreated: Why Too Much Medicine is Making Us Sicker and Poorer*. New York: Bloomsbury USA, 2007.

Butler, James, and Jane Garner, eds. *Jim's Journal: The Diary of James Butler*. Johannesburg, South Africa: Witwatersrand University Press, 1996.

Byock, Ira. *The Best Care Possible: A Physician's Quest to Transform Care through the End of Life*. New York: Avery, 2012.

———. *Dying Well: Peace and Possibilities at the End of Life*. New York: Riverhead Books, 1997.

Callahan, Daniel. *Setting Limits: Medical Goals in an Aging Society*. Washington, DC: Georgetown University Press, 2007.

Callahan, Daniel and Angela A. Wasunna. *Medicine and the Market: Equity v. Choice*. Baltimore: The Johns Hopkins University Press, 2006.

Caxton, William, and Heinrich Seuse. *The Book of the Craft of Dying, and Other Early English Tracts Concerning Death*. London, United Kingdom: Longmans, Green, and Co., 1917.

Colby, William H. *Unplugged: Reclaiming Our Right to Die in America*. New York: AMACOM, 2006.

Cooper, David K. C. *Open Heart: The Radical Surgeons Who Revolutionized Medicine*. New York: Kaplan Publishing, 2010.

Devettere, Raymond J. *Practical Decision Making in Health Care Ethics: Cases & Concepts*. Washington, DC: Georgetown University Press, 2000.

Didion, Joan. *The Year of Magical Thinking*. New York: Vintage Books, 2005.

Dormandy, Thomas. *The White Death: A History of Tuberculosis*. New

York: New York University Press, 1999.

Dunn, Hank. *Hard Choices for Loving People*. Lansdowne, VA: A & A Publishers Inc., 2009.

Elliot, Carl. *White Coat, Black Hat: Adventures on the Dark Side of Medicine*. Boston: Beacon Press, 2010.

Fadiman, Anne. *The Spirit Catches You and You Fall Down*. New York: Farrar, Straus and Giroux, 1997.

Field, Marilyn J. and Christine K. Cassel, eds. *Approaching Death: Improving Care at the End of Life*. Washington, DC: National Academy Press, 1997.

Foote, Susan Bartlett. *Managing the Medical Arms Race: Innovation and Public Policy in the Medical Device Industry*. Berkeley, CA: University of California Press, 1992.

Foucalt, Michael. *The Birth of the Clinic: An Archaeology of Medical Perception*. New York: Vintage Books, 1994.

Fox, Renne C. *Experiment Perilous: Physicians and Patients Facing the Unknown*. Philadelphia: University of Philadelphia Press, 1959.

Fox, Renee C. and Judith P. Swazey. *The Courage to Fail: A Social View of Organ Transplants and Dialysis.* Chicago: University of Chicago Press, 1973.

Gawande, Atul. *Complications: A Surgeon's Notes on an Imperfect Science.* New York: Picador, 2002.

Glaser, Barney G. and Anselm L. Strauss. *Awareness of Dying*. Chicago: Aldine Publishing Company, 1965.

———. *Time for Dying*. Mill Valley, CA: Sociology Press, 1968.

Greatbatch, Wilson. *The Making of the Pacemaker: Celebrating a Lifesaving Invention*. New York: Prometheus Books, 2000.

Gross, Jane. *A Bittersweet Season: Caring for Our Aging Parents—and*

Ourselves. New York: Alfred A. Knopf, 2011.

Gutkind, Lee, ed. *Becoming a Doctor: From Student to Specialist, Doctor-Writers Share Their Experiences.* New York: W. W. Norton & Company, 2010.

Hadler, Nortin M. *Rethinking Aging: Growing Old and Living Well in an Overtreated Society.* Chapel Hill, NC: University of North Carolina Press, 2011.

Hanson, William. *The Edge of Medicine: The Technology That Will Change Our Lives.* New York: Palgrave MacMillan, 2008.

Hall, Stephen S. *Merchants of Immortality: Chasing the Dream of Human Life Extension.* New York: Houghton Mifflin Company, 2003.

Halvorson, George C. and George J. Isham. *Epidemic of Care: A Call for Safer, Better and More Accountable Health Care.* San Francisco: Jossey-Bass, 2003.

Harvey, Peter. *An Introduction to Buddhist Ethics.* Cambridge, United Kingdom: Cambridge University Press, 2000.

Hayflick, Leonard. *How and Why We Age.* New York: Ballantine Books, 1994.

Holck, Frederick H., ed. *Death and Eastern Thought: Understanding Death in Eastern Religions and Philosophies.* New York: Abingdon Press, 1974.

Illich, Ivan. *Medical Nemesis: The Expropriation of Health.* New York: Pantheon Books, 1976.

Jeffrey, Kirk. *Machines in Our Hearts: The Cardiac Pacemaker, the Implantable Defibrillator, and American Health Care.* Baltimore: The Johns Hopkins University Press, 2001.

Jonsen, Albert R. *The Birth of Bioethics.* New York: Oxford University Press, 1998.

Joyce, James. *Dubliners.* New York: Random House, 1954.

Jupp, Peter C. and Clare Gittings. *Death in England.* New Brunswick, NJ: Rutgers University Press, 2000.

Kabat-Zinn, Jon. *Full Catastrophe Living.* New York: Delacorte Press, 1990.

Kalupahana, David J. *Ethics in Early Buddhism.* Honolulu, HI: University of Hawai'i Press, 1995.

Kaufman, Sharon R. . . . *And a Time to Die: How American Hospitals Shape the End of Life.* New York: Scribner, 2005.

Keown, Damien. *Buddhism and Bioethics.* New York: Palgrave, 1995.

Kiernan, Stephen P. *Last Rights: Rescuing the End of Life From the Medical System.* New York: St. Martin's Griffin, 2006.

Lessig, Lawrence. *Republic, Lost: How Money Corrupts Congress—and a Plan to Stop It.* New York: Twelve, 2011.

Lown, Bernard. *The Lost Art of Healing: Practicing Compassion in Medicine.* New York: Ballantine Books, 1996.

Lynn, Joanne. *Sick to Death and Not Going to Take It Anymore!: Reforming Health Care for the Last Years of Life.* Berkeley, CA: University of California Press, 2004.

Lynn, Joanne and Joan Harrold. *Handbook for Mortals: Guidance for People Facing Serious Illness.* New York: Oxford University Press, 1999.

Lynch, Thomas. *The Undertaking: Life Studies from the Dismal Trade.* New York: W. W. Norton & Company, 1997.

Mahar, Maggie. *Money-Driven Medicine: The Real Reason Health Care Costs So Much.* New York: HarperCollins, 2006.

Martensen, Robert. *A Life Worth Living: A Doctor's Reflections on Illness in a High-tech Era.* New York: Farrar, Straus and Giroux, 2008.

McCullough, Dennis. *My Mother, Your Mother: Embracing "Slow Medicine," the Compassionate Approach to Caring for Your Aging*

Loved Ones. New York:HarperCollins, 2007.

Miller, G. Wayne. *King of Hearts: The True Story of the Maverick Who Pioneered Open Heart Surgery.* New York: Times Books, 2000.

Moore, Francis D. *Give and Take: The Development of Tissue Transplantation.* New York: Doubleday & Company, 1964.

———. *A Miracle & A Privilege: Recounting a Half Century of Surgical Advance.* Washington, DC: Joseph Henry Press, 1995.

Morris, Charles R. *The Surgeons: Life and Death in a Top Heart Center.* New York: W. W. Norton & Company, Inc., 2007.

Morris, Virginia. *How to Care for Aging Parents.* New York: Workman Publishing, 1996.

Mukherjee, Siddhartha. *The Emperor of All Maladies: A Biography of Cancer.* New York: Scribner, 2010.

Nuland, Sherwin B. *How We Die: Reflections on Life's Final Chapter*. New York: Vintage Books, 1993.

Okun, Barbara and Joseph Nowinski. *Saying Goodbye: How Families Can Find Renewal through Loss.* New York: The Berkeley Publishing Group, 2011.

Peitzman, Steven J. *Dropsy, Dialysis, Transplant.* Baltimore: The Johns Hopkins University Press, 2007.

Pipher, Mary. *Another Country: Navigating the Emotional Terrain of Our Elders.* New York: Riverhead Books, 1999.

Porter, Roy. *The Greatest Benefit to Mankind: A Medical History of Humanity.* New York: W. W. Norton & Company, 1997.

Sogyal, Rinpoche. *The Tibetan Book of Living and Dying.* San Francisco: HarperSanFrancisco, 1994.

Rothman, David J. *Beginnings Count: The Technological Imperative in American Health Care*. New York: Oxford University Press, 1997.

———. *Strangers at the Bedside: A History of How Law and Bioethics Transformed*

Medical Decision Making. New York: Basic Books, Inc., 1991.

Safer, Jeanne. *Death Benefits: How Losing a Parent Can Change an Adult's Life—For the Better.* New York: Basic Books, 2008.

Sheehy, Gail. *Passages in Caregiving: Turning Chaos into Confidence.* New York: HarperCollins, 2010.

Starr, Paul. *The Social Transformation of American Medicine.* New York: Basic Books, Inc., 1982.

Tanahashi, Kazuaki, ed. *Moon in a Dewdrop: Writings of Zen Master Dogen.* New York: North Point Press, 1985.

Taylor, Jeremy. *Holy Living and Holy Dying, Volume II: Holy Dying.* Oxford, United Kingdom: Clarendon Press, 1989.

Tilney, Nicholas L. *Invasion of the Body: Revolutions in Surgery.* Cambridge, MA: Harvard University Press, 2011.

Tilney, Nicholas L. *A Perfectly Striking Departure: Surgeons and Surgery at the Peter Bent Brigham Hospital 1912–1980.* Sagamore Beach, MA: Science History Publications, 2006.

———. *Transplant: From Myth to Reality.* New Haven, CT: Yale University Press, 2003.

Van Scoy, Lauren. *Last Wish: Stories to Inspire a Peaceful Passing.* San Diego: Transmedia Books, 2012.

Wanzer, Sidney and Joseph Glenmullen. *To Die Well: Your Right to Comfort, Calm and Choice in the Last Days of Life.* Cambridge, MA: Da Capo Press,2007.

Welch, H. Gilbert, Lisa M. Schwartz, and Steven Woloshin. *Overdiagnosed: Making People Sick in the Pursuit of Health.* Boston: Beacon Press, 2011.

Windrum, Bart. *Notes from the Waiting Room: Managing a Loved One's End-of Life Hospitalization.* Boulder, CO: Axiom Action, LLC, 2008.

作者的话

我以记者和女儿的身份写下这本融合了回忆录、医疗史与调查报道的著作。我持有父母完整的医疗记录与联邦医疗保险记录，并采访了他们的医生。书中对非家庭成员的直接引言，都来自访谈、书信、医疗记录，除了在表达清晰度与文字韵律上稍做编辑外均逐字摘录。本书所提及的医生姓名均为原名，书里未见虚构的人物、凭空想象的对话或杜撰的场景。

我尽可能凭着回忆、书信、事发当时的日记精确描写家庭场景，也尽可能参考仍在世的家庭成员与我的谈话内容。即便如此，书中某些对话依旧出自我那不太牢靠的记忆。我依记忆所及写下过去发生的事，但前后顺序可能在无意间错乱。此外，《纽约时报杂志》上《什么伤了父亲的心：心脏起搏器如何摧毁家庭生活》一文所描述的事件经过及顺序与本书可能有些微出入，因该文发表后我又发现了其他的书信、日记与记录。

我在书中放纵描述了我的内心世界，并在某些篇章加入了我后来得到的研究、回忆或体会。另外，由于个人隐私之故，书中提及的迈克尔、安吉拉与莉萨并非本名，而对于母亲互助团体中各成员可辨识身份的细节也有所改动。但我希望内容足以述说大部分的事实。

我并未写下每一件事，但我写出的一切都尽可能以最贴近事实的方式呈现。

致谢

我由衷感谢在本书创作过程中给予我帮助的所有人，不仅是此处所提及的各位，还包括我无法在此列出的许多人。你们知道我说的是谁：感谢你们的善意与倾囊相助。

我深爱的总编辑布莱恩·唐纳修几乎听我朗诵过此书的每个章节，感到内容无趣时他也会对我据实以告，不管在精神上还是生活上都支持着我。我的弟弟乔纳森·巴特勒在驾驶卡车横跨全美的路上听我读完了整本书，提出了许多精辟的见解，帮助我极大地改善了叙事方式，并全权让我写出事实真相。之前在ProPublica担任记者的尼古拉斯·库斯尼茨（Nicholas Kusnetz）帮我找到许多研究数据与经过查证的资料，也给我提供了许多游说团体及医疗设备产业方面的关键调查报告。若没有布莱恩、乔纳森与尼古拉斯的支持，这本书就不会是如今的模样了。

我在纽约则受惠于许多人专业而尽心尽力的帮助。感谢我的作品经纪人、国际创新管理公司（International Creative Management）的Amanda Urban、斯克里布纳出版社（Scribner）的Whitney Frick与Nan Graham。他们给予了我传闻中已不复存在的编辑支持与贴心关怀。

本书将家庭医疗经历置于较大的社会背景中审视，因此研究员与真相调查员的帮助是不可或缺的一环。其中许多人是哥伦比亚大学杰出的新闻研究所校友或在学学生。Bridget Huber、Rebecca Wolfson、Roberta Kwok、Catherine Traywick、Casey Miner、Nikki Gloudeman等人搜寻医学研究报告，校正书中疏漏谬误之处，他们专业度高又乐在其中。同时感谢Patrici Flores与Rachel Habib两位。另外也谢谢写作指导Leslie Keenan大方地与我分享时间管理、策略规划与执行等各方面的经验。

我的一群老友、登山伙伴、卫斯理大学校友与作家朋友，你们不是读过本书的部分或整本手稿，就是为我打气，给了我实在的建议（以及近乎吹毛求疵的编辑帮助）。他们是Elizabeth Andrews、Alison Bartlett、Lisa Bennett、Lauren Cargill、Jonathan Dann、Katherine Ellison、Deirdre English、Mark Fuller、Laura Fraser、Philip Gourevitch、Constance Hale、David Tuller、简·赫斯菲尔德。

也感谢Barry Jacobs、Elizabeth Krivatsky、Stefanie Marlis、Manijeh Nasrabad、Barbara Newhouse、诺艾尔·奥克森汉德尔、Eve Pell、Anna Quindlen、Cathryn Ramin、Catherine Abby Rich、David Roche、Pat Sullivan、Marian Sandmaier、Dani

Shapiro、Eva Shoshany、David Sheff、Julia Flynn Sile、Lauren Slater、David Sterry、Jason Roberts、Bart Windrum、Robin Wolaner、Mel Ziegler 和 Patricia Ziegler。

本书中某些篇章曾以其他形式刊载于《纽约客》、《琼斯夫人》(*Mother Jones*)、《三轮》、*MORE*、《心理治疗网络》(*Psychotherapy Networker*)、《纽约时报杂志》等刊物。感谢编辑 Charles McGrath、Bernard Ohanian、James Shaheen、Peggy Northrop、Dawn Raffel、Nanette Varian、Rich Simon、Ilena Silverman 以及 Erica Goode。当我几乎被初稿埋没时，还好有你们为我理出头绪。另外也感谢 Rebecca Skloot 与其父 Floyd Skloot 将《什么伤了父亲的心：心脏起搏器如何摧毁家庭生活》一文收录于《2011 年美国最佳科学写作选》(*Best American Science Writing 2011*)。

Adam Hochschild、Jack Kornfield、Anne Lamott、丹尼斯 · 麦卡洛、Joan Halifax-roshi、Mary Pipher、舍温 · 努兰和 Alexandra Styron 从一开始便大力推崇本书。我唯有将他们对我的慷慨再次传送出去，才能完整表达出对他们的感激之情。

《纽约时报》可说是美国的国宝。我感谢《纽约时报》记者、撰稿人 Reed Abelson、Pam Belluck、简 · 格罗斯、Anemona Hartocollis、Robin Marantz Henig、Barry Meier、Robert Pear、Tara Parker-Pope 和 Paula Span 等人提供的宝贵信息。阿图 · 葛文德以优美的笔触为《纽约客》撰写了多篇事实报道，帮助包

括我在内的许多人了解过度复杂的美国医疗体系；本书得以付梓，尚须归功于其文章所提供的丰富资源，特别是《现代人如何老去》（“How We Age Now”）、《孤注一掷》（“Desperate Measures”）、《成本难题》（“The Cost Conundrum”）、《放手》（“Letting Go”）等几篇文章。此外也感谢探索这个禁忌题材的其他作家，包括 Jonathan Rauch 、迈克尔·沃尔夫与 Sandra Tsing Loh，他们以第一人称叙述的作品为我带来了勇气。尽管我们不认识彼此，但我们以文对话。同时也感谢蓝山艺术中心（Blue Mountain Center）、赫奇布鲁克基金会（Hedgebrook Foundation）与梅萨作家村（Mesa Refuge）在我写作本书的多年中为我提供美丽、静谧的创作与思考空间。

耐心为我解答疑问的科学家、医生、学者实在太多了，可惜我无法在此一一列出，故仅列举几位作为代表：卡特里娜·布拉姆施泰特博士，S. Andrew Josephson 博士、医生，Rita Redberg 博士、医生，Charles Witherell 护理科学硕士、注册护士，Victor Parsonnet 博士、医生，Nicholas Tilney 博士、医生。我在这里没有列出的梅奥医学中心与其他医疗机构的多位医生让我理解了什么是“以病患为中心的医疗照护”。过去任职于联邦医疗保险联络处的 Ellen Griffith 极具耐心，既充满正义感又博学大方，她的同事 Helen Mulligan、Courtney Jenkins 及 Kathryn Ceja 也不例外。

波士顿儿童医院（Children’s Hospital Boston）的 Jeffrey Burns 医生曾是父亲的学生，他与我分享了回忆中的父亲，并邀请我为他在哈佛大学医学院的一年级学生做演讲。我衷心希望这场演讲能成为一个起点，促使美国全国各地的医生与家庭展开对话，为人生的最后一程打造更好的共享医疗决策。此外也要感谢新奥尔良奥克斯纳医学中心（Ochsner Clinics）的 Joseph Breault 医生，让我有此殊荣在医学中心生物伦理学研讨会的开幕式上发表演说。

另一方面，我也感激佛门的师父及同修，他们是：一行禅师、灵岩冥想中心的 Debra Chamberlin-Taylor 和 Julie Wester，还有旧金山禅修中心的 Reb Anderson、Richard Baker 与多位同修。你们改变了我的人生，开拓了我的世界。如果没有你们，我就不会是今天的我。

先母薇乐莉将她的日记交付给我，让我为《纽约时报杂志》撰文时引用这本日记，这本日记后来也构成了本书的基础。尽管母亲生前相当注重隐私，她还是鼓励我写出这段家庭故事并发表出来。谢谢你。

我还要感谢母亲的照护者互助团体，谢谢本 · 卡顿、Richard Elphick、Diana Wylie、麦艾伦 · 肯尼迪教士与卫斯理大学社区，感谢你们几十年来对我们一家的关怀与支持。另外也特别感谢理查德 · 阿德尔斯坦总是找父亲外出共进午餐。

再来想感谢过去 8 年来支持我的父母与我的各位：托妮 · 培瑞兹 - 帕玛、艾丽斯 · 邓、罗伯特 · 费尔斯医生，以及位于康涅狄格州米德尔敦、全美数一数二的米德尔塞克斯纪念医院的急诊室人员、护理人员、安宁与缓和疗护人员。另外还想特别感谢在父亲首度中风后，第一次为他剃须的那位我不知道名字的护理师。我希望能借这本书表明，我们家之所以遭受磨难，并非这家优良的医院有任何疏失之处，而是由美国医疗体系在组织上的缺陷造成的。

我在《纽约时报杂志》上发表的那篇文章得到的读者响应让我了解到，母亲与我并非孤军奋战，而我们也确实需要像这样的一本书。我尤其感谢脸书“慢疗”群的成员瑞秋·豪斯曼（Rachel Houseman），她曾发电子邮件对我说：“我不晓得半夜3点说这些是否有帮助，但我只是想让你知道，你分享的这段历程带来了很大的影响。你让我对临终有了更具体的认识，我的家庭也因此幸免于你们所承受的苦难……我从你身上学到很多，如今我将把这份理念传承下去。”相信我，瑞秋，你半夜3点的这封信为我带来了很大的鼓励。

版权与使用许可

本书作者希望感谢以下图书、诗作的作者、译者与所有权人授权她使用他们的作品。以下内容均属著作权人所有：

"I Fell" by Makeda, Queen of Sheba, from *Women in Praise of the Sacred*, edited by Jane Hirshfield (New York: HarperCollins, 1994). Translation ©Jane Hirshfield, 1994. Reprinted by kind permission of Jane Hirshfield.

Excerpt from "Plum Blossoms" from *Moon in a Dewdrop* by Dogen, translated by Kazuaki Tanahashi. Translation copyright ©1985 by San Francisco Zen Center. Reprinted by permission of North Point Press, a division of Farrar, Straus and Giroux, LLC.

Excerpt from *Tao Te Ching*, translated by Stephen Mitchell (New York: Harper & Row, 1988). Translation ©1988 by Stephen Mitchell. Reprinted by permission of HarperCollins.

Excerpt from "Ten Thousand Flowers in Spring, the Moon in Autumn" by Wu Men, from *The Enlightened Heart: An Anthology of Sacred Poetry* (New York: HarperPerennial, 1993). Translation ©1993 by Stephen Mitchell. Reprinted by permission of HarperCollins.

Excerpt from "Stone and Knife" from *Come Thief* ©Jane Hirshfield (New York: Knopf, 2011). Reprinted by kind permission of Jane Hirshfield.

Excerpt from "Alzheimer's" from *Come Thief* ©Jane Hirshfield (New York: Knopf, 2011). Reprinted by kind permission of Jane Hirshfield.

Excerpt from *Coffinman*, by Shinmon Aoki (English translation of *Nokanfu Nikki*), translated by Wayne S. Yokoyama (Anaheim, CA: Buddhist Education Center, 2002). Translation ©2002 Buddhist Education Center and Wayne S. Yokoyama. All rights reserved. Reprinted by kind permission of Buddhist Education Center.

Excerpt from "To Any Young Soldier" from *Stranger to Europe: Poems 1939–1949* by Guy Butler (Capetown, South Africa: A. A. Balkema, 1952). ©1952 by Guy Butler. Reprinted by kind permission of the Estate of Guy Butler.